우리도 문 정도는 열 수 있어

———

유키나리 카오루 지음
히라사와 게코 일러스트
주원일 옮김

제우미디어

우리도 문 정도는 열 수 있어

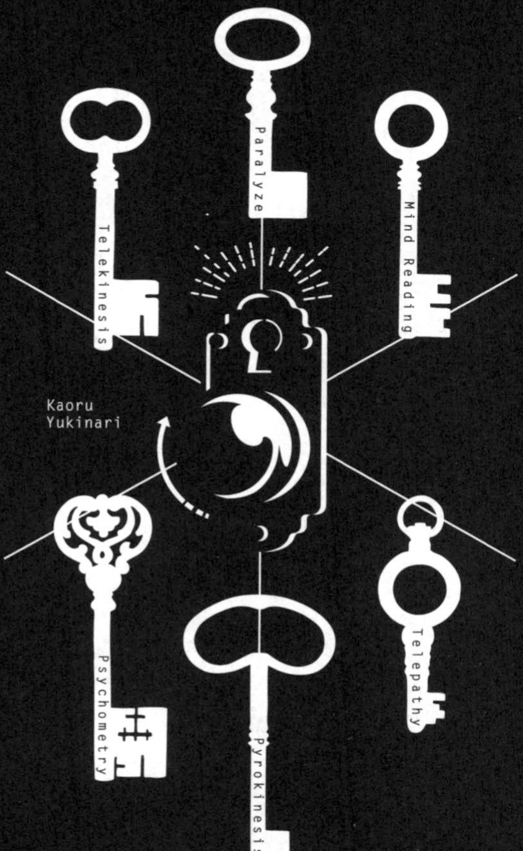

contents

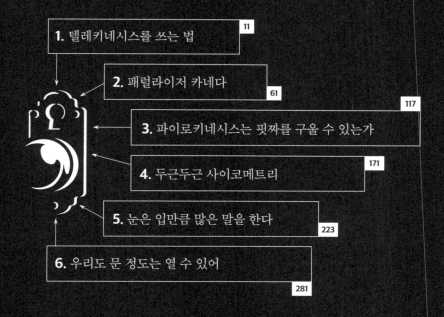

초능력자

〈중략〉

1970년대, 동서 냉전 중이던 미국과 소련은 긴장 완화를 위해 핵병기의 양적 삭감을 논의하기 시작한다. 하지만 물밑에서는 치열한 정보전이 전개되고 있었다.

그 이전에도 미소 양국은 왕성한 스파이 활동으로 상대국의 군사 기밀을 확보하려고 시도해 왔다. 스파이를 활용한 정보 수집은 일정한 성과를 거두었지만, 긴장 완화로 방향을 튼 1970년대 이후에는 스파이를 보낸다는 적대행위 자체에 리스크가 생겨 정보 수집은 더욱 은밀해질 수밖에 없었다. 따라서 미 육군은 스타게이트 계획이라는 첩보 작전을 전개한다.

〈중략〉

스타게이트 계획에선 초능력자로 조직된 첩보부대가 있었다. 부대의 목적은 '원격투시능력(리모트 뷰잉)'을 사용해 적국의 군사시설을 투시하는 것. 스탠포드 연구소에서 시작된 초능력자 육성 프로젝트는 다수의 투시 능력자를 육성해냈다. 〈중략〉 이 내용은 미국이 공개한 기밀문서를 통해 밝혀진 분명한 사실이다.

계획은 1995년에 '성과 없음'으로 종료되었지만, 그것은 어디까지나 표면상의 발표였다. 실제로는 그 후에도 연구가 계속되어 능력의 발현을 이끌어내는 약품 개발이 실시되었다고 한다.

〈중략〉

즉, 초능력자는 SF 작품 등에서 등장하는 허무맹랑한 소리가 아니며, 실제로 존재한다. 그뿐만이 아니다. 우리는 누구나 이런 능력을 가지고 있다.

이 책에는 본 연구소가 오랫동안 연구해 온 초능력에 관한 기초 해설이 담겨 있다. 과연 당신에게는 어떤 초능력이 잠들어 있을까.

전일본 사이킥 연구소 간행 『~당신에게도 있는 힘~ 초능력 입문』

「시작하며」에서 발췌

울퉁불퉁한 이상한 방.

전부 새하얗다.

──열어 줘.

쿵, 하고 문을 두드려 봐도 열리지 않는다.

──누가 좀 열어 줘!

방 안에서 혼자 있으니까, 외로워.

──여기서 꺼내 줘!

여기에 있는 이유는 나한테 초능력이 있어서라고,

할아버지는 말했다.

하지만 잘 모르겠다.

초능력이 있다면 문을 쾅 하고 날려버리거나, 투명 인간이

되거나, 워프해서 밖으로 나갈 수 있을 텐데.

정말로 초능력자 같은 게 있는 걸까.

아무것도 할 수 없다.

어디에도 갈 수 없다.

저기, 엄마는 어디 있어?

초능력 따위 아무런 쓸모가 없다.

1

텔레키네시스를 쓰는 법

Telekinesis

염동력(텔레키네시스)

텔레키네시스란 tele(멀다)+kinesis(운동)라는 두 단어를 합친 것으로, 물리적인 접촉 없이 물체를 움직이는 능력을 말한다.

〈중략〉

우리가 팔을 움직이려 할 때는 뇌 내에서 '움직이고 싶다'라는 의사가 생겨난다. 그 의사를 발단으로 뇌가 기능해, 의사가 전기적인 신호로 변환된다. 전기신호가 전달되면 팔의 수의근이 수축해 팔이 움직인다. 이 일련의 움직임에 사용되는 것은 체내에 축적된 글리코겐 등을 대사해 얻은 물리적, 화학적 에너지이다.

〈중략〉

체내에 축적된 에너지는 열이나 운동 에너지로 변환되어 전부 소비된다. 생명 활동에 사용되는 에너지는 물리적으로 증명할 수 있지만, 자유의지가 물질을 움직이려 하는 에너지는 물리적으로 설명할 수 없다. 〈중략〉 하지만 정지한 공은 손가락으로 움직이지 않는 한 움직이지 않는다. 그 '손가락으로 움직인다'라는 에너지 소비 행동은 '손가락을 움직이고 싶다'라는 의사의 작용 없이는 발동하지 않는다. 즉 우리가 가진 의사의 힘은 물질에 작용하는 에너지를 가지고 있다는 것이 된다. 의사의 힘이 육체를 매개하지 않고 직접 물질에 작용할 때의 에너지를 '염(念)'이라고 부른다.

〈중략〉

떨어진 곳에 있는 물체를 움직이려면 염을 컨트롤할 필요가 있는데, 의사의 감각이란 능력자만이 가지는 불가사의한 것이다. 염의 힘을 ――예를 들어 근육이나 골격과 같은―― 육체를 매개로 하지 않고, 그대로 운동 에너지로 쓰기 위해서는 대단히 강한 집중력이 필요하다. 집중력이 강하면 강할수록 커다란 염의 힘을 발생시킬 수 있다.

전일본 사이킥 연구소 간행 『~당신에게도 있는 힘~ 초능력 입문』

제1장 「염동력」에서 발췌

1

"스태정 주문하신 손님."

식사 나왔습니다ㅡ, 하고 힘 빠진 목소리와 함께 '미츠바 식당'의 아주머니가 요리가 담긴 쟁반을 카운터에 놓았다. 아주머니라고 하지만 이미 허리가 많이 굽은 할머니다. 이마무라 신지는 주위를 둘러보고 자신이 주문한 메뉴라는 것을 확인했다.

"아, 우리 거야, 우리 거."

직장 선배인 키타지마가 이마무라에게 턱짓했다. 노부부 둘이서 운영하는 이 식당에서는 음식을 손님이 운반하는 게 암묵적인 룰이다. 물론 움직이는 것은 후배 이마무라의 역할이다.

"야, 국물 흘렸잖아. 하여간 쓸모없는 녀석이라니까."

두 사람이 주문한 메뉴는 미츠바 식당의 최고 인기 메뉴인 '스태미나 고기볶음 정식'이었다. 먹음직스럽게 비계가 붙은 슬라이스육과 콩나물을 듬뿍 담아, 특제 된장 소스로 볶은 건데 손님의 70퍼센트 정도가 이 메뉴를 주문한다. 평소라면 이마무라도 돼지고기와 콩나물로 기세 좋게 밥을 먹었겠지만, 오늘은 도무지 넘어가지 않아 계란국을 홀짝거리는 게 고작이었다.

"왜 안 먹어?"

"아뇨, 그게….."

"좀 더 빠릿빠릿하게 먹으라고. 이거 봐, 너보다 콩나물이 더 빠릿빠릿해 보이잖아. 넌 콩나물만도 못하냐?"

"아뇨, 그냥 뭐…"

"배가 고프면 전쟁도 못 한다는 말도 있잖아. 먹어, 일단 먹어."

이마무라는 "네에…"하고 건성으로 대답하고는 고개를 숙였다. 빠릿빠릿하게 움직일 기력이 있을 리 없다. 오전에 거래처를 돌다가 이마무라가 터무니없는 실수를 저지른 사실이 판명되었기 때문이다.

이마무라와 키타지마는 작은 사무기기 유통회사에서 일하고 있다. 지역밀착형의 표본 같은 회사로, 클라이언트도 이 지역 기업이고 사원도 대부분 이곳 출신이다. 이마무라와 같은 고등학교를 나온 직원도 몇 있고, 키타지마도 같이 축구부를 다닌, 한 학년 위의 선배였다.

회사는 사무기기 판매라고 하는데 차나 커피 조달부터

컴퓨터 세팅, 형광등 교체까지 무엇이든 처리한다. 어디의 사무기기를 사도 성능이 비슷비슷한 시대이니만큼, 다른 회사와 차별화할 수 있는 요소는 가격밖에 없다. 이마무라가 일하는 회사도 '토탈 패실리티 서플라이어'라는 멋들어진 영어단어로 얼버무리고 있지만, 본업인 사무기기 판매만으로는 대기업을 상대할 수 없기 때문에 반쯤 클라이언트의 노예가 되어 연명하고 있는 게 현실이다.

다시 말해 '손님은 왕'을 진지하게 실천하는 회사인데 그 왕께서 내리신 의뢰를 이마무라는 1주일쯤 까맣게 잊고 방치한 것이다. 당연히 심기가 불편해진 왕께서는 계약 해지를 통보하셨다. 용서받을 수 없는 엄청난 실책이다.

"대체 그런 걸 까먹는 놈이 세상에 어디 있냐? 바보지?"

바보라는 소리를 들어도 뭐라 대꾸할 수 없다. 난 왜 이렇게 바보일까 하고 생각하자 기분이 더 우울해졌다.

"뭐라고 해야 하나, 그냥 죽고 싶어졌어요."

물론 정말로 목숨까지 끊을 생각은 없지만, 살기 싫어진 건 사실이다. 회사에 돌아가면 과장에게 불려가 지독하게 욕을 먹을 것이다. 아직 젊고 혈기가 넘치는 과장은 부하의 실패를 절대로 용서하지 않는다. 위협, 인신공격, 사소한 폭력은 일상다반사다. 계약이 날아갔다는 이야기를 전하면 얼마나 폭언이 날아올지 짐작도 가지 않는다.

"죽어도 해결되는 건 아무것도 없어."

"살아 있어도 쓸모가 없는걸요."

"얌마⋯. 넌 그렇게 우물쭈물하기만 하니까 아무리 시간이 지나도 쓸모가 없는 거야. 잘 들어, 나도 크리스티아누 호날두랑 비교하면 세상에 아무 쓸모없는 인간이지만."

비교 대상이 이상하다고 이마무라는 마음속으로 딴죽을 걸었다. 세계 톱클래스의 축구선수와 지방 영세기업의 세일즈맨은 황새와 뱁새, 하늘과 땅으로 비유해도 모자란 격차가 있다.

"그래도 구두가 닳도록 돌아다니다 보면 엄청난 계약을 따는 일도 있다는 거야. 뭐, 호날두의 이적료에 비하면 코딱지 같은 돈이지만."

또 그 얘긴가, 하고 이마무라는 표정이 굳으려는 걸 참았다.

키타지마는 저번 주에 어느 한 사무실의 모든 사무용품을 조달하는 대형 계약을 따냈다. 따냈다기보다는 운 좋게 대박을 건졌을 뿐이지만 큰 계약임은 분명했다. 복합기, 책상, 컴퓨터, 기타 사소한 비품까지 조달은 물론이고 유지보수까지 우리에게 맡긴다고 했다.

그 후로 키타지마는 무슨 이야기만 하면 자기자랑으로 화제를 끌고 가려 한다. 대단하다고는 생각하지만 이렇게까지 으스대면 역시 좀 싫어진다. 내가 실수를 저질러서 기분이 가라앉아 있을 때는 더욱 그렇다.

"뭐, 회사 입장에서는 아직 네가 쓸모를 찾기 힘든 존재라는 거지. 죽고 싶다는 소리를 하기 전에 더 힘을 내라."

──쓸모가 없나.

그다지 기분 좋은 말은 아니지만 부정할 수도 없다. 이마무라의 23년 인생에서 이제까지 무언가 쓸모 있는 행동을 해본 적이 없었다. 누군가에게 도움을 준적도 없고 회사 실적에도 크게 공헌하지 않았다. 부모님께는 빨리 독립하라는 소리만 듣고 있다.

"에이, 꼭 그런 건 아니지."

밥을 반쯤 먹었을 때가 되어서야 아주머니가 느릿하게 걸어와 물이 담긴 컵을 놓았다. 평소였다면 이미 다 먹었을 것이다. 여전히 느긋하시다.

"굳이 이마무라 같은 녀석한테 신경 안 써주셔도 돼요, 아주머니."

"하지만 이마무라는 조만간 구세주가 될지도 모르거든."

아주머니, 라고 이마무라는 만류하면서 고개를 가로저었다. 아주머니는 장난스럽게 웃더니, '뭐 어때'라고 목소리는 내지 않고 입만 움직였다.

"이마무라가… 구세주라고요?"

"그래. 이마무라는 말이야, 초능력자란다."

이마무라는 무의식중에 주위를 둘러보았다. 가게 안에는 이마무라와 키타지마 말고도 손님이 몇 명 더 있었다. 하지만 주방 옆에 설치된 텔레비전에서, 이 지역에서 여아 유괴사건이 발생했다는 충격적인 보도가 흘러나오고 있어 누구도 이마무라에게 관심을 두지 않았다.

"초능력자? 얘가요?"

"그래. 어찌나 대단하던지."

둘의 시선에 이마무라는 어깨를 움츠리고 초능력이라고 할 정도는 아니고…, 라고 변명했다.

"이게 뭔 소리야? 에너지파라도 쓰는 거냐?"

"아, 그게, 제 건 염동력이에요."

인간의 삶에서 실언이란 으레 따르는 법이지만, 말하고 난 뒤 이마무라는 뒤늦게 입을 다물었다. 보아하니 키타지마의 눈이 장난기로 가득 차 반짝거리고 있었다.

"그게 뭐야, 멋있는데? 보여줘. 응? 한번 보여줘 봐."

아니나 다를까, 키타지마는 살짝 바보 취급하는 표정으로 물고 늘어졌다. 바보 같은 소리를 하는 후배를 마음껏 비웃어주겠다는 속셈이 훤히 보였다. 이마무라는 난처한 표정으로 아주머니를 보았지만, 역시나 씨익 웃으면서 재빨리 주방으로 돌아가 버렸다.

"해 보라니까, 어서."

"하지만 그게, 구경거리도 안될건데요."

키타지마는 실망한 표정으로 혀를 찼다.

"하지도 못할 거면 애초에 그런 터무니없는 거짓말을 하지 마."

평소에는 늘 온화한 이마무라도 이번만큼은 발끈해 입술을 깨물었다. 기껏해야 구두계약 하나 딴 정도면서, 키타지마에게 이렇게까지 얕보이는 건 견디기 힘들었다.

"할 수 있어요."

와이셔츠 소매를 걷고 주먹을 몇 번 쥐었다 폈다. 키타지마는 '오오, 뭐야'라고 웃으면서 이마무라를 보고 있었다.

"오, 정말로 뭐 저지를 것 같은데, 겉보기엔 말이지."

"저기 간장통 있죠? 잘 보고 계세요."

테이블 한가운데에 도자기로 만든 간장통이 놓여 있었다. 이마무라는 두 손을 뻗고 가만히 눈을 감았다. 머릿속에서 간장통을 떠올렸다. 형태를 형상화 시켜 이번에는 자기 안에 있는 에너지가 간장통으로 흘러들어가는 상상을 한다. 몸속에서 서서히 끓어오르는 힘이 뇌로 흘러들어가, 전두엽을 통해 간장통으로 스며든다. 기는 가득 찼다. 이제는 움직이라고 강하게 염원하는 일만 남았다.

간장통 뚜껑이 덜덜거리며 미세하게 흔들렸다. 작지만 확실한 흔들림이었다. 키타지마가 지, 진짜네, 라고 중얼거린 순간, 간장통이 이마무라의 오른손으로 빨려들어 가듯 스르륵 하고 움직였다.

"우와."

간장통은 옆으로 몇 센티미터쯤 미끄러지더니 움직임을 멈췄다. 이마무라는 크게 숨을 내쉬며 집중을 풀었다.

"와…, 뭐야. 어떻게 한 거야?"

"아마도 염 같은 거를 보내서 움직이는 것 같아요."

"같아요, 같은 소리 말고…. 너 이런 걸 할 수 있으면 방송에 나가도 되는 거 아냐?"

"그건 어렵죠. 마술사는 훨씬 대단한 일도 하는데요."

"하나만 더 해봐. 접시 어떠냐, 접시."

그게…, 라며 이마무라는 말을 흐렸다.

"이거… 힘을 쓰는 데에 꽤 집중력이 필요하거든요."

"오오, 그렇겠지. 초능력이니까."

"한 번 쓰고 나면 지쳐서 한동안 집중을 못 해요."

"뭐?"

"하루 한 번이 한계예요."

"그럼 그 귀중한 한 번을 간장통 따위에 썼다고?"

"죄송합니다."

"그럼 내일은 더 대단한 것도 움직일 수 있어? 저쪽에 주차된 자동차라든가, 사무소에 있는 복합기라든가."

이마무라는 고개를 숙이고 좌우로 흔들었다.

"아뇨, 제가 오른손으로 들 수 있는 무게가 한계예요."

"그래? 그럼 얼마나 움직일 수 있는데? 끝없이 움직일 수 있어?"

"오른쪽으로."

"오른쪽?"

"오른쪽으로 10센티미터 정도만 움직일 수 있어요."

조금 흥분해있던 키타지마의 얼굴이 점점 시들어가는

게 보였다.

"오른쪽으로만?"

"네, 그래요."

"왼쪽이나 앞뒤로는 안 되고?"

"예, 제 쪽에서 봤을 때 오른쪽만 돼요."

"그럼 멀리 떨어져 있어도 움직일 수 있어?"

"으음, 글쎄요. 잘해봐야 2~3미터 정도일 거예요."

그래서 말하기 싫었던 건데, 라고 속으로 생각하며 이마무라는 아주머니를 향해 시선을 옮겼다. 그런 얘기를 왜 갑자기 한 걸까 하고 원망했다. 자기 힘으로 직접 움직일 수 있는 물체를, 자신을 기준으로 오른쪽 몇 센티미터 움직이는 게 고작이다. 세상을 구하기는커녕, 이마무라의 초능력은 아무짝에도 쓸모가 없었다.

"차라리 직접 손을 쓰는 게 빠르지 않나?"

"그렇죠. 보통 그편이 더 빠르니까 어지간해선 안 써요."

"그러면…."

"네."

"그 초능력은 어디에 쓸모가 있는 거지?"

그건 내가 묻고 싶은데, 라고 생각하며 이마무라는 한숨을 내쉬었다.

2

───고등학교 3학년, 초여름.

시간이 부족하다.

이마무라가 전광판을 보니 슬슬 후반 추가시간으로 바뀔 때가 되었다. 생각보다 빨리 종료 시간이 다가왔다. 시합은 0대1로 지고 있었다. 1점만 내면 연장전으로 끌고 갈 수 있지만, 이대로라면 이마무라의 축구 인생은 몇 분 후에 끝나게 된다.

후반 15분이 지나 투입된 이마무라는 아직 제대로 활약하지 못했다. 자신의 팀은 상대에게 압도당해 방어하기에도 급급했다. 센터 포워드인 이마무라는 앞쪽에서 쉬지 않고 움직였지만 좀처럼 패스가 날아오지 않았다.

드디어 아군이 공을 빼앗아 왼쪽 사이드로 전개했다. 사이드에서 상대의 골로 향하는 긴 종패스가 나와 중앙으로 이어졌다. 꾸준히 연습한 빠른 카운터였다.

찬스라고 생각한 순간, 이마무라는 상대 수비수 사이를

뚫고 골대를 향해 질주했다. 팀에서 이마무라보다 달리기가 빠른 사람은 없었다. 최고 스피드에 달하면 상대를 가볍게 제칠 수 있을 정도로 이마무라는 발이 빨랐다.

이마무라가 달리기 시작한 타이밍에, 아군이 공을 띄워 높은 패스를 보냈다. 타이밍이 조금이라도 늦으면 오프사이드지만 주심의 호각 소리는 들리지 않았다. 마음속으로 환호를 지른 순간에 공이 호를 그리며 떨어졌다. 키퍼와 1대1. 공이 낙하하는 지점을 예측해 슛 자세에 들어갔다.

──슛이, 제대로 들어갈까.

이마무라는 고등학교 3년 동안 공식전에서 한 번도 골을 넣은 적이 없다. 실력이 없느냐면 그건 또 아니라서 연습시합에선 당연히 득점 기록이 많지만, 정작 공식전에선 도무지 골대에 공을 넣지 못한다.

날아온 패스는 어려운 공이었지만 타이밍이 기적적으로 맞았다. 망설임을 버리고 생각대로 오른다리를 휘두르자 발바닥에 기분 좋은 충격이 퍼지면서 공이 똑바로 날아갔다. 허를 찔린 키퍼가 필사적으로 손을 뻗었지만 당연히 닿지 않았고, 공은 빨려 들어가듯 왼쪽 구석으로.

들어갔다! 라고 생각한 순간에 '데엥'하는 묵직한 소리가 나더니 공이 엉뚱한 방향으로 날아가 버렸다. 이마무라는 자세가 무너져 앞으로 고꾸라지면서, 자신의 슛이 골대에 맞아 튕겨나가는 순간을 보고 있었다.

거짓말. 자기도 모르게 입에서 그 말이 새어나왔다. 천재일우, 결정적인 찬스였는데. 궤도가 조금만 더 오른쪽으로 치우쳤다면 틀림없이 들어갔을 것이다. 하지만 결국 무득점인 채로 시간은 흘러, 어떠한 이변도 일어나지 않고 시합은 끝났다. 주심이 호각을 길게 불자 상대 팀 응원석이 와아! 하고 끓어올랐다.

마지막 슛이 조금만.
조금만 더 안쪽으로 파고 들었다면.
딱 몇 센티만. 10센티 정도만 오른쪽이었다면.

3

귀와 마음을 닫고 감정을 버린다. 눈을 뜬 채로 초점을 흐리게 만들어 정보를 받아들이지 않는다. 오감 전부를 최대한 이완시켜 들어오는 모든 자극을 흘려보낸다.

이쯤 되면 서 있는 시체나 다름 없지만, 이렇게라도 하지 않으면 약한 멘탈이 망가져 버린다. 눈앞에는 얼굴이 시뻘겋게 달아오른 과장이 침을 튀기면서 이마무라에게 끝없는 저주를 퍼붓고 있었다. 반복해서 나오는 '쓸모없는 놈'이라는 단어가 몇 번이고 가슴에 꽂혀 깊은 상처를 냈다.

과장이 두 손으로 책상을 내리칠 때마다 심장이 쪼그라드는 기분이었다. 뒤를 돌아보는 건 허락되지 않지만, 아마 사무소에 있는 다른 사원들도 성가시다는 듯이 이마무라를 보고 있을 것이다. 도저히 견디기 힘든 기분을 달래듯, 시선을 옮기자 과장 자리 뒤에 있는 신단(神壇)에서 부적이 흔들거리는 게 보였다. 꽤 두꺼워 보이는 저 나무부적이 떨어져서 과장의 머리를 꽝 하고 때려주면 좋겠다고 생각했지만 그 순간은 올 것 같으면서도 오지 않았다.

부적에 염을 보내면 움직일 수 있을지도 모른다. 시험 삼아 살짝만 부적을 응시해 보았다. 부적이 염으로 움직여지는 감각이 있었다. 이 거리에서도 충분히 움직일 수 있을 듯했다.

하지만 집중은 금세 풀렸다. 부적을 움직이더라도 의미가 없기 때문이다. 과장의 머리 위로 떨어뜨리려면 앞으로 움직여야 하는데, 이마무라의 텔레키네시스는 물체를 앞쪽으로 움직일 수 없다.

이마무라가 초능력에 눈을 뜬 건 비교적 최근이다. 미츠바 식당에서 옆자리에 있던 작은 조미료 병을 집으려던 때였다.

그날 카운터석 옆자리에 앉아 있는 남자는 어떻게 봐도 평범하지 않은 노인이었는데, 곁눈질로 보는 것조차 주저될 만큼 험상궂은 얼굴이었다. 실내인데도 선글라스를 쓰고, 장발은 올백으로 묶은 데다 희끗희끗한 수염을 풍성하게 길렀다. 마치 살벌했던 시대에서 살아남은 무투파 야쿠자가, 어쩌다 보니 신선이 된 듯한 얼굴이었다.

이마무라가 원하는 조미료를 손에 넣기 위해서는, 사람 한명쯤 우습게 졸라 죽일 법한 굵은 팔을 넘어 노인의 눈앞에 손을 뻗어야 한다. 보통 그런 일로 화내는 사람은 거의 없겠지만, 만에 하나 '어이, 형씨 지금 누구 앞에 손을 뻗고 있는 거지?'라는 말이라도 나오면 돌이킬 수 없다.

조미료를 포기하면 그만이지만, 아주머니가 직접 만든 그 매운맛 소스는 스태미나 볶음에 조금만 뿌려도 압도적으로 감칠맛이 나오는 마법의 소스다. 스태미나 정식을 주문하면 반은 플레인으로 즐기고, 나머지 반은 매운맛 소스를 뿌려 그 차이를 즐긴다. 정해놓은 패턴을 바꾸고 싶지는 않았다.

어떻게 할지 필사적으로 고민하는 동안에 머릿속에서 뭔가가 새어나와 소스 병으로 빨려 들어가는 감각이 들었다. 곁눈질로 노인을 보니 얼굴은 똑바로 정면을 바라보고 있어 병은 노마크였다. 10센티미터만 이쪽으로 끌고 오면 아무렇지 않은 척, 병을 집을 수 있을 것 같았다.

집중력이 강해진 순간, 자신의 몸과 병이 보이지 않는 힘으로 연결된 느낌이 들었다. 이리 와, 움직여, 라고 강하게 생각하자 소스 병은 리니어모터카처럼 살며시 떠올라, 소리도 없이 오른쪽으로 10센티미터만 스르륵 미끄러져 왔다.

노인은 멍하니 앞만 바라볼 뿐, 눈치 챈 기색은 없었다. 이마무라는 손을 뻗어 병을 잡았다. 노인이 이마무라를 흘끔 보고는 고개를 갸웃거렸다. 시치미를 떼고 '아무것도 안 했습니다'라는 표정으로 소스를 뿌려 스태미나 정식을 깨끗하게 먹어치웠다.

계산할 때가 되어서야 식은땀이 흐르는 것을 느꼈다. 대체 내가 뭘 한 거지? 어떻게 생각해도 평범한 인간이 할 수 있는 일이 아니다. 노인이 눈치 챘더라면 가벼운 소동이 벌어지고도 충분히 남았을 것이다. 이상한 소문이 돌아 어느 나라의 첩보기관에 감시라도 당하면 어떡하지? 초능력을 군사산업에 이용하려는 악당에게 납치당할지도 모른다. 이건 남에게 보여선 안 되는 힘이라고 생각했다.

머릿속으로 중학교 2학년 수준의 망상을 하면서 아주머니에게 천 엔을 건네고 거스름돈을 받았다. 그대로 나가려는데, 아주머니가 순박한 얼굴로 '아까 그건 어떻게 한 거니?'라고 물었다. 남에게 들켜서는 안 되는 힘은 이미 시작부터 들킨 모양이었다.

이마무라는 한동안 자신의 능력이 어느 정도인지 다양하게 연구해 보았다. 크거나 무거운 물체는 움직일 수 없다. 움직일 수 있더라도 10센티미터 정도가 한계였다. 그것도 자기 쪽에서 봤을 때 오른쪽으로만. 게다가 능력은 하루에 한 번밖에 쓰지 못한다. 그 이상은 집중력이 받쳐주지 못한다.

"어이."

"아, 네."

"이 자식아, 듣고 있냐?"

"아, 네, 듣고 있습니다."

내 능력은 어째서 이렇게 쓸모가 없을까, 라는 실망과

'쓸모없는 인간은 세절이나 해'라는 말은 동시에 찾아왔다. 이마무라는 죄송합니다, 하고 깊이 고개를 숙이고는 사무소에 있는 사원들에게도 고개를 숙이며 돌아다녔다.

이마무라에게 주어진 일은 그저 쌓인 서류를 세절기에 넣는 것뿐이다. 물론 전담자가 필요한 일은 아니다. 무능한 사원을 조롱거리로 만들기 위한 처벌이었다. 과장이 얼마나 분노했는지에 따라 기간은 변하지만, 며칠이나 세절만 해야 하는 경우도 있다.

잔뜩 쌓인 서류를 하루 내내 처리하고 세절 찌꺼기를 쓰레기봉투에 모으니 이미 사무소에는 아무도 없었다. 벽에 걸린 시계를 보자 이미 밤 11시였다. 아무도 없는 것도 당연하다고 생각하면서, 지친 몸을 움직여 문단속과 소등 여부를 확인하고 밖으로 나왔다. 아무도 보이지 않는 작은 사무소 주변에는 정적만이 가득했다.

집까지는 자전거로 30분쯤 걸린다. 통근용 자전거를 놓아둔 사무소 뒤편의 주차장으로 향하자 어둠 속에서 누군가가 서 있는 게 보였다. 가만히 이쪽을 쳐다보면서 한 걸음, 또 한 걸음 다가왔다. 희미한 가로등 불빛에 비추어진 그 모습을 보고 이마무라는 점점 몸이 경직되었다. 우람한 체격과 장발, 길게 기른 수염. 작업복을 입고, 한밤중인데도 선글라스를 쓰고 있었다. 손에는 하얀 스틱을 들고 있다.

"이마무라 씨, 맞으십니까?"

낮고 탁한 목소리가 들렸다. 이마무라는 아니라고 말할까 말까 망설이다가, 남자의 중압감에 이기지 못하고 모기 날갯짓만 한 목소리로 그렇다고 대답했다. 그날 미츠바 식당 옆자리에 앉았던 야쿠자 신선이 확실했다.

"저는 츠다라고 합니다."

"네에….."

"부디, 부디 저를 구해 주십시오."

그 츠다라는 노인은 갑자기 무릎을 꿇더니 부디! 라고 외치며 온몸을 던져 무릎 꿇고 애원했다. 이렇게 전력으로 무릎 꿇는 모습은 일상생활에서는 거의 보기 힘들다. 예상치 못한 행동에 이마무라는 완전히 패닉에 빠져 판단력이 흐려졌다. 무슨 대화를 어떻게 했는지 잘 기억나지 않지만, 정신을 차리고 보니 '알겠습니다.'라는 돌이킬 수 없는 대답을 하며, 정체도 모르는 노인과 굳은 악수를 나누고 있었다.

4

──고등학교 마지막 축구 시합이 끝나고.

시합에 진 부원들은 제각기 귀갓길에 올랐다. 시합이 끝나고, 고문 선생님의 마지막 한마디에 3학년은 나름대로 눈물을 흘리기도 했다. 하지만 30분쯤 지나자 오락실에 가자는 둥 하는 소리가 들리기 시작했다. 패배에 워낙 익숙해서인지 다들 태세 전환이 빠르다.

이마무라는 웃고 있는 부원들로부터 거리를 두고 홀로 축구장 한구석에 앉아있다. 그라운드에서는 아직 다른 학교가 시합하고 있었다. 오전부터 시작한 두 경기가 점심때 끝나서 아직 오후 시간대다. 고등학교 3년을 전부 쏟아부은 축구 인생이 고작 몇 시간 만에 끝났다고 생각하니 허무한 마음뿐이었다.

시내에는 전국 대회에 단골로 진출하는 학교가 두 곳 있다. 양쪽 다 전국에서 유망한 선수들을 특대생으로 모셔오는 돈 많은 사립고다. 당연히 이마무라가 다니는 일반고의 부활동과는 수준이 다르다. 이마무라 팀이 아무리 노력해봤자, 지역 대회에서 승리를 거머쥐고 전국 대회에 진출한다는 것은 어림도 없는 소리다. 굳이 입 밖으로 내진 않지만 다들 현실을 잘 알고 있다. 3년 동안 모든 것을 희생하며 필사적으로 뛰어도 실제로 얻는 것은 그렇게 많지 않다.

축구를 잘한다는 게 도움이 되는 사람은 극소수에 불과하다. 공을 화려하게 다루거나 강력한 슛을 쏘는 기술이 있어도, 사회에 나가면 아무 도움도 되지 않는다. 평범한 인간과 크리스티아누 호날두는 다르다. 앞으로의 인생을 생각하면 빨리 지고 수험공부나 취업활동 따위에 집중하는 게 현명하다.

하지만 이마무라는 단념할 수 없었다. 축구를 할 거라면 누구보다도 잘하고 싶었고, 어떤 시합에서든 이기고 싶었다. 어차피 전국 진출은 무리니까 즐기면서 하자는 부원들의 생각과, 상대가 누구든 이기고 싶다는 이마무라 사이에는 3년 동안 도저히 메울 수 없는 감정의 골이 생겨났다. 그럼에도 불구하고 결국 자신의 최종 기록은 '공식전 경기 무득점'이다.

졌다고 분해하는 모습이 오히려 더 이상하게 보일 정도다. 나는 팀의 짐 덩어리, 쓸모없는 녀석이었다. 빨리 마음을 정리하고 돌아가고 싶었지만, 이마무라는 도저히 눈물을 참을 수 없었다.

"짜식, 그렇게 울지 마라."

갑자기 누군가 말을 걸어와서 이마무라는 무심결에 고개를 들었다. 옆에는 키타지마가 서 있었다. 키타지마는 졸업한 후에도 자주 부활동을 보러 오지만, 솔직히 말해 후배들에게는 그다지 환영받지 못한다. 선배 대우를 받기 위해 질리지도 않고 옛 둥지에 얼굴을 내미는 이른바 '안쓰러운 선배'였기 때문이다.

"죄송합니다."

"분하겠지. 나도 졌을 때는 분했거든."

위로할 생각인지는 모르겠지만 얼굴이 어딘지 히죽거리고 있다. 괴로워하는 후배에게 상냥하게 말을 거는 나란 남자, 훗 하는 속마음이 훤히 보였다.

"아, 그게 말이죠."

"마지막 슛은 아까웠어. 진짜로 들어갈 줄 알았는데."

키타지마의 목소리가 스르르 스며들어 가슴이 뜨거워졌다. 민폐 선배, 실력 꽝, 설득력 제로 등등 머릿속에서 돌던 키타지마에 대한 나쁜 감정이 한순간에 자취를 감췄다. 겉멋만 든 키타지마의 말은 얄팍했지만, 마음속 휑한 빈틈 사이로 정확히 꽂히면서 엄청난 뜨거움과 견디기 힘든 아픔을 가져왔다. 분명 이마무라는 누군가에게 그런 말을 듣고 싶었던 것이리라.

"패스할 걸 그랬어요."

"아니, 그건 슛이지. 크리스티아누 호날두였다면 당연히 그랬을 거야."

"그런…가요."

'뭐, 호날두라면 넣었겠지만'이라고 키타지마는 사족을 붙였다.

"조금만 더 오른쪽으로, 10센티만 안쪽으로 날아갔다면."

오른쪽으로 10센티. 딱 10센티만. 그렇게 생각하자 가슴이 찢어질 듯해서 또다시 눈물이 흘렀다. 격하게 오열하는 이마무라에게 키타지마는 차가운 스포츠드링크를 주면서 무슨 말을 하더니 그대로 멀어졌다. 무슨 소리였는지는 제대로 듣지 않았지만, 이마무라의 머릿속에는 '오른쪽으로', '10센티'라는 단어만이 끈질기게 남아 반복 재생되고 있었다.

5

모처럼의 일요일인데 이마무라는 아침 일찍 일어나서는

미술관을 찾아가 600엔짜리 성인 입장권 1장을 샀다. 미술품에 전혀 흥미가 없는 인간이 별로 크지도 않은 미술관에 600엔을 지불한다는 것은 상당한 용기가 필요했다. 어두컴컴한 시설 안에는 돈 많은 오너가 개인적으로 모은 회화나 공예품, 책 등이 전시되어 있었다. 개인 미술관인데도 쓸데없이 공을 들여 놓은 게 묘하게 신경에 거슬렸다.

"와 주셔서 감사합니다."

갑자기 말을 걸어와서 이마무라는 저도 모르게 어깨를 흠칫 떨었다. 역시나 등 뒤에는 그 노인이 서 있었다. 험상궂은 얼굴은 몇 번을 봐도 익숙해지지 않는다.

며칠 전에 사무소로 찾아온 노인은 주차장에서 갑자기 무릎을 꿇고는 자신을 구해달라고 필사적으로 애원했다. 이마무라는 너무 동요한 나머지 흐려진 판단력으로 자세한 사정도 듣지 않고, 일요일에 미술관으로 가겠다고 무심코 약속해 버린 것이다. 물론 데이트 신청 같은 건 아니다.

노인은 자신을 츠다 코안이라고 소개했다. 알아보니 이 동네에서 태어나 살고 있는 고명한 도예가로, 작은 접시

하나가 십만 엔 이상에 팔리는 대단한 사람이었다. 보통은 산속 도요에서, 농담이 아니라 정말로 신선처럼 살고 있다고 한다.

츠다는 그 우락부락한 얼굴로 최대한 부드러운 표정을 지으면서 이마무라를 목표가 있는 방으로 안내했다. 이마무라와 츠다 이외에 방문객은 없었다. 관내는 조용했고 직원도 보이지 않았다. 츠다는 마치 자기 집인 것처럼 성큼성큼 나아갔다. 도착한 곳은 수많은 도자기가 전시된 방이었다.

방 한가운데에는 커다란 접시가 하나 놓여 있었다. 1미터쯤 되는 단에 검은 비단처럼 광택이 나는 천이 덮여 있고 그 커다란 접시가 세워진 채로 고정되어 있었다. 유리 케이스 안에 넣어 만지지 못하게 해두었다.

"이 접시를 봐 주시겠습니까."

츠다는 접시를 가리키며 한 차례 한숨을 내쉬었다. 안내판에는 '츠다 코안 작, 무유소성 기법 대명(大皿)'이라는 작품 제목과 함께, 츠다의 젊은 시절 작품이며, 야취로 가득한 거친 작풍이 특징적이라는 설명이 있었다.

"으음, 저는 도예 같은 건 잘 모르는데요."

"이건 좋지 않습니다. 최악의 작품이지요."

츠다의 이야기는 이랬다.

40년쯤 전, 츠다가 아직 도예가로서 미숙하던 30대 때 어느 남자가 도요를 찾아왔다. 그는 폐기할 예정이었던 접시가 너무 마음에 든다며 구입 의사를 타진했다. 츠다에게 있어서는 남에게 보여주기조차 꺼려질 정도의 만족스럽지 못한 작품이었지만, 아직 수입이 적었던 시절이라 생활을 위해 어쩔 수 없이 팔기로 했다. 당시에 그릇 하나 치고는 상당한 금액을 받았다고 한다.

그 후, 세월이 지나면서 츠다는 자신의 작풍을 확립해 작품마다 높은 평가를 받게 되었다. 하지만 그는 최근에 그 남자에게 팔았던 실패작이 어느 미술관에 전시되어 있다는 사실을 알게 되었다. 접시를 사간 사람은 미술품을 좋아하는 대지주로, 자신의 콜렉션을 전시하는 사설 미술관도 가지고 있었다. 그곳의 대표작 중 하나로 전시한 것이 바로 이 지역의 대가 츠다 코안이 젊은 시절에 만든 대접이었다. 회한의 작품이 전시되어 있다는 사실에 츠다는 경악했다고 한다.

"젊은 시절에는 좀처럼 작품을 인정받지 못해 괴로워하기도 했습니다. 저를 인정하지 않는 세상이 잘못되었다며 분노하기도 했고, 동세대의 작가를 질투한 적도 있었지요. 이 접시에는 저의 그런 추한 면이 전부 담기고 말았습니다. 살벌하고 오만합니다."

"그런가요."

"저로서는 제 그릇된 내면을 모두에게 드러내 보이는 것과 다름없습니다. 그릇이라 그럴까요."

진심인지 농담인지, 츠다는 은근슬쩍 말장난을 섞었지만 웃어줄 여유는 없었다.

"네에."

"물론 스스로 해결하려고 미술관에 재구매 의사를 타진해 보기도 했지만 거부당했습니다."

"어째서요?"

그의 말에 따르면 오너는 츠다의 재능을 남보다 먼저 알아본 자신의 안목을 자랑스럽게 여기기 때문에 이 접시를 방출하려 하지 않는다고 한다. 간단히 말해 '거 봐, 내 말이 맞지?'라고 자랑하고 싶다는 이유다. 보란 듯이 미술관의 대표작으로 걸어둔 것도 그 이유 때문이다.

"과연, 그건 어쩐지 좀 싫네요."

"이 접시 때문에 평생 쌓아온 제 철학이 거짓말이 되어버립니다. 나아가 저 자신도 살 가치를 잃어버리는 것입니다. 하루라도 빨리 처분하지 않으면 저는 살아갈 수 없습니다."

그건 과장이 아닐까 생각했지만 츠다는 진심이었는지 어깨를 힘없이 늘어뜨리고 고개를 푹 숙이고 있었다. 예술가들은 고생이 많겠다며 이마무라는 묘한 부분에서 감탄했다.

"그래서 저는 무엇을 하면 되나요?"

"접시를 깨 주셨으면 합니다. 이마무라 씨의 그 불가사의한 힘으로요."

이마무라는 갑자기 말문이 막혔다. 어렴풋이 예상은 했지만 츠다는 역시 이마무라의 초능력을 알고 있었다.

"알고 계셨나요."

"네. 예전에 미츠바 식당에서 이마무라 씨의 옆자리에 앉은 적이 있었는데, 그때 신기한 광경을 보았습니다. 이마무라 씨께서 손을 쓰지 않고 조미료병을 움직이시는 광경을 말이죠."

다 보고 있었다니, 라며 이마무라는 가볍게 현기증을 느꼈다.

"저는 교섭을 위해 미술관을 오가는 동안, 미츠바 식당의 단골이 되었습니다. 그곳 여주인과도 자주 대화를 나누는 사이지요."

"아주머니랑요?"

"네. 이 접시 이야기도 했습니다. 그러자 이마무라 씨의 능력에 대해서 알려주시지 뭡니까. 그래서 꼭 대화를 나눠보고 싶다고 여주인께 부탁해 이마무라 씨의 회사 주소를 받은 겁니다."

"그렇게 된 거였군요."

"보시다시피 접시는 유리 케이스로 보호되어 있습니다. 하지만 이마무라 씨의 능력, 손을 대지 않고 물체를 움직이는 힘을 쓰면 접시를 단에서 떨어뜨려 깰 수도 있지 않겠습니까? 그런 마음으로 오늘은 지푸라기라도 잡는 심정으로 와주십사 부탁을 드렸습니다."

그런 거였나, 하고 이마무라는 우선 한숨을 내쉬었다. 사정은 알겠지만 그렇다고 눈앞의 접시를 깰 마음은 들지 않았다. 본인은 실패작이라고 하지만 어디가 실패작인지도 당최 모르겠고, 작은 접시가 십만 엔 이상 간다는 사람이 이렇게 큰 그릇을 만들었다면 가격도 엄청날 것이다. 오너가 아끼는 물건을 깨버린다면 일이 이만저만 복잡해지는 게 아니다. 겁이 나는 것도 당연하다.

하지만 츠다는 마치 부처에게 기도하는 것처럼, 이마무라를 향해 손을 모으고 공손하게 고개를 숙였다. 접시가 깨진다면 츠다는 오랜 회한에서 해방될지도 모른다. 아무 짝에도 쓸모없는 이마무라의 능력에도 드디어 기회가 찾아온 것이었다.

"제가 거절하면요?"

츠다는 사형선고라도 들은 표정으로 고개를 숙이고는, 목소리를 쥐어짜내듯 대답했다.

"목을 긋든가, 몸을 던지는 수밖에….."

무슨 말도 안 되는 소리야, 라고 생각하며 이마무라는 머리를 쥐어 싸맸지만, 츠다는 입을 굳게 다물고서 어깨를 떨고 있었다. 그렇게 생각하고 싶지는 않지만 아마 진심일 것이다. 괜히 물어봤다고 후회했다. 이제는 섣불리 거절할 수도 없게 되었잖은가.

"그건 너무 과한 생각 아닐까요….."

"하지만 저는 이마무라 씨에게 부탁드린다면 전부 잘될 거라 확신하고 있습니다."

"으, 으음, 그건 또 어째서죠?"

이마무라가 곤혹스러워하며 머리를 긁적이자 츠다는 '가, 감입니다'라고 대답했다. 감으로 세상 일의 결과를 알 수 있다면 그게 이미 초능력이잖아, 라고 이마무라는 생각했다.

"절대로 이마무라 씨에게는 피해가 가지 않도록 하겠습니다. 저를 구원한다고 생각하시고 접시를 움직여 주지 않으시겠습니까?"

츠다의 표정을 보니 심장이 떨렸다. 기왕 불가사의한 힘을 손에 넣었으니 누군가의 도움이 되었으면 좋겠다는 생각은 했다. 하지만 제일 중요한 문제가 있었다. 어떻게 써야 할지 모른다는 것. 세상에 이런 쓸모없는 능력이 있을 줄은 몰랐다며 낙담한 참이었다.

누군가를 돕고 싶다. 그리고 인정받고 싶다. 자신이 쓸모없는 인간이 아니라는 걸 증명하고 싶었다. 머릿속에서 복잡한 생각들이 어지럽게 돌아다녔다. 최종적으로 이건 능력을 악용하는 게 아니라, 사람을 돕기 위해서라고 생각하기로 했다. 만약에 이 순간을 그냥 넘겨버렸다간 평생 이 능력을 활용할 기회가 없을지도 모른다.

"그럼 해 보겠습니다. 하지만 정말로 괜찮으신가요?"

"물론입니다. 부디 잘 부탁드립니다."

잘 될까. 방범 카메라도 있으니 너무 다가갈 수도 없다. 접시 정면에 조금 멀찍하게 서서 크게 심호흡을 했다. 정신을 집중하고 염을 보내자 접시 안으로 흘러들어가는 감각을 느꼈다. 움직일 수 있다, 직감이 그렇게 말해주었다.

옆에서 츠다가 숨을 삼키고 지켜보는 것을 알 수 있었다. 더욱 강하게 집중하자 의식이 접시 안으로 흘러들어갔다. 오른손에 힘을 주자 접시가 살짝 떠서 가볍게 흔들렸다. 츠다가 가벼운 경탄을 입 밖으로 냈다.

접시를 움직이는 데에 가벼운 저항을 느꼈다. 낙하 방지를 위해서인지 가느다란 실 같은 게 달려 있었다. 평소보다 큰 힘이 필요하다. 이제까지 해본 적 없는 수준으로 염을 일으켜 힘을 강화했다. 마치 물속에서 숨을 참는 듯했다. 눈알이 뒤집히고 관자놀이 근처의 혈관이 끊어지는 기분이 들었다.

그걸 무시하고 있는 힘껏 염을 흘려보내자 드디어 뚝 하고 뭔가가 끊어졌다. 머릿속 혈관이 아니라 고정용 나일론실이었다.

"그대로, 그대로 바닥으로!"

하지만 그걸로 끝이었다. 도자기가 깨지는 소리는 나지 않았다. 츠다의 입에서 이번에는 '아아…'하고 낙담하는 목소리가 새어나왔다. 접시는 오른쪽으로 살짝 움직였지만 미묘한 밸런스를 유지해 결국 단에서 떨어뜨리는 데까지는 이르지 못했다. 조금만 더 하면 떨어질 것 같기도 했지만 이젠 방법이 없다.

"으음, 이마무라 씨, 이건."

극한까지 집중한 탓인지 머리가 엄청나게 무거웠다. 실을 끊으려 힘을 너무 많이 쓴 것이다. 원래는 조금 더 움직일 수 있을 테지만 이미 온몸에서 힘이 완전히 빠져버렸다. 즉, 실패했다.

"이마무라 씨, 접시는 아직 떨어지지 않았습니다."

츠다가 당장이라도 울 것처럼 얼굴을 새빨갛게 물들이고 주먹을 덜덜 떨었다. 오늘은 이 이상 힘을 쓸 수 없다. 하지만 다른 날에 다시 오면 접시는 분명 이제까지보다 더 단단하게 고정되겠지. 그렇게 되면 정말 손 쓸 방법이 없다.

"그만, 두죠, 츠다 씨."

"그만둔다고요?"

"접시를 깨도, 과거는 지울 수 없다고, 생각해요."

"하지만."

마음속으로 면목이 없다고 생각하면서, 이마무라는 어떻게든 얼버무리려 필사적이었다. 자신의 치부를 없앨 수 있다는 생각에 흥분 된 츠다는 도저히 물러날 수 없는 상황이 되어 있었다. 접시를 깨는 건 사실상 무리라고 솔직하게 털어놓을 수는 없었다.

"전, 고등학교 때 축구부였는데요."

"네에."

"뭐라고 할까, 정말로 지는 게 싫었어요. 하지만 다른 부원들은 즐겁게 축구를 하자, 같은 태도라서 연습도 대충대충 했거든요. 저 혼자만 필사적이라는 느낌이었어요. 팀이 약한 건 다른 멤버들 탓이라고 생각했던 거죠."

츠다는 갑자기 시작된 이마무라의 이야기를 이해하려는 마음에서인지, 벌어졌던 입을 다물고 귀를 기울였다.

"하지만 마지막 시합까지 포함해 저는 한 번도 득점을 하지 못했어요. 마지막 시합에서도 후반에 교체로 들어가서, 아쉬운 슈팅이 하나 있었는데요. 하지만, 정말로 살짝 빗나가서 골대에 맞아 버렸거든요. 아마, 오른쪽으로 10센티미터 정도만 움직였다면 들어갔을 거예요."

"오른쪽으로… 10센티미터."

"네, 맞아요. 그 후로 내내 후회했어요. 매일같이요. 그때 골을 넣었다면 인생이 변했을지도 모른다고. 오른쪽으로 10센티, 오른쪽으로 10센티만 내내요. 어쩌면 그렇게 생각한 탓에 이런 힘이 생겼을지도 몰라요."

"강한 바람 때문에, 라는 말씀인가요."

"제 능력은 쓸모가 없어요, 조금도요. 어쩌면 저한테는

더 대단한 힘이 있었을지도 모르지만 '오른쪽으로 10센티'
에만 집착했기 때문에 물체를 오른쪽으로 10센티밖에 움
직이지 못하게 되었는지도 몰라요."

어째서인지, 이야기를 정리해야 하는데 어느새 가슴이
뜨거워져 눈물을 흘리고 있었다. 오른쪽 10센티에만 집착
하던 자신이 갑자기 한심해진 것이다.

"이마무라 씨."

"분명 그때 같이 뛴 애들이랑 이 얘기를 한다면 다들 신
경도 안 쓸 테고, 어쩌면 기억조차 못 할지도 몰라요. 하
지만 저 자신이 거기에 너무 신경을 쓴 탓에 친구도 다 잃
어버리고 축구도 싫어하게 되어 버렸어요. 저 접시도 분
명 똑같아요. 접시가 아니라 자신을 궁지로 몰아넣는 건
츠다 씨 본인일 거예요."

"하지만."

"그야 제 눈으로 보면 멀쩡한 접시인걸요. 만에 하나 정
말로 미술품으로서는 가치가 없다하더라도, 미츠바 식당
의 스태미나 정식 같은 걸 담으면 엄청나게 맛있어 보일
거라고요. 하지만 깨져 버리면 정말로 아무 짝에도 쓸모
가 없잖아요. 접시가 불쌍하지 않나요?"

스스로도 대체 무슨 소리인가 싶으면서도 말을 멈출 수

없었다.

"그러니까 그만두자는 거예요. 과거의 실패에 끝없이 연연하면 저처럼 되어 버린단 말입니다."

얼굴을 들어보니 어째서인지 눈앞에서 츠다가 눈물을 줄줄 흘리고 있었다. 접시 한 장을 앞에 두고 다 큰 어른 둘이서 펑펑 눈물을 쏟는 모습은, 옆에서 보면 대체 얼마나 이상해 보일까. 우와, 창피해, 라고 생각한 순간에 갑자기 제정신으로 돌아와 순식간에 눈물이 쏙 들어갔다.

"이마무라 씨, 고맙습니다."

츠다는 울면서 고개를 숙이며 '제 생각이 짧았습니다'라고 말했다. 이마무라는 그저 어중간한 타이밍에 힘이 빠진 것을 얼버무리려다 갑자기 감정이 폭발했을 뿐이었다. 이런 인사를 들으니 반응하기도 난감해서 가슴이 쿡쿡 쑤셨다.

"그 말씀이 맞을지도 모르겠군요. 저는 이렇게나 미숙한 인간입니다. 젊은 이마무라 씨가 훨씬 많은 걸 알고 계십니다."

"아뇨, 그, 그건."

"조금 눈이 뜨인 기분입니다. 접시는 깨지지 않았지만 지금 이 순간, 제 마음에 박혀 있던 가시가 깔끔하게 뽑혀

나간 기분입니다."

'이것이 이마무라 씨의 진정한 힘일까요'라고 츠다가 감개무량한 표정으로 말해 와서, 마음속은 영 복잡했지만 억지로라도 '그래요, 분명 그럴 겁니다'라고 대답을 쥐어짜내어 이야기를 마무리했다.

"접시는 이대로 놔두도록 하지요."

"괘, 괜찮으신가요?"

"저 자신에 대한 교훈으로 삼기 위해서입니다. 그리고 이마무라 씨의 가르침을 마음에 담아두기 위해서이기도 하지요. 한 달에 한 번은 와서 볼 생각입니다."

생각지 못한 급전개에 어떻게 생각을 정리하면 좋을지 모르겠지만, 아무튼 원만하게 마무리가 된 모양이어서 좋게 생각하기로 했다. 가능하다면 입장료 600엔까지 츠다가 부담해 주었다면 완벽하겠는데, 라고 생각했다.

츠다는 품에서 휴지를 꺼내 눈물을 닦고 콧물을 닦았다. 하지만 휴지에 먼지가 많았는지 재채기를 연발했다.

"아."

이마무라가 유리케이스로 시선을 옮긴 순간 빠직, 이라고 할까, 쨍그랑, 하는 소리가 났다.

접시는 꽤 아슬아슬하게 단상에 머물러 있었던 듯했다.

츠다의 재채기로 미세하게 바닥이 흔들렸는지 오른쪽이
아닌 앞으로 굴러서 바닥에 떨어졌다. 물론 산산조각이
났다.

6

　대접 파손 사건으로부터 한 달이 지나고, 이마무라의 회
사에서는 큰 사건이 벌어졌다. 과장이 아침부터 온갖 욕
설과 모욕을 동원해 어느 인간의 존재를 부정하고 있었
다.
　"응? 이 자식아, 뭐라고 말 좀 해봐, 쓸모도 없는 월급
도둑놈아."
　과장 앞에서는 키타지마가 얌전히 고개를 숙이고 있었
다. 다른 건에서 또 실수를 저질러 이번 분기에만 두 번째
세절 전담직원이 된 이마무라는, 세절기 앞에서 직립한
채 옆에서 키타지마를 지켜봐야만 했다.
　저번 달에 큰 건을 따내서 그렇게 위풍당당했던 키타지
마였지만 마무리가 어설펐다. 수주한 사무용품의 수량을
한 자릿수 틀리게 보고하는 바람에 아무리 발버둥쳐도 납
품 기한을 맞추지 못하게 된 것이다.

당연히 클라이언트는 불같이 화를 냈고, 사장, 부장, 과장이 나란히 선물용 과자를 들고서 사과하러 가는 신세가 되었다. 계약도 전부 취소된 데다 자칫하면 위약금까지 청구당할 분위기였다.

"죄송합니다."

키타지마가 몇 번이나 고개를 숙여도 몰아치는 매도는 끝날 기미가 안 보였다. 당장 이 자리에서 배를 갈라라, 나라면 목을 매달아서 사죄할 거다, 같은 살벌한 말도 줄줄이 나왔다. 처음에는 다들 키타지마의 자기자랑이 지겨웠던 만큼 어느 정도는 꼴좋다고 생각했을 테지만, 과장의 도가 지나친 모욕에 모두가 질려 버렸다. 영업사원은 앞 다투어 밖으로 나갔고, 내근하는 사원들은 무뚝뚝한 표정으로 일만 하고 있었다.

너도 세절이나 할 테냐, 라는 말에 키타지마가 흘끔 이마무라를 보았다. 잠깐 눈이 마주치자 키타지마는 어색하게 시선을 피하면서 입술을 깨물었다. 순식간에 눈이 빨개지고 어깨가 덜덜 떨렸다. 남의 머릿속을 엿보는 초능력이 있는 건 아니지만, 후배에게 이런 모습을 보이는 스스로에 대한 한심과 분함이 절실하게 전해져 왔다.

과장, 키타지마, 주변 사원들, 그리고 자신까지, 눈에 들어오는 사람들 중 그 누구도 행복해 보이지 않았다. 이제 이런 세상은 싫다. 싫지만 아무것도 할 수가 없다. 답답하다.

과장이 또 두 손으로 책상을 내리쳤다. 큰 소리가 나서 사원 몇 명이 어깨를 움찔했다. 과장의 머리 위에 있는 신단이 흔들거리고 있었다. 커다란 나무 부적은 쓰러질 듯하면서도 쓰러지지 않았다.

부적이라, 라고 중얼거린 순간에 이마무라는 퍼뜩 깨달았다. 자신이 질책을 들을 때 과장의 머리 위로 떨어졌으면 좋겠다고 생각한 그 부적은, 지금 정확히 정면 왼쪽에 있다. 오른쪽으로 10센티만 옮기면 신단에서 떨어질 것이다. 바로 아래에는 과장의 머리가 있다.

키타지마의 실수로 회사가 손해를 보았다는 건 확실하다. 하지만 그것을 빌미로 과장은 과하게 심한 모욕을 퍼붓는다. 몇 시간이나 세워놓고 끝없이 고함을 지르는 것은 이미 가르침도 주의도 아니다. 이쯤 되면 가혹행위의 일종이 아닐까?

이것은 능력을 악용하는 게 아니다. 도를 모르는 상사에게 하늘이 내리는 경고다. 이마무라는 의식을 집중해 부적에 염을 보냈다. 조금 멀지만 어떻게든 움직일 수는 있을 듯했다.

오른쪽으로 10센티, 라고 강하게 염원하자 나무 부적은 서서히 미끄러지더니 순간 공중에서 멈췄다. 부적이 빙글빙글 돌면서 과장의 머리에 꽝, 하고 떨어지는 이미지를 그렸지만 현실은 조금 달랐다. 부적은 살짝 기울어진 상태를 유지한 채 수직으로 떨어졌다. 똑바로 떨어진 부적 모서리에 찔린 과장이 머리를 부여잡고 비명을 질렀다. 퍽, 하는 맑은 소리가 울려 퍼졌다.

과장은 그래도 아픔을 참아가며 키타지마에게 욕설을 퍼부으려 했지만, 너무 아파서인지 '아야야…'라고 중얼거렸다. 과장의 제일 가까운 자리에서 무뚝뚝하게 앉아 있던 중년의 여성 사무원이 저도 모르게 픔, 하고 웃었다. 그리고 그 정면에 있던 베테랑 회계 사원이 결국 참지 못하고 괴상한 소리를 내며 콧물을 뿜었다. 억지로라도 화를 내려던 과장도 분위기에 휩쓸려 저도 모르게 웃어 버리고, 키타지마도 덩달아 반쯤 웃고 있었다.

깨닫고 보니 사무실에 있는 모두가 웃고 있었다. 과장은 뭔가 하고픈 말이 있는 눈치였지만, 여성 사무원이 떨어진 부적을 주우면서 '신께서 그쯤 했으면 됐다고 말씀하시는가 봐요'라고 과장을 은근하게 제지했다.

──세상이 변했다.

그다지 바람직한 동기는 아니었지만 결과적으로는 잘된 일이라 생각하기로 했다. 세절기 앞에 직립한 채로, 이마무라는 드디어 들어간 숫에 작게나마 몸을 떨었다. 작게 주먹을 쥐고, 해냈다고 마음속으로 소리쳤다.

결국 분노의 불씨가 꺼져버린 과장은 투덜거리면서 점심을 먹으러 나가 버렸다. 덩그러니 남겨진 키타지마에게 다가가 무슨 말을 할지 잠깐 고민했다. 섣불리 위로하는 것도 좀 아니라는 생각이 들었고, 웃어넘길 분위기도 아니었다. 어물거리고 있자니 키타지마가 먼저 입을 열었다.

"너지?"

"네? 아."

"부적, 움직인 거."

으음, 네에, 라고 이마무라가 고개를 끄덕였다.

"조금 짜증이 나서요. 너무 심했잖아요, 과장님."

"초능력을 악용하지 마라."

"조심하겠습니다."

키타지마는 당장이라도 흐를 것만 같은 눈물을 얼버무리듯 닦고 태연한 척 점심이나 먹으러 가자고 말했다. 이마무라가 '가죠'라고 맞장구치자 키타지마는 '든든하게 먹고 다시 빠릿하게 힘내보자고, 너나 나나'라면서 실패자 포지션에 은근슬쩍 이마무라를 끌어들였다. 어쩜 이런 때에도 이러냐, 라고 생각하면서도 뭐 어떠냐 싶어 적당히 넘어가기로 했다.

"미츠바 갈까요? 스태미나 정식이 땡기네요."

"아~, 뭐 상관은 없는데."

"괜찮으시면 제가 살게요."

"뭐? 네가 왜?"

"저, 반년 동안 미츠바 무제한 공짜거든요."

"엥? 어째서?"

"돈이 좀 있으신 분의 일을 도와드렸더니 사례로 그렇게 해줬어요."

츠다의 얼굴이 머릿속에 떠올라 위가 살짝 쪼그라들었다. 떠올리기만 해도 겁이 나는 얼굴이었다.

츠다의 대접 파손 사건은 꽤 큰 문제로 발전했다. 미술관은 접시가 떨어진 원인을 고정용 실 사용법의 문제로 결론을 내리고, 작가의 눈앞에서 작품을 파손시켰다는 엄청난 결례에 몇 번이고 사과했다. 오너도 격노해 관장을 경질한다는 얘기까지 나왔지만, 그건 츠다가 직접 나서서 무마할 수 있었다.

그나저나 도기의 세계에는 '킨츠기'라는 기법이 있다고 한다. 파손된 도기를 옻칠로 접착한 후에 금가루로 장식해 수리하는 것이다. 츠다는 일단 접시를 회수해, 스스로 '킨츠기' 기법으로 복원해서 미술관에 돌려주었다고 한다.

깨진 접시는 금색 이음매가 아름다운 포인트가 되어 예전보다 모던한 맛을 내게 되었다는 모양이다. 츠다는 복원한 접시의 완성도에 만족했고 오너도 문자 그대로 '박이 더해졌다'며 기뻐했다고 한다. 옛날 사람들의 대단함에 새삼 감탄이 나왔다. 쓸모없는 물건을 예술품으로 만들어 버리니까.

츠다는 이마무라에게 답례를 하고 싶다고 말했지만 역시 그런 걸 받을 마음은 들지 않았다. 자신의 힘이 뭔가를 해결한 것도 아니다. 운명을 잘 이끌어준 건 어디선가 보고 계실 신일 테니.

하지만 꼭 보답을 하고 싶다고 매달리는 츠다에게 미츠바에서 점심이나 사달라고 대답했다. 한 번이면 된다는 뜻이었지만 츠다는 아주머니와 교섭해 반년 간 무제한 공짜로 해 주었다. 얼마를 냈는지는 알 수 없지만 아주머니가 싱글벙글 웃으면서 언제든 먹으러 오라고 말씀하시는 걸 보면 상당한 금액을 받았을 것이다. 괜찮은 걸까 싶긴 했지만, 가난한 샐러리맨에게 반가운 답례인 것은 확실했다.

"뭐, 네가 산다고 한다면 상관없지."

그럼 가죠, 라고 이마무라가 웃자 키타지마는 작게 고맙다고 말했다.

오전 내내 서 있었더니 배가 고프다. 오후에는 과장에게 세절 담당에서 통상업무로 복귀시켜달라고 직접 담판할 생각이다. 언제까지고 쓸모없는 녀석으로 있을 수는 없다. 일단 배를 채우고, 싸움은 그 다음부터다.

매콤달콤한 스태미나 볶음과 아주머니 특제 매운맛 소스의 맛이 떠오르자마자 배에서 꼬르륵 소리가 났다. 배 고프네요, 라며 이마무라는 키타지마의 등을 떠밀었다.

2

패럴라이저
카네다

Paralyze

가위 누르기(패럴라이즈)

일반적으로 가위 눌림이라는 단어는 수면장애의 일종인 '수면마비'를 가리키는 경우가 많다. 하지만 초능력을 연구하는 세계에서는 상대의 신체 혹은 신체 일부를 마비시켜 행동불능 상태로 만드는 능력을 말한다.

〈중략〉

진언밀교에서는 불교의 수호자로 유명한 부동명왕이 견색이라는 밧줄로 죄인을 포박한다고 전해진다. 밀교주술을 수행한 자는 이 부동명왕의 힘을 빌려 인(印)이나 주(呪)로 상대의 자유를 빼앗는다고 하는데, 밀교에서는 이것을 금박법(金縛法)이라 칭한다.

〈중략〉

인간의 몸은 대뇌에서 보낸 전기자극이 신경계를 통해 각 부분의 수의근을 움직여야 행동할 수 있다. 이러한 전기자극은 인간이 몸을 움직이려는 의사의 힘으로 생성된다는 사실은 이미 저번 챕터에서 설명했다. 〈중략〉 강한 염의 힘으로 자신의 체내뿐 아니라 타인의 체내에 흐르는 전기자극에도 영향을 줄 수 있다는 것이 패럴라이즈 능력자의, 평범한 인간과 다른 점이다. 〈중략〉 염을 주입당한 인간은 자신의 대뇌에서 보내는 전기자극과 다른 자극을 받는 탓에 일시적인 신경계의 패닉을 일으켜 마비상태에 빠진다.

〈중략〉

한편 패럴라이즈에 의한 근육의 경직은 수의근에만 영향을 주기에 심근, 내장근 등의 불수의근이나 자율신경계에는 영향을 주지 않는 것으로 보인다. 그렇기에 패럴라이즈를 사용해 상대의 심장이나 호흡을 정지시켜 사망케 하는 것은 불가능할 것으로 추측된다.

전일본 사이킥 연구소 간행 『~당신에게도 있는 힘~ 초능력 입문』

제12장 「가위 누르기」에서 발췌

1

아침에 일어나자마자 카네다 마사요시가 하는 일은 정해져 있다. 창문으로 비쳐드는 아침 햇빛을 받으며, 베갯머리맡에 놓인 점착 롤러로 아직 온기가 남아있는 베개와 시트를 미는 것이다. 팔을 뻗었다가 당기는 움직임을 두 번만 왕복해도 손이 덜덜 떨린다.

"오늘은 위험하네."

카네다의 입에서 깊은 한숨이 새어나왔다. 롤러를 굴릴 때마다 가늘고 힘이 없는 머리카락이 몇 가닥이나 붙는다. 평소보다 많다는 느낌도 들었지만 무서워서 세 보지는 않았다.

이불도 대충 개고 서둘러 세면대로 향했다. 칫솔보다 빗이 먼저다. 두세 번 빗질을 해보고 더 빠진 머리카락은 없는지 관찰한다. 빠진 털이 한 가닥이라도 있으면 속이 뒤집어지는 기분이 들지만, 그래도 확인하지 않고서는 견딜 수 없었다.

거울에 비친 자신의 모습을 보았다. 밋밋한 몸에 잘생기지도 못생기지도 않은 얼굴이 얹혀 있었다. 괜찮은 남자인지 아닌지 굳이 따지자면 아슬아슬하게 아니라고 할 수 있다. 객관적으로 봐도 얼굴은 못난 편이 아니라고 생각하지만, 몸이 작고 왜소해 남자다움이 부족한 게 문제다.

본판이 애매한 카네다가 '괜찮은 쪽'에 속하려면 잘 꾸미고 다녀야 한다. 옷이나 액세서리에도 신경을 써야 하지만, 핵심은 헤어스타일이다. 머리만 잘 세팅하면 조금 이상하게 입고 다녀도 개성적이라고 평가받는다. 즉 헤어스타일이야말로 패션의 최고 중요 포인트다.

그게 카네다가 멋대로 내세우는 지론이다. 하지만 터무니없는 억지 논리라는 걸 자각하고 있어도 아침마다 세면대 앞에 서면 마음이 강하게 조여든다. 머리카락이 듬성듬성해져 두피가 훤히 드러난 모습을 상상하면 현기증이 난다.

대머리가 된다. 인생이 끝난다.

벗겨진 머리로도 상쾌하게 살아가는 분들께는 대단히 실례되는 발언이라는 것을 잘 알고있지만, 아무튼 카네다는 그런 생각이 들었다. 대머리가 된 자신을 받아들일 수 없는 것이다.

——뭘 하든 결국 '어차피 걘 머리 벗겨졌잖아'로 마무리된다.

　——아무리 잘 꾸며도 숱이 얼마 없다는 사실만으로 꾸민 티가 안 난다.

　——즉, 멋이 없다.

　——정의의 사도가 멋이 없다니, 대체 어쩌자는 건지.

　거울 속에서 움직이는 자신을 보면서 흐트러진 머리카락을 어떻게 할지 고민한다. 왁스를 쓰지 않으면 세팅이 제대로 되지 않는다. 하지만 왁스는 두피에 자극을 주니까 걱정된다. 써야 할지 말아야 할지 고민하다 보면 스트레스가 쌓이고, 스트레스가 또 탈모를 진행시킬지도 모른다고 생각하니 이것도 고민스러웠다. 고민하고 싶지 않은데 고민할 수밖에 없다. 지난 몇 년 동안, 매일 아침 이러고 있다.

2

　평소와 같은 시간에 역에 도착하자 곧바로 전철이 왔다. 문이 열리자마자 뒤쪽에서 밀려오는 압력에, 차 안으로 밀려들어가 좌로 우로 휩쓸리다 보니 순식간에 옴짝달싹 못하게 되었다. 심한 구간에서는 승차율이 200퍼센트 가까이에 달하는 아주 혼잡한 노선이다. 콩나물시루라는 표현은 꽤 절묘하지만 콩나물도 이렇게 엉망으로 치인 건 아마 먹지 못할 것이다.

역무원이 필사적으로 사람을 우겨넣자 겨우 문이 닫혔다. 정신을 차리고 보니 눈앞에는 윤기 나는 흑발이 있었다. 아무래도 밀려다닌 끝에 여고생의 등 뒤에 서게 된 듯했다.

턱 높이까지 오는 그녀의 정수리에선 검은 머리카락이 예쁜 소용돌이를 일으키고 있었다. 카네다가 부러운 마음에 멍하니 바라보자 그녀가 흘끔흘끔 뒤를 돌아보았다. 들킬 정도로 시선이 뜨거웠나, 라는 생각에 카네다는 얼버무리듯 황급히 손잡이를 잡았다.

하지만 상황이 이상하다는 것을 깨닫기까지 그렇게 오래 걸리지 않았다. 학생의 몸이 불규칙적으로 흔들리고 있었다. 몸을 비틀고 있었기 때문이었다.

"그만 하세요."

목소리라고 할 수 없을 정도로 작은 한마디였다. 그것을 들은 사람은 아마 주변에 없을 것이다. 카네다에게도 제대로 들리지 않았다. 목소리의 출처를 찾으려고 하자, 뒤를 돌아본 여고생과 눈이 마주쳤다. 가지런한 일자 앞머리 아래로 보이는 눈은 화를 내는 것처럼 보이기도 했고, 겁에 질린 것처럼 보이기도 했다.

설마 싶으면서도 천천히 시선을 내렸다. 바로 앞에 있는 여고생의 교복 치마가 조금 말려 올라가, 누군가의 손목이 그 안으로 들어가 있었다.

치한이잖아, 라고 생각한 순간에 오장육부가 들끓는 기분이 들었다. 자신의 성욕을 채우기 위해 저 어린 소녀의 엉덩이를 만지다니 도저히 용서할 수 없다. 범인은 곧바로 찾아냈다. 카네다 옆에 선 남자였다.

이 자식이, 라고 정의로운 분노를 폭발시키려 고개를 들자 치한이 날카롭게 노려보았다. 왜소한 카네다가 올려다볼 정도로 컸다. 몸은 근육이 울퉁불퉁하게 도드라져 보일 정도여서 완력으로는 도저히 승산이 없을 듯했다. 남자는 조금도 위축되지 않고 카네다에게 얼굴을 들이대더니 불만 있냐는 듯이 위협했다. 이 더러운 치한 자식아! 당장 그 손을 떼지 못할까! 라고 말하는 순간 자신의 운명이 어떻게 될지 상상하자, 목이 꽉 메인 것처럼 목소리가 나오지 않았다.

──'초능력'을 쓸 수밖에 없군.

흐읍, 하고 몸에 힘을 주었다. 온몸의 털이 곤두서는 감
각이 들고 힘이 서서히 손끝에 모였지만, 찌릿찌릿한 긴
장감이 머리까지 오자 집중력이 끊어졌다.

틀렸어, 라고 카네다는 고개를 숙였다. 오늘 아침에 거
울에 비친 자신의 모습이 뇌리에 강하게 스쳤다. 몇 번 더
집중하려 노력했지만 체내의 힘은 다시 모이지 않았다.

3

카네다가 자신에게 잠재된 초능력을 알게 된 것은 고향
에서 대학교를 다니던 때였다.

하루하루 생활하다 보면 바람직하지 않은 행위를 하는
인간을 종종 보게 된다. 술에 취해 남에게 폭력을 휘두르
거나, 절도, 소매치기. 공갈이나 낙서 등을 하는 인간. 그
런 때에 카네다의 마음에선 '악은 용서할 수 없다'라는 단
순한 정의감이 폭발한다. 머릿속에서는 '뎅데뎅!'하고 용
맹한 음악이 흘러나와 몸을 흥분시킨다. 참고로 멜로디는

스스로 생각해낸 오리지널이다.

마사요시의 분노를 손끝에 집중시키면 찌릿찌릿한 감각이 생겨난다. 그 감각이 점점 커져 엄지부터 새끼손가락까지, 열 손가락 전부 펴지면 준비 완료다. 카네다는 정의의 사도 '패럴라이저 카네다'가 되는 것이다. 테마송과 마찬가지로 이 이름도 직접 붙였다. 카네다는 초능력에 눈을 뜬 후로, 살고 있는 동네에서 은밀하게 자경활동을 하고 있다. 지역밀착형 정의의 사도라고 할 수 있겠다.

"어이, 그만둬라! 이 악당아!"

그날은 학원이 끝나고 귀가하는 중학생 정도로 보이는 소년을 공갈하는 남자를 발견했다. 남자는 주차장이 넓은 국도변 편의점에 대놓은 트럭 뒤편, 점포의 빛이 닿지 않는 으슥한 자리로 겁에 질린 소년을 끌고 와서는 돈을 빼앗으려 하고 있었다. 능숙한 수법을 보아하니 상습범일 것이다.

소년은 배를 한 대 맞아 완전히 전의를 상실했다. 내버려두면 그는 지갑을 빼앗겨 풍족하지도 않은 용돈을 잃게 되겠지. 그리고 침울하게 고개를 숙이고 터벅터벅 집으로 향할 것이다. 평소보다 귀가가 늦어 걱정하는 어머니에게는 이렇게 말하지 않을까. 괜찮아, 아무 일도 아니야.

그런 일을 용서할 수 있는가?

카네다의 머릿속에서 분노가 점점 커졌다. 만약 카네다가 경찰에 신고하더라도 경찰차가 도착하기까지 걸리는 시간은 약 7분. 그 사이에 남자는 소년에게서 돈을 빼앗아 스쿠터를 타고 부리나케 도주해 버릴 것이다. 소년은 용돈을 되찾지 못할 가능성이 크다.

그렇다면 이 눈앞의 악을 처단하는 자는 누구냐?
나다!

"넌 뭐야?"
"나 말이냐?"
정의의 사도다!

검지를 들어 똑바로 그를 가리켰다. 저도 모르게 몸이 부르르 떨릴 만큼 완벽한 등장이었다. 카네다가 소년을 흘끔 쳐다보자 아직 겁에 질린 듯이 보였다.

불량배는 갑자기 나타난 카네다를 보고 놀란 듯했지만, 상대가 자신보다 체격이 작다는 걸 알자, 헛웃음을 지으며 휘적휘적 다가왔다. 때려눕히면 아무 문제도 없다고 생각하고 있겠지.

호흡을 가다듬고, 배꼽 아래 단전이라 불리는 부위에 가만히 힘을 모았다. 남자가 카네다에게 가까이 다가왔다.

"아! 경찰이다!"

갑자기 소리치자 남자도 덩달아 그쪽으로 눈을 돌렸다. 그 순간을 놓치지 않고 두 손을 뻗어 남자의 팔을 붙잡았다. 끝까지 모은 힘을 단숨에 해방했다. 손끝에서 보이지 않는 힘을 몸속으로 흘려보내는 이미지였다. 남자는 갑자기 막대기처럼 뻣뻣하게 굳더니 그대로 바닥에 쓰러졌다.

──가위 누르기(패럴라이즈).

원래 작고 마른 체구를 가진 카네다는 싸움에 전혀 소질이 없었다. '힘없는 정의는 무력하다'라고 예전에 어느 높은 사람이 말한 적이 있는데, 카네다가 딱 그 '힘없는 정의'였다. 악을 용서하지 않겠다는 마음은 있지만, 힘으로 덤벼도 아무것도 하지 못하고 역으로 당하기만 할 뿐이었다. 누구에게도 지지 않는 강함을 얻으려 근력 트레이닝에 열중한 적도 있지만, 날 때부터 왜소했던 몸은 성장기를 지나도 그다지 커지지 않고 근력도 딱히 좋아지지 않았다.

힘이 있었으면.

매일같이 그런 생각을 하던 어느 날, 자신에게 깃든 불가사의한 힘을 깨달았다. 확실한 원리는 모르겠지만, 강하게 염원하면 손으로 만진 인간을 마비시킬 수 있게 된 것이다. 극도의 집중력이 필요해서인지 능력은 하루에 한 번밖에 쓸 수 없다. 가위에 눌린 상태로 만드는 시간도 기껏해야 몇 분이지만 흔해빠진 악당을 퇴치하기에는 충분한 능력이었다.

카네다는 가방에서 점착 테이프를 꺼내어 쓰러진 남자의 팔다리를 능숙하게 감았다. 남자를 완전히 무력화한 후에 휴대전화로 경찰에 신고하고, 넋이 나간 소년에게 경찰이 오면 사정을 설명하라고 말하고는 바람같이 현장을 떠났다.

악을 벌하고 약한 자를 구한다. 트러블을 해결하면 카네다의 마음은 맑아진다.

지역밀착형 정의의 사도, 패럴라이저 카네다는 지역 대학에 다니는 4학년 동안 수십 건의 범죄를 은밀하게 소탕해 왔다. 하지만 이 무적의 능력에도 한 가지 결점이 있었다. 능력은 사용자의 육체에 비정한 대가를 요구했다.

패럴라이즈의 사용은 가속도적으로 탈모를 진행시킨다.

4

통근전철의 치한을 상대로 마사요시가 분노와 무력감에
서 갈등하는 사이, 어느새 다음 역에 도착했다. 문이 열리
고 사람이 잔뜩 내렸다. 카네다도 인파에 떠밀려 전철 밖
으로 밀려나왔다.

"이 사람, 치한이에요!"

혼잡한 이른 아침, 가냘프지만 귀에 쏙 들어오는 여고생
의 목소리가 퍼졌다. 행인 몇 명이 걸음을 멈추고 그녀가
가리키는 방향에 누가 있는지 확인했다.

"어, 나?"

그녀의 손가락은 똑바로 카네다의 이마를 가리키고 있
었다. 수많은 시선이 자신에게 쏟아졌다. 너무 동요한 나
머지 카네다는 몸을 움직일 수가 없었다. 목도 굳어서 아
니라는 목소리조차 제대로 내지 못했다. 마치 가위에 눌
린 것처럼.

가장 먼저 카네다를 뒤에서 잡아붙든 사람은 아까 전의
진범이었다. 이어서 근처에 있던 건장한 젊은 남자와 샐

러리맨이 카네다의 양 옆에 섰다. 셋이서 잡아 누르면 옴짝달싹할 수 없다. 진범은 카네다 뒤에서 역무원을 불러오라고 주위에 지시하고 있었다. 아니라고 소리치려 해도 남자의 우람한 팔이 목을 졸라 목소리가 나오지 않았다.

손 쓸 방법이 전혀 없었다. 역무원이 차례차례 모여들고 구경꾼들에게도 포위당했다. 옆에서는 여고생이 울고 있고 도망칠 수도, 해명할 수도 없었다. 내가 아니라고 역무원에게 호소해봤자 경찰한테 얘기하라는 무자비한 대답만이 돌아왔다.

그때부터 사태는 무서운 기세로 악화되었다. 플랫폼의 혼란을 피해 역 사무소로 끌려가자 곧바로 철도경찰이 왔다. 오늘은 아침부터 클라이언트와 중요한 회의가 있는데, 이제부터 근처 파출소로 연행해 조사하겠다고 한다. 경찰관의 말투는 온화했지만 내용은 치한이 얼마나 비겁한 행위인지에 대한 길고 긴 설교였다.

"저기."

"응?"

"제가 아니에요."

대화를 끊고 그렇게 말하자 갑자기 경찰관의 눈빛이 돌변했다. 너무나 갑작스러워 등골이 오싹해졌다.

"부인하겠다는 소린가?"

"제가 안 했다고요. 그럴 리가 없잖아요. 제대로 조사해 주세요."

그는 앞혀진 카네다를 물끄러미 내려다보며 얼굴을 일그러뜨렸다.

"그런 말로 넘어갈 수 있을 만큼 경찰은 만만하지 않아."

"아니, 제 옆에 있던 녀석이 만졌다고요. 제가 봤어요."

옆에 있던 녀석? 경찰은 코웃음을 치고 카네다의 어깨에 손을 얹었다.

"진범이 따로 있다는 소리냐?"

"네, 그래요."

"학생이 치한을 당하는 걸 목격했다고?"

"봐, 봤어요. 분명히."

"그럼 왜 아무한테도 말하지 않았지? 그 자리에서."

그 말에 대답하려던 입이 허무하게 뻐끔거렸다. 그건…, 다음에는 아무 말도 이어지지 않았다.

——패럴라이즈만 쓸 수 있었다면 어떻게든 해결할 수 있었을 거예요.

──하지만 어제 야근도 했고, 탈모도 이젠 위험한 수준이라.

──망설이다 보니 역에 도착해서….

머릿속에서 소용돌이치는 말 중 어느 것도 소리로 변환되지 못했다.

파출소로 끌려가기 전에 그나마 회사에 연락하는 것은 허락을 받았다. 솔직하게 사정을 이야기했지만, 상사는 두 번 다시 나타나지 말라면서 통화를 끊어 버렸다.

역무원이 지나다니는 사무실 한구석에서 연행을 기다리는 자신이 너무나도 한심했다. 역무원들이 곁눈질로 카네다를 보았다. 조금 먼 자리에서 여성 역무원들이 '그럴 만한 얼굴이야'라고 말하는 게 들렸다. 동료로 보이는 여성이 듣겠다며 주의를 주었지만 이미 늦었다. 그 말은 카네다의 가슴에 깊이 꽂혔다.

──말도 안 돼.

──나는 누구보다 정의를 사랑하고 악을 미워하는데.

──그것보다, 그럴 만한 얼굴은 뭐야. 얼굴은 지극히

평범하잖아.

　온갖 갈등을 종합한 끝에, 카네다는 전부 탈모 때문이라는 결론을 내렸다. 분명 '머리도 벗겨지고 인기도 없으니까 치한 짓이나 하는 거야'라고 단정했을 것이다. 만약 카네다에게 머리카락이 무성했더라면, 그리고 패셔너블하게 꾸미고 다녔더라면, "저런 사람이 뭐가 아쉬워서 치한 행위를 할까?"라고 생각해 주었을지도 모른다. 결백하다는 카네다의 외침에 한 명 정도는 귀를 기울여 주었을지도 모른다.

　치밀어 오르는 절망 속에서 머리를 쥐어 싸매고 고개를 숙이고 있다 보니, 빠진 머리카락이 하얀 바닥에 힘없이 떨어졌다. 조사를 받은 다음 날 아침에는 베개에 얼마나 많은 머리카락이 빠져 있을까.

5

　카네다의 치한 의혹은 허무하게 종결되었다. 연행당하기 직전, 카네다와 같은 전철에 탄 여성이 카네다의 두 손은 분명히 손잡이와 가방을 잡고 있었으니 결백이 확실하다고 증언해 준 것이다. 여성은 갈 길이 바빠 일단 무시하려 했지만, 누명을 쓰고 끌려가는 카네다의 모습이 머릿속에서 떠나지 않아 일부러 발걸음을 돌렸다고 한다.

마침 역내에서 가벼운 화재로 소동이 일어나, 카네다는 '가도 됩니다'는 한마디로 난폭하게 석방되었다. 석방당한 건 다행이지만 회의는 이미 시작되었다. 택시를 타도 시간에 맞추는 것은 불가능했다. 늦게 들어갈 수도 없고, 누군가에게 인계할 수도 없다. 완전히 두 손 다 들었다.

출근해서 치한 누명으로 늦었다고 보고하면 어떻게 될까. 회의 대응에 쫓기던 부서 직원들에게서 차가운 시선이 날아오고, 일단 상사에게 '얼빠진 네가 잘못한 거야'라고 한소리 듣는다. 그걸 '털빠진 네가 잘못한 거야'로 잘못 듣고는 기운이 쭉 빠진다. 직장 후배인 이토가 '사실은 귀여운 여자애 엉덩이라도 만진 거 아니에요?'라고 완전히 선을 넘은 농담을 지껄여댄다. 카네다가 노려보면 농담이라며 히죽거리면서 얼버무린다.

단순한 망상인데도 지나치게 리얼한 탓에 카네다는 출근할 기력을 완전히 잃었다. 말이 망상이지, 충분히 현실에서 일어날 만한 일이다.

내 인생은 대체 언제부터 변한 걸까. 카네다는 벤치에

앉아 하늘을 우러러보았다. 입사 직후에는 상사의 눈에 들어, 기대되는 신인으로 소개되기도 했다. 그 시절에는 스스로에게 자신도 있었고 여자친구도 있었다. 일도 열정적으로 해치웠다.

하지만 입사 3년차 되던 해, 분위기는 크게 바뀌었다.

신제품의 프레젠테이션에 대해 의견을 나누는 사내회의가 있었다. 선배가 작성한 자료를 보고 카네다는 고개를 갸웃거렸다. 제품의 단점이 적혀있지 않았기 때문이다. 절대로 무시할 수 없는 단점이 있었는데도. 카네다는 그 부분도 명확하게 기술해서 클라이언트에게 판단을 요구해야 한다고 주장했다. 하지만 선배는 클라이언트 측의 확인 부족을 이유로 들면서 단점은 덮어둬야 한다고 주장했다. 알아채지 못한 건, 제품 사양을 제대로 확인하지 않은 클라이언트 탓이라는 논리였다.

놀랍게도 상사를 포함해 회의 참가자 대부분은 선배의 의견에 동의했다. 만약 이 건이 날아가면 영업부는 목표 달성에 실패한다. 게다가 잘 되면 사양 변경에 따른 추가 요금도 챙길 수 있다는 소리까지 나왔다. 그거 좋은데! 라는 웃음소리가 들렸다.

제안하는 상품은 결코 싸지 않다. 클라이언트는 한정

된 예산으로 돈을 꾸려, 기대를 담아 제품을 구매한다. 하지만 단점에 대한 정보를 제공받지 못한 탓에, 구매한 후에야 치명적인 문제가 있다는 사실을 알아차린다. 그렇지만 이미 늦었다. 꼼꼼하게 확인하지 않은 자기 책임이라며 담당자는 어깨를 축 늘어뜨린다. 예산 탓에 다른 제품으로 교체할 수도 없어서, 한숨을 쉬며 이쪽에서 요구하는 대로 결코 저렴하지 않은 사양 변경 계약을 추가로 맺는다. 영업사원은 겉으로는 안타깝다는 표정을 짓고 있지만, 속으로는 멍청한 자식이라면서 비웃는다.

그것을 과연 용납할 수 있을까?

카네다의 주장은 분명 올바르지만 회의장에서는 완전히 무시당했다. 거짓말을 하지 않는 것, 고객에게 성의를 갖춰 대응하는 것은 정의다. 그렇게 믿고 끈질기게 주장하는 카네다에게 선배는 믿기지 않게도 이런 말을 했다.

──시끄러워, 대머리 주제에. 그냥 입 다물고 있어.

카네다는 털썩 주저앉아 그대로 입을 다물었다. 패럴라이즈를 쓰는 만큼 머리카락이 빠진다는 사실은 어렴풋이 알고 있었지만, 어떻게든 못 본 척하고 있었다. 그 탓에 면전에서 대머리라는 말을 들은 충격은 너무나도 컸다. 신경 쓰지 않으려 했지만 도저히 그럴 수는 없었다. 그 한 마디에 자신은 최선을 다하고 있다는 자신감이 단숨에 꺾여 버렸다.

그때부터 자신은 뭘 해도 탈모로 비웃음을 사고 있다는 기분이 들어 적극적으로 발언하지 못하게 되었다. 신기하게도 자신감을 잃어버리자 이상한 실수가 늘어났다. 실수를 질책당하는 게 싫어, 남의 눈을 피하다 보면 현장에서의 커뮤니케이션이 줄어든다. 대화가 줄면 부서 내에 도는 정보에 둔감해진다. 업무에서 뒤쳐진다.

당연히 영업실적은 떨어지고, 실적이 떨어지자 상사의 질책도 심해졌다. 실적이 떨어질수록 사람들에게 더욱 얕보여, 입사할 때는 고분고분했던 후배 이토가 대놓고 자신을 우습게 여기기 시작했다. 회사 문제는 사생활에도 영향을 미쳤고 여자친구는 '너랑 있으면 따분해'라며 헤어지자고 말했다.

정신을 차리고 보니 카네다는 완전히 '쓸모없는 인간' 취급을 받고 있었다. 한 번 그런 딱지가 붙으면 지우기 위해 엄청난 고생을 해야 한다. 정말로 자신은 쓸모없는 인간일지도 모른다고 생각되자, 자신감이 상실되어 생각한

대로 행동할 수가 없다. 그게 또 주위의 짜증을 부추긴다. 카네다는 바닥 모를 악순환의 소용돌이에서 헤매고 있었다.

지금 생각하면 과로와 수면 부족으로 녹초가 된 상태에서 패럴라이즈를 남발하는 것은 신체, 특히 머리카락에 심각한 부담을 주었을 것이다. 능력을 쓴 다음 날에는 그야말로 모골이 송연해질 만큼의 양이 빠진다. 하지만 사용을 자제하려고 해도, 도시는 시골과 비교도 안 될 만큼 트러블이 많다. 악인을 목격했는데도 모른 척하는 것은 절대 불가능하다. 그 결과, 패럴라이즈를 쓰는 나날이 계속되었다.

한번 부작용을 신경 쓰기 시작하자 아무것도 할 수 없었다. 탈모가 무서워 초능력 사용에 필요한 집중을 하지 못하게 된 것이다. '대머리 주제에'라는 목소리와 거울에 비친 자신이 머릿속에 맴돌아 기분이 침울해졌다.

그것은 능력을 잃은 거나 마찬가지였다.

치한으로 오인당한 카네다는 '정의의 사도'라는 마지막 자존심마저 잃었다. 사람들이 정신없이 오가는 역에서 멍하니 서 있자, 쾌속열차가 굉음을 내며 눈앞을 지나갔다.

있어서는 안 될 충동이 생겨날 것 같아서 카네다는 저도
모르게 자신의 어깨를 감싸 안았다. 이건 안 된다는 생각
에 고개를 가로저었다.

"여보세요."

충동적으로 전화를 걸었다. 스마트폰의 얇은 액정 뒤에
내장된 스피커에서 그리운 목소리가 들렸다. 고향에 계신
할아버지였다. 이미 아흔에 가까운 나이지만 여전히 정정
하신 듯했다.

"누구신지…, 마사요시냐?"

"할아버지, 나 더 이상은 힘들지도 모르겠어."

"이건 또 무슨 소리냐. 뭐가 힘든지는 모르겠지만, 그럼
돌아오면 되지 않겠니?"

그 자상한 목소리를 들으니 도저히 가만히 있을 수 없었
다. 다행히 오늘은 금요일이다. 하루만 쉬면 앞날을 고민
할 수 있는 시간이 생긴다. 지금은 시간이 필요했다.

6

카네다의 고향은 도심에서 신칸센과 지역 노선을 갈아
타 3시간쯤 걸리는 시골 마을이다.

가장 가까운 역에 도착해 하나뿐인 개찰구를 통해 밖으로 나가자, 아담한 역 앞 로터리가 나왔다. 택시 승강장에는 택시가 딱 한 대. 로터리 건너편에는 인기 없는 파칭코와 '미츠바 식당'이라는 오래된 식당이 나란히 있었다. 마침 샐러리맨 두 사람이 식당에서 나오고 있었다. 만족스러운 표정으로 배를 쓰다듬으며, 둘 중 하나는 이쑤시개를 물고 있었다.

학생 때는 미츠바 식당에서 거의 매일 밥을 먹었다. 스태미나 고기볶음 정식, '스태정'이라는 별칭이 붙은 돼지고기콩나물 볶음이 최고 인기 메뉴다. 하굣길에 '스태정 쌀밥 곱빼기'를 먹어치우고 집에 가서 다시 저녁을 먹는 게 일상이었다. 밥을 그만큼 먹었는데도 왜 키는 그대로인지 도무지 이해가 가지 않는다.

그리운 그 맛을 떠올리다 보니 배에서 꼬르륵 소리가 났다. 먹고 갈까 생각도 했지만 걸음이 저절로 멈추었다. 기름진 음식은 두피에 좋지 않다고 들었다. 단맛도 매운맛도 강한 스태정은 말할 것도 없다.

안타까운 마음으로 스태정을 포기하고 로터리 한구석에 있는 버스정류장으로 향했다. 가장 가까운 역이라지만 집에 가려면 다시 버스를 타고 30분은 가야 한다. 버스를 타고 '미술관 앞'이라는 정류장에서 내려 15분 정도 걷자 드디어 고향집이 나왔다.

현관 앞에서 카네다가 돌아오기를 기다리고 있었는지, 삐걱거리는 문을 열자 할아버지가 금세 다가와 맞이해 주었다. 체구는 카네다보다도 작고, 하얀 러닝셔츠에 하얀 잠옷바지라는 그야말로 노인다운 차림이었다. 안타까울 정도로 벗겨진 머리카락을 보며, 자신도 곧 이렇게 된다는 사실을 다시금 실감했다.

"안색이 좋지 않구나. 밥은 제대로 먹고 다니는 게냐?"

"응, 그럭저럭. 근데 좀 바빠서 말이야."

할아버지는 '밥도 안 먹고 일은 무슨 일'이라고 중얼거리면서 현관으로 카네다를 불러들였다. 오랜만에 돌아온 집에서는 그리운 냄새가 났다. 오랜 세월 쌓인 생활의 냄새와 15년 전에 돌아가신 할머니의 불단에서 나는 향냄새가 섞인 것이다.

불필요할 정도로 큰 거실 테이블 옆에 앉자 은은한 색의 차가 나왔다. 할아버지도 비틀거리며 찻주전자를 한손에 들고 앉더니, 우동이라도 먹듯 후루룩거리며 차를 마셨다.

"자, 이야기해 보려무나."

할아버지가 웃으면서 조금 멀어진 귀를 카네다에게 향했다. 이야기해 보라는 말을 들어도, 도착한 직후라서인지 마음의 준비가 전혀 되어 있지 않았다.

"저기, 아버지는?"

"오늘은 안 올 거다. 유괴사건이 발생했다지 뭐냐. 서에 처박혀 있단다."

"그렇게 큰 사건이야?"

"그게, 수사 범위가 넓어지는지 관할이네 뭐네 신경 쓸 게 많은 모양이더구나."

카네다 일가에는 경찰의 피가 진하게 흐른다. 아버지는 지방 경찰서의 부서장, 어머니는 전직 경찰, 할아버지도 전직 형사, 형은 교통기동대 싸이카 대원이다. 카네다도 어린 시절부터 철저하게 '악은 용서치 않는다'는 교육을 받으며 자랐다. 이름부터가 한자로 정의(正義)라고 쓰고 '마사요시'로 읽으니까. 어린 시절부터 주입된 정의로운 마음은 몸속 깊은 곳에 단단히 뿌리내리고 있었다.

카네다는 자신도 대학교 졸업 후에는 경찰이 되려 했지만, 어른이 되면서 경찰의 한계가 눈에 보였다. 경찰관은 분명 정의의 편이지만 언제나 제약이 따라다녔다.

경찰관은 조직의 틀 안에서 움직여야 하고 개인적인 감

정으로 행동해서는 안 된다. 중대범죄를 해결하기 위해 울분을 삼키고 수사를 포기해야 하는 경범죄도 있다. 어떻게 봐도 악행이지만 법의 틈새를 이용한 탓에 손을 대지 못하는 경우도 있다.

경찰관으로서 정의로운 마음에 생겨나는 고뇌를, 카네다는 가족을 통해 자주 봐왔다. 현실은 권선징악이나 정의의 사도를 인정하지 않는 것이다.

그렇다면 조직이나 법에 얽매이지 않는 정의의 사도가 되겠다는 것이 카네다의 생각이었다. 법의 속박에서 자유로운 정의의 사도. 그것이 바로 '패럴라이저 카네다'였다. 카네다는 가족과 다른 정의의 길을 걷기 위해 일반기업에 취직해서, 보다 범죄가 많은 도시로 이사하기로 결심했다. 일을 하면서 정의의 사도는 봉사활동으로 할 생각이었다. 집을 떠나는 날, 배웅하는 가족들에게 '회사원이 되어도 정의의 마음에는 변함 없을 거야'라고 선언한 것은 결코 오래된 기억이 아니다.

하지만 그런 자신이 범죄자 취급을 받았다는 한심함을 할아버지에게 어떻게 전해야 좋을지 알 수 없었다.

"여자한테 차이기라도 했니?"

"그것도 있어."

"일이 잘 안 풀리는구나?"

"뭐, 그것도 있고."

"흐음, 딱 부러지는 게 없구나."

무엇이 자신을 이렇게나 절망시키는 걸까. 오늘 일을 아침부터 천천히 되새겨보았다. 전철 안의 광경이 떠올랐다. 여고생의 멸시하는 눈, 진범의 얕잡아보는 눈.

"무서웠어."

라고 말한 순간, 두 눈에서 놀라운 만큼 많은 눈물이 흘렀다. 다다미 바닥에 닿자 똑 소리가 날 만큼 커다란 눈물 방울이었다. 자신이 울고 있다는 걸 깨닫자 이번에는 어깨가 떨렸다. 가슴이 뭉클해 목소리가 제대로 나오지 않았다.

"무서웠다니?"

"나쁜 놈이 있었는데, 무서워서 아무것도 할 수 없었어."

"그야…, 누구나 나쁜 놈은 무서운 법이지."

아니, 그런 게 아니야, 라며 카네다는 고개를 가로저었다.

"나한테 그놈을 쓰러뜨릴 힘이 있었다면 막을 수 있었다고. 하지만 나는 겁먹고, 망설이고, 결과적으로는 보고도 못 본 척했어. 그러다가 누명을 쓰고 범죄자가 될 뻔했단 말이야."

"힘이라….."

"난…, 너무 꼴사납고, 초라했어."

이럴 리가 없는데. 카네다는 아래를 보면서 격하게 어깨를 들썩였다. 갑자기 추상적인 소리를 늘어놓으며 울음을 터뜨린 손자에게 당황했으리라. 할아버지는 흐음……, 하고 크게 신음하더니 차를 마저 들이키고는 갑자기 몸을 일으켰다.

"좋아, 마사요시. 일어서거라. 잠깐 나가자."

7

고향집에서 조금 걸으면 경찰이 쓰는 무도장이 나온다. 비번이나 대기 중인 경찰이 유도나 검도를 단련하는 장소지만 휴일에는 어린이들에게 다양한 무술을 가르치기도 한다. 카네다도 어린 시절에 몇 번 와 봤지만 소심한 성격 때문에 금세 울음을 터뜨려서 무술을 배우러 다닌 적은 없다.

유괴사건 때문인지 오늘은 도장에서 단련 중인 경찰관

은 없었다. 할아버지는 자기 집이라도 되는 양 거침없이 도장으로 들어가더니, 옷을 갈아입으라면서 카네다 쪽으로 도복을 던졌다. 어? 하고 당황하는 동안 할아버지는 벌써 옷을 벗기 시작했다.

오는 동안에 할아버지에게 자초지종을 설명했다. 할아버지는 고개를 끄덕이거나 적당히 맞장구를 쳤지만, 기본적으로는 아무 말도 하지 않고 듣기만 했다. 할아버지도 나름의 의도가 있어 도장으로 데리고 왔겠지만 다짜고짜 도복을 입으라고 할 줄은 몰랐다.

할아버지는 능숙하게 도복을 입고 그 위에 검은 하카마를 덧입었다. 도저히 노인 같지 않은 가벼운 움직임으로 몇 번 점프를 하더니 목례를 하고 다다미에 발을 들였다. 할아버지는 합기도 유단자로서, 은퇴한 후에는 경찰학교의 예비 여성경찰을 가르치는 특별강사로도 근무했다고 한다. 하지만 그조차 이미 20년도 더 된 이야기다.

"좋아, 그럼 한 번 덤벼 봐라. 마사요시."

"아니, 그렇게 말해도⋯."

덤벼 보라고 하지만, 할아버지는 진지하게 당장 내일도 어떻게 될지 장담하기 힘든 나이다. 아무리 카네다의 몸이 허약하다지만 한 대라도 잘못 맞았다간 큰일이 벌어질 수도 있다.

　카네다의 당혹감을 아는지 모르는지, 할아버지는 마음 놓고 공격해 보라며 계속해서 움직이고 있었다. 어쩔 수 없지, 라며 힘없이 접근해 할아버지의 머리에 가볍게 닿는 느낌으로 팔을 내밀었다. 아슬아슬하게 닿는 거리까지 손을 뻗은 순간, 뭐가 어떻게 되었는지 알지도 못한 채로 몸이 빙글 돌아 바닥에 내던져졌다. 등이 강하게 부딪혀 숨이 막혔다.

　"낙법은 제대로 해야지. 그러다 다친다."

　나한테 그런 소릴 해도, 라며 허리를 문지르며 일어섰다.

　"진지하게 하려무나, 진지하게."

　아까보다 강하게 할아버지의 팔을 잡았다. 하지만 이번에는 잡은 순간에 몸이 반대로 꺾여 그대로 쓰러졌다. 일어서서 다시 덤벼들었다. 할아버지는 투우사처럼 몸을 가볍게 회전시켜 카네다의 기세를 흘려보냈다. 균형이 무너진 순간에 장난감처럼 휘둘려, 결국에는 또 바닥을 구르게 되었다.

　"어? 이럴 리가."

　"허어, 젊은 녀석이 힘도 없지."

몇 번을 해도 똑같았다. 할아버지를 만지려 한 순간에 몸이 이상한 방향으로 향하고 만다. 힘을 주어 버티려 하면 순식간에 내던져져 천장을 보게 된다. 일어서고 던져지기를 열 번도 넘게 반복하자 머리에 피가 몰렸다.

"이야아아!"

기합을 담아, 던질 수 있다면 던져 보라는 마음으로 단숨에 거리를 좁혔다. 어깨 너머로 배운 지르기를 날렸지만 주먹 앞에 있어야 하는 할아버지는 어느새 코앞으로 다가와, 카네다의 팔 안쪽으로 두 손을 가볍게 넣었다. 그다음은 이제까지와 똑같았다. 자세가 무너졌다. 넘어지지 않으려 힘으로 버텼다. 몸이 빙글 돌았다. 정신 차리고 나니 천장이 보였다.

"마사요시, 힘이라는 건 무엇이냐."

"그, 글쎄."

"만약 이런 힘을 말한다면 원리만 알면 그만이다. 이건 기술에 불과하니까. 꾸준히 연습하면 누구나 할 수 있단다."

나한테는 무리야, 라고 투덜거리며 카네다는 비틀비틀 일어섰다.

"하지만 악인은 힘만으로는 굴복하지 않는 법이다. 생

각해 보거라, 너도 계속 던져지다 보니 점점 발끈해서 덤벼들게 되지? 원래는 이렇게 연약한 늙은이한테 손을 댈 만한 고약한 아이가 아닌데도 말이야."

연약한, 이라는 말에서 고개가 갸우뚱했지만 확실히 발끈해서 덤벼들었다는 건 부정할 수 없었다.

"타인을 굴복시키는 힘을 원한다면 이 할아비가 3년 정도 철저하게 단련시켜 주마. 그거면 충분할 게야. 내가 3년을 더 살지는 모르겠다마는."

불길한 소리 좀 하지마요, 라며 카네다는 고개를 가로저었다.

"힘이 아닌… 걸까?"

"진정한 힘이란 무엇인지 보여주마. 자, 다시 덤벼 보거라."

할아버지는 그렇게 말하더니 다다미 한가운데에서 고요하게 자세를 취했다. 비스듬하게 서서 왼발을 한 발짝 앞으로 내밀고, 가슴과 배 앞에 손을 들어 다섯 손가락을 폈다. 허리를 살짝 낮추고 숨을 내뱉었다. 그 순간 할아버지가 마치 쇳덩어리처럼 무겁게 보였다. 허겁지겁 주먹을 쥐고 자세를 취했지만 앞으로 나갈 엄두가 전혀 나지 않았다. 할아버지의 얼굴은 아까와는 딴판이었다.

"자, 어서 덤벼 보거라. 마사요시."

덤벼 보라고 하지만 어떻게 접근해야 좋을지 알 수 없었다. 이게 흔히들 말하는 '빈틈이 없다'는 모습일까. 서 있을 뿐인데도 이마에 땀이 맺혔다.

여태 바위처럼 움직이지 않던 할아버지가 딱 한 걸음 앞으로 나왔다. 그 순간 카네다도 한 걸음 물러섰다. 정확히 말하면 물러나려고 무게중심을 뒤로 옮기려던 찰나에, 할아버지가 엄청난 소리를 질렀다. '하앗!'도 '에잇!'도 아닌 팽팽하고 날카로운 목소리에 놀라 몸이 굳자, 어느새 눈앞에는 할아버지의 얼굴이 있었다. 할아버지의 오른손이 그대로 팔을 잡았다. 놀랍게도 아흔에 가까운 노인에게 팔을 가볍게 잡혔을 뿐인데, 가위에 눌린 것처럼 움직일 수가 없었다. 그런 와중에도 미소를 짓는 할아버지를 보니, 힘을 준 낌새는 없었다.

──패럴라이즈잖아!

할아버지에게도 자신과 같은 능력이 있었던 걸까, 라는 생각도 잠시. 그대로 맥없이 무릎이 꺾이면서 그 자리에 누워 팔이 뒤로 꺾였다. 일어서기는커녕 손가락 하나 꼼

짝할 수 없었다.

"뭐야, 이거."

카네다의 패럴라이즈와 달리 할아버지가 웃으면서 손을 떼자 경직은 간단히 풀렸다.

"어떠냐. 완력은 그다지 쓰지 않았다마는."

"어떻긴, 도저히 이길 수 있을 것 같지가 않았어."

"그런 생각을 들게 만드는 것이 중요하단다. 힘이란 말이다, 쓰지 않는 것이 제일이야. 무도가는 다들 힘을 쓰지 않아도 되도록 수련을 하는 게다."

"웅? 무슨 소리야? 무도가인데도?"

"지지 않기 위해서 강함을 추구해, 기술을 연마하고 몸을 단련하는 동안에 깨닫는 법이란다. 사람은 늙는다. 신체적인 능력에는 한계가 있다. 힘과 기술을 아무리 단련해도 언젠가는 젊은이에게 이길 수 없게 되지."

할아버지라면 죽을 때까지 지는 일은 없을거야, 하고 카네다는 쓴웃음을 지었다.

"그렇기 때문에 어떤 무술이든 마지막에는 여기를 단련하는 데에 이르기 마련이란다. 반드시."

할아버지의 주먹이, 툭, 하고 카네다의 가슴을 찔렀다. 작고 앙상한 주먹인데도 몸속의 심지에 묵직한 충격이 남았다.

"마음?"

"그래. 마음으로 이겨, 적의 악한 마음을 다스린다. 단순히 때려눕혀 봐야 악인은 여전히 악인이지 않느냐. 악인이 개심을 해야 비로소 세상에 정의가 바로서는 법이다."

경찰관에게도 할 수 있는 말이라며 할아버지는 웃었다.

"힘도 없는데 마음만으로 가능할까?"

"물론 그렇게 간단하지는 않을 게다."

그럼 무슨 소용이야, 라고 카네다는 한숨을 내쉬었다.

"그래도 하나만 명심하려무나. 나쁜 짓을 저지르는 녀석들은 하나같이 마음이 약하단다."

"약하다고?"

"세상에 나쁜 일을 하면 안 된다는 사실을 모르는 사람은 없다. 그래도 나쁜 짓에 손을 대는 이유는 무엇이겠느냐. 마음이 약하기 때문이야. 욕망이나 유혹에 진 자신의 약한 마음을 숨기려고, 거짓말을 하거나 남에게 상처를 주는 게지."

문득 '이 대머리가!'라고 고함친 선배 직원의 얼굴이 떠올랐다.

"알겠니, 마사요시. 악에 맞서려 한다면 힘보다 먼저 신념을 가져야 한다. 신념을 가진 인간은 강하고 멋있단다. 설령 완력이 없더라도 말이야."

그렇게 말하는 할아버지는 도복을 입고 있어서인지 엄청 멋있게 보였다. 머리가 벗겨졌는데도 말이다.

"아, 그런데 좀 전의 그 움직임을 봉쇄한 건 뭐야?"

"응?"

"몸이 저릿저릿해서 움직이지 못했어."

"그랬을 게야. 그건 오의 '부동 가위 누르기'니까."

"가위 누르기?"

할아버지는 더욱 자신만만하게 이런저런 말들을 늘어놓았지만, '합기를 건다'든가 '선의선' 같은 생소한 표현이 이어져 절반도 이해할 수 없었다. 가위 누르기라고 하면 초능력처럼 들리지만, 몸의 움직임이나 심리 등을 이용해 '움직이지 못하게 하는 원리'가 분명하게 존재하는 기술이라고 한다.

"뭐, 가위 누르기라는 것은 이미 술리의 극한이니까."

"그, 극한?"

"하루아침에 되는 것이 아니란다."

카네다는 그건 그렇겠네, 라며 고개를 끄덕였다. 오랜 세월을 수련한 할아버지에게, 아무 고생도 하지 않고 똑

같은 능력을 손에 넣었다는 말은 입이 찢어져도 할 수 없었다.

한 번 더 해보자고 말하며 할아버지가 웃었다. 카네다가 고개를 끄덕이고 덤볐지만, 할아버지는 어느새 뒤로 돌아들어와 목에 팔을 감았다. 원래는 그대로 조르기에 들어가도 이상할 게 없다. 그 깔끔함에 감동마저 느꼈다. 합기도는 호신술일 뿐이니 멋지지 않다고 생각한 어린 시절의 자신을 꾸짖고 싶어졌다.

"그런데 마사요시."

"으, 응?"

"욘석…, 오랜만에 봤더니."

"응?"

"이 할아비를 꽤 닮아가는구나, 머리가 말이다."

할아버지는 웃으면서 카네다의 머리를 가볍게 두드려 몸을 넘어뜨렸다. 이번에는 일어나지 못했다. 영원히 일어날 수 없을지도 모르겠다.

8

새로운 한 주가 시작되자 일상은 원래대로 돌아왔다. 상사에게는 심한 질책을 받았지만 그래도 잘리지는 않았다. 회사는 하루 무단결근한 정도로 사람을 자를 수 없을 만큼 바쁜 듯했다. 요즘은 시건방진 후배 이토조차 일에 쫓겨 농담할 여유가 없다.

복귀한 주 첫날부터 나흘 연속으로 막차를 탔건만 오늘도 영광스러운 막차 퇴근을 달성했다. 눈 돌아갈 정도로 바빠 얼마 전의 수많은 일들이 완전히 머리에서 빠져나갈 듯했다. 수많은 머리카락과 함께.

퇴근길의 막차는 수많은 사람들의 열기로 푹푹 쪘다. 금요일 밤이라서 그런지 역 몇 개를 지나자 순식간에 옴짝달싹 못하는 콩나물시루 상태가 되었다. 출근 시간대와 달리 밤에는 술이나 땀 냄새가 심하다. 마주선 남자의 술 냄새에 구역질이 올라와 황급히 몸의 방향을 바꿨다.

입에서 저도 모르게 앗, 하는 소리가 나왔다. 시선을 옮긴 곳에 도저히 잊을 수 없는 그 얼굴이 있었다. 일주일 전, 여고생에게 치한 행위를 한 남자였다. 남자의 눈앞에 있는 여성은 필사적인 표정으로 어깨를 움츠리고 있다. 카네다는 공포와 긴장으로 떨리는 다리에 힘을 실어, 만원전철을 조금씩 나아가 남자 옆까지 갔다. 아니나 다를까, 남자의 오른손이 여성의 엉덩이를 집요하게 더듬고 있었다. 이걸 대담하다고 해야 할지, 주위 시선 따위는 조금도 신경 쓰지 않았다.

다른 사람들도 여성에게 닥친 이변을 눈치 챈 듯했지만 어느 누구도 남자를 제지하지 않는다. 시선을 피하거나 피곤해서 잠든 척을 하고 있었다. 다들 남자의 체격에 겁을 먹은 거겠지.

가슴 속에 간직한 정의가 악을 용서치 않겠다며 끓어올랐다. 하지만 초능력도 쓰지 못하고 협력자도 기대하기 힘든 이 상황에서, 훨씬 덩치 큰 무법자를 제압할 수 있을까. 도저히 무리라는 생각도 들었다.

밖은 어둡다. 차창에는 카네다 자신의 모습이 또렷하게 반사되고 있었다. 흐트러진 머리카락. 녹초가 된 얼굴. 눈도 머리카락에도 힘이 없다. 상한 양파처럼 흐물흐물하다. 볼품없다. 아직 스물일곱밖에 안 됐는데. 아내는커녕 여자친구 조차 없는데.

그러고 보니 정말로 얼굴이 할아버지와 비슷해졌다. 얼마 전에 본 할아버지의 쪼글쪼글한 얼굴이 겹쳐졌다. 나는 틀림없는 할아버지의 손자구나, 라고 웃음이 나올 정도로 눈이나 입이 똑 닮았다. 이건 반갑지 않지만 벗겨진 머리도 해가 갈수록 닮아가고 있다. 같은 얼굴, 같은 머리, 작은 키에 남자답지 못하고 왜소한 체격.

그런데도 도복을 입은 할아버지는 멋있었다.

차창에는 눈을 감고 입술을 깨물고서 굴욕을 견디는 여성의 얼굴도 비쳤다. 이번에는 그때의 여고생이 머릿속에 떠올라 겹쳐 보였다. 카네다에게 손가락질을 하며, 눈물을 흘리면서 '치한이에요!'라고 외친다. 그리고 그 옆에는 선배 직원이 깔보는 표정으로 카네다를 보고 있다. 대머리는 얌전히 있으라고 폭언을 퍼부었다.

──신념을 가진 인간은 강하고 멋있단다.

마치 환청이라도 들리는 듯, 기억 속에서 할아버지의 그 말이 묵직하게 울려 퍼졌다. 내가 볼품없는 이유. 어째서일까? 머리숱이 적어서? 능력을 쓰지 못하게 된 쓸모없는 인간이라서? 아니다. 신념을 굽혔기 때문이다.

눈앞에는 공포에 떨고 있는 연약한 여성이 있다. 전철에서 내려 남자의 손에서 벗어나더라도 분명히 오늘 밤엔 편히 잠들 수 없을 것이다. 어쩌면 내일부터 전철을 탈 수 없을지도 모른다.

그것을 과연, 용서할 수 있을까?

카네다는 용기를 내, 떨리는 손을 뻗어 남자의 팔을 가
만히 잡았다. 그 순간 남자의 어깨가 움찔 하더니 몸이 굳
었다.

"그만 둬라."

남자의 눈을 보면서 팔을 움직였다. 그 팔보다 두 배는
굵어 보이는 남자의 팔이 카네다의 움직임을 따라 천천히
여성의 엉덩이에서 떨어져, 원래 있어야 할 몸 근처로 돌
아왔다.

남자는 재수 없다는 듯이 혀를 차더니 카네다의 목소리
에 반응한 주위를 날카롭게 노려보았다. 썰물이 빠지듯
다시 시선이 흩어졌다. 카네다도 몸이 경직되고 공포로
머릿속이 새하얘졌다.

그 순간이었다. 남자의 팔이 카네다의 목덜미를 잡아 몸
을 그대로 들어올렸다. 만원전철에 이런 공간이 있었나
싶을 정도로 사람들이 일제히 거리를 두었다. 전철 문 근
처까지 끌려가 옴짝달싹할 수 없었다. 발끝이 허공에 떠
서 몸에 힘이 들어가지 않았다.

"이 자식, 내가 우습게 보이냐?"

역에 도착했다. 차량이 천천히 감속해 멈추려 했다. 차 안의 이변은 알지도 못하고 태평하게 문이 열렸다. 카네다는 전철 안에서부터 강하게 날아가 플랫폼 한가운데까지 굴러갔다.

이건 곤란하다고 생각해 두 손에 신경을 집중시켰다. 패럴라이즈를 쓰려면 1분 정도 '충전'을 해야 한다. 하지만 충전 시간 1분은 고사하고 10초도 되지 않아 남자의 발이 얼굴을 내리찍었다. 옷장 모서리에 새끼발가락을 찧는다든가, 문고리를 잡았다가 정전기에 놀란다든가 하는 것과는 차원이 다른 고통이 이마에서 온몸으로 퍼졌다.

누군가가 비명을 지르는 게 들렸지만 호응해서 나서주는 사람은 없었다. 남자는 온갖 더러운 말을 퍼부으며 주먹과 발로 끝없는 폭력을 휘둘렀다.

마음이 뚝 하고 꺾일 것만 같았다. 콧속에 피가 고여 제대로 호흡을 할 수 없었다. 숨을 쉬지 못하게 되자 몸이 무거워져 생각대로 움직여지지 않았다. 그리고는 기력조차 유지하기 어려워지고, 더는 괴로운 경험을 하고 싶지 않다며 머릿속에서 백기투항을 주장했다.

문득 얼굴을 들어 주위를 보자 카네다를 둘러싼 채로 상황을 살피는 승객들이 보였다. 하나같이 공포로 딱딱하게 굳은 얼굴이었다. 카네다는 두 손으로 있는 힘껏 자신의 뺨을 잡아당겼다.

정의의 사도가 악에 굴할 수는 없잖아.
정의는 마음속에 간직하는 것만으로는, 의미가 없어.

——정의는, 관철하는 거야.

하도 맞아 의식이 가볍게 날아가서인지 생각보다 빠르게 몸이 움직였다. 주저앉은 카네다에게 얼굴을 가까이 댄 남자의 코를 노려 혼신의 박치기를 날렸다. 육중한 소리가 나고 남자는 플랫폼에 설치된 자판기 옆 쓰레기통에 쓰러졌다. 쓰레기통은 남자의 체중을 버티지 못하고 엄청난 소리를 내며 넘어져, 가득 차 있던 페트병이 여기저기 굴렀다.

남자가 쓰러진 틈에 드디어 카네다는 몸을 일으켰다. 코에 손가락을 대고 '흥!'하고 숨을 토해내자 진득한 핏덩어리가 튀어나왔다. 아직 머리가 어질어질했다. 하지만 남자도 코피를 흘리고 있다. 자, 이걸로 동점이다.

남자는 고래고래 소리치며 일어나 다시 카네다를 노렸

다. 오른손에서 뭔가가 빛났다. 둔탁한 금속이 번쩍거리는 작은 나이프였다. 고함소리와 비명이 어지럽게 오가고 역무원 몇 명이 뛰어왔지만 나이프를 보고 그 자리에 멈춰 섰다. 제압 장비를 가지고 오라는 외침이 들렸다. 역무원은 목이 터져라 모두에게 물러나라고 소리쳤다.

어느 역무원이 카네다 옆으로 와서 '위험합니다!'라고 다급하게 말했다. 하지만 목소리와는 다르게 다리는 사시나무처럼 떨고 있다. 역무원이라고는 하지만 흔히 보이는 통통한 아저씨일 뿐이다. 그런데도 그는 승객을 지키기 위해 몸을 던질 각오로 남자와 대치하려 한다. 승객의 안전을 지키는 역무원으로서의 신념이 있기 때문이다.

뱃속에서 뜨거운 기운이 이글거렸다. '뎅데뎅'. 용맹한 음악이 울려 퍼졌다. 한동안 머릿속에서 들리지 않았던 '패럴라이저 카네다'의 테마송. 손이 부들부들 떨리고 가슴속에서 불길이 일렁였다.

"어이! 거기 악당놈!"

카네다가 배에서부터 목소리를 끌어내자 한순간 주위에 정적이 찾아왔다.

"뭐라고, 이 자식이!"

이곳은 작은 역이라 철도경찰대는 상주하지 않는다. 경

찰이 오는 데에 걸리는 시간은 약 7분. 그 전에 남자가 나이프로 난동을 부린다면 부상자가 생길 가능성은 충분하다. 그렇다면 누가 저 남자를 멈춘단 말인가?

나다.

"비겁한 악은, 내가 용서하지 않겠다!"

"네가 대체 뭐길래! 그딴 소리를 하는 거야!"

"나? 나는 정의의 사도다!"

남자를 향해 검지를 세웠다. 완벽하다. 죽을 만큼 멋진 한마디였다. 이게 바로 아드레날린인가 싶을 정도로 온몸이 흥분으로 떨렸다.

"꼬챙이로 만들어 줄 테니까, 덤벼 봐!"

남자가 나이프를 역수로 들었다. 카네다는 입으로 튀어나올 기세인 심장을 달래가며 한 걸음 앞으로 나섰다.

"입 닥쳐!"

몸속에서 쥐어짜내듯 온 힘을 다해 소리쳤다. 배에서 터져나온 목소리는, 살짝 뒤집히긴 했어도 스스로도 놀랄 만큼 우렁찼다. 한순간이지만 남자가 약하고 작아진 것처럼 보였다.

시간이 천천히 흐르는 듯했다. 할아버지의 모습이 떠올랐다. 합기도의 기술을 쓰려면 상대에게 뛰어들어 힘의 안쪽으로 파고들어야 한다.

남자가 나이프를 치켜들었다. 할아버지처럼 깔끔한 던지기는 쓸 줄 모른다. 아무튼 나이프를 내리치기 전에 파고들어 상대의 손목을 잡는다.

그리고, 그것만 할 수 있다면.

9

"야…, 인마! 그 얼굴은 또 뭐야!"

상사가 거칠게 소리치며 카네다의 얼굴을 가리켰다. 다음 날에 일어났을 때는 자신도 놀랐다. 눈이나 입 주변이 새카맣게 변했기 때문이다. 주말이 지나 새로운 한 주가 시작되어도 멍이 사라지지 않아 어쩔 수 없이 그대로 출근했는데, 역시 상사에게 한소리 들었다.

좋아서 이렇게 된 건 아니지만 이런 꼴로는 외근도 나갈 수 없다. 영업직인데 외근을 못 나간다니 월급 도둑이 따로 없다. 상사의 분노도 이해가 간다.

"죄송합니다."

"야, 이번에는 뭐냐? 싸웠냐? 나이도 먹을 만큼 먹은 놈이 대체 뭔 짓이야?"

고함소리에 마음이 위축되었다. 입 안이 마르고 몸이 떨려 생각한 것을 온전하게 전할 수가 없다. 이제까지는 그랬다.

"아닙니다."

"그럼 뭐냐고! 변명할 말이 있으면 해 봐!"

"저번에 치한으로 오해받은 적이 있습니다만."

"아, 아아, 그래, 있었지! 너 때문에 우리가 얼마나 고생했는지 알기나 하냐!"

"그때의 진범이 저번 주말에도 치한 행위를 저지르고 있어서요."

"어엉?"

"말리려 하다가 두들겨 맞아서 이렇게 됐습니다."

"거짓말도 말이 되는 걸로 해라. 그런 우연이 세상에 어디 있어!"

더욱 불같이 화내는 상사에게 후배 이토가 '그 얘기, 진짜예요'라고 말해 주었다. 감싼다기보다는 불 난 데에 신나서 부채질을 하는 느낌이었다.

"진짜라니, 뭐가?"

"아, 그게, 카네다 선배랑 저는 집 방향이 같거든요. 저도 우연히 그 전철에 타고 있었습니다."

"뭐라고? 정말이야?"

"그리고 오늘 아침에 카네다 씨를 치한으로 오해한 여고생의 부모님이 사과하고 싶다고 연락을 주셨어요. 경찰에 연락처를 물어보았다더라고요."

평소에는 눈도 마주쳐 주지 않는 여성 사원이 한마디 거들어 주었다. 사실이니까 어쩔 수 없다는 표정이기는 했지만.

"그래서, 그 치한은 어떻게 되었지?"

"잡아다가 경찰에 넘겼습니다."

상사가 카네다에게서 시선을 돌리고 뒤를 봤다. '정말임다'라는 이토의 목소리가 들렸다.

"나이프까지 꺼내 들어서 분위기 장난 아니었어요. 인터넷에서도 난리였는데, 엄청 위험한 놈이었다고요."

"그런 놈한테 카네다가 상대가 될 리 없잖아."

"아, 그래도 선배가 달려들어서 나이프를 든 팔을 붙드는 순간은 대단했다고요. 마지막에는 역무원이나 주변 사람들이 떼로 몰려들어 잡긴 했지만요."

"그런 위험한 짓을 했다가 다쳐서 회사에 못 나오면 어쩔 뻔 했어! 우선 순위라는 걸 생각해라, 멍청한 놈아. 치한 같은 건 경찰한테 맡겨두면 그만이잖아, 경찰 몰라? 생판 남이 어찌 되든 뭐 그리 상관이라고….”

“저기.”

카네다는 크게 숨을 들이마시고 배에 힘을 넣었다.

“뭐야?”

“저는, 틀린 행동을 하지 않았습니다.”

상사는 크으으, 소리가 나올 정도로 입술을 깨물고 분노를 억누르더니, ‘다 나을 때까지 내근이나 해라, 입만 산 월급 도둑놈이…’라며 카네다에게 폭언을 퍼부었다. 다시 한 번 죄송하다며 깊이 고개를 숙였다. 예전에는 정수리가 신경 쓰여 인사도 제대로 못 했지만 오늘은 괜찮다.

“선배.”

자리에 돌아오자마자 이토가 실실 웃으며 말을 걸었다.

“보고 있었냐?”

“네네, 죄송해요. 겁나서 가까이 가지도 못했어요.”

“괜찮아. 어쩔 수 없는 일이잖아.”

“선배, 근데 대체 그 놈한테 뭘 하신 거예요?”

“응?”

“아, 그게 말이죠. 그놈이 팔을 잡히자마자 기절해서 쓰러진 것처럼 보였거든요. 끌려갈 때도 묘하게 몸이 굳어 있었고요.”

눈치챘나, 카네다는 등에 식은땀이 솟는 걸 느꼈다.

남자가 나이프를 휘두르려 팔을 든 순간, 간격을 좁혀서 두 손으로 남자의 손목을 잡았다. 할아버지처럼 완벽한 던지기로 제압할 수는 없었지만 카네다에게는 다른 힘이 있다. 바로 패럴라이즈다.

뛰어들었을 때는 이미 두 손의 충전이 완료되어 있었다. 오랜만에 느끼는 감각이었다. 손목을 잡은 순간에 힘을 해방하자 남자는 막대기처럼 뻣뻣하게 쓰러졌다. 그 직후에 역무원과 용감한 일반 승객들이 뛰어들어 남자를 제압했다는 결말이다. 뛰어드는 타이밍이 조금이라도 늦었다면 나이프가 몸에 푹 꽂혔을지도 모른다. 지금 생각해도 등골이 서늘하다.

"가위 누르기야."

"네? 가위 누르기요?

"초능력이지."

"정말요? 아니, 선배. 그런 비장의 기술을 가지고 있었어요?"

"그래. 끝내주지?"

"그렇구나아. 무서우니까 앞으로 선배 놀리는 건 그만둬야겠네요."

그건 초능력이랑 상관없이 그만하면 좋겠는데, 라고 말하고 싶었지만 '그래, 부탁한다'라고만 대답했다. 이토는 여전히 실실 웃고 있었지만, 왠지 정말로 반성하는 분위기가 풍겼기 때문이다.

"선배."

"뭐야?"

"그게요. 아무도 딴죽을 안 걸어서 제가 대표로 딴죽을 걸까 해서요."

"이제 안 놀린다며? 방금 막 그랬잖아."

"하지만 이건 어쩔 수 없잖아요. 어떻게 된 거예요? 그 머리."

아직 켜지 않은 책상 모니터에 비치는 자신의 얼굴을 보았다. 퍼석퍼석한 머리카락은 자취를 감추고 반삭발로 깎은 머리가 보였다.

"깎았어."

"그건 보면 알아요."

"요즘 영 머리숱이 옅어져서 말야."

아무렇지 않게 그 말이 나왔다. 대머리는 격세유전이라고 하니, 할아버지처럼 머리가 벗겨지는 건 피할 수 없을지도 모른다. 어차피 언젠가는 빠질 운명이다. 그렇게 생각하자 의외로 쉽게 현실을 인정할 수 있었다.

아침마다 베개를 확인하며 벌벌 떨 바에야, 라고 카네다는 스스로 머리를 밀었다. 이발기는 할아버지가 보내주었다. 손자의 마음을 잘 이해해 주신다.

반삭을 하니 탈모를 신경 쓸 필요가 없어졌다. 무리해서 멋 부리기에 집착할 필요도 없어졌고 집중하는 데도 방해되지 않는다. 패럴라이즈도 마음껏 쓸 수 있다. 무적의 힘을 되찾았다고 생각하자 마음에 묘한 여유가 생겼다.

"별로야?"

"아뇨, 엄청 잘 어울려요. 두상 엄청 예쁘시네요."

이토가 웃으면서 카네다의 머리를 쓰다듬었다. 뭐하는 거냐며 일단은 저항했지만 딱히 나쁜 기분은 아니었다. 이토의 행동을 보고, 동료나 여성 사원들이 하나둘 모여들었다. 다들 모여 카네다의 머리를 쓰다듬으며 애들처럼 떠들어댔다.

"일들 안 하냐!"

상사의 고함소리가 들리자 거미 새끼 흩어지듯 다들 제자리로 돌아갔다. 카네다도 그제야 차분하게 자리에 바로 앉아 컴퓨터를 켰다.

뎅데뎅, 자신의 테마송이 머릿속에서 메아리쳤다. 몸은

여기저기 고장 난 것처럼 아팠지만 머리를 짓누르던 무게감이 사라져 경쾌하게 움직이는 기분이 들었다.

수도 잠복형 정의의 사도 '패럴라이저 카네다'는 지금, 이렇게 부활했다.

3
파이로키네시스는
핏짜를
구울 수 있는가

Pyrokinesis

발화능력(파이로키네시스)

파이로키네시스는 라이터나 성냥 등의 도구를 사용하지 않고 물질을 발화시키는 능력을 말한다. 아무것도 없는 곳에 불꽃을 발생시키는 타입, 가연물을 연소시키는 타입 등 여러 종류가 존재한다.

〈중략〉

파이로키네시스 능력자 중에는 자신의 힘을 컨트롤하지 못해 의도치 않게 능력을 발현시키는 사람이 많다. 그 탓에 자기 집 안의 물건을 발화시켜 화재를 일으키기도 한다. 드물게 일어나는 인체발화현상도 피해자 자신이 파이로키네시스 능력자일 가능성이 언급되고 있다.

〈중략〉

능력이 발현되기 전에는 신체적·정신적으로 강한 스트레스를 받는 경우가 많다. 〈중략〉 2012년에 베트남 호치민 시에서 발생한 파이로키네시스에 의한 것으로 의심되는 연속방화 사건에선, 능력자로 추정되는 11세(당시) 소녀가 '지칠 때면 체온이 급상승하는 게 느껴지고 어느새 주위 물건이 타고 있었다'고 증언했다.

〈중략〉

　발화의 원리는 아직 해명되지 않았지만, 능력자의 뇌에
서 발해지는 전자파가 영향을 준다는 견해가 있다. 어느
쪽이든 스트레스를 받으면 불을 생성하는 능력자가 많다
는 점에서, 정신적 억압에 대한 의사반발이 원인임은 분
명할 것이다.

전일본 사이킥 연구소 간행 『~당신에게도 있는 힘~ 초능력 입문』

제7장 「발화능력」에서 발췌

1

"다시 말씀드리지만, 전 이 눈으로 분명히 봤습니다."

"아니, 그러니까 자세한 이야기는 근처 파출소에서 들어보겠다니까요."

수많은 사람들이 지나다니는 출근 시간대의 역 플랫폼에서, 이야다 아키코는 제복을 입은 경찰관을 노려보았다. 나이가 아키코의 반밖에 되지 않을 젊은 남성이었다. 아까부터 아키코가 무슨 말을 해도 듣는 둥 마는 둥이다. 아무리 경찰이라고 해도 손윗사람에게 취할 태도는 아니지 않나 싶어 화가 난다.

"저기요, 몇 번이나 말씀드리지만 저는 시간이 별로 없어요. 그래도 억울한 사람이 누명을 쓰지 않도록 증언하고 있다고요."

"아~, 그건 정말로 감사하다고 생각하죠, 네네."

아키코는 꽤 오랜만에 도쿄까지 나왔다. 팔순이 되는 어머니의 상태를 볼 겸 친정에서 이틀을 자고, 오늘은 시골에 있는 자택으로 돌아가는 도중이다. 자택까지는 신칸센과 지역노선을 갈아타 3시간 정도 걸린다. 남편에게는 일찍 가겠다고 말해 두었으니 역에서 이웃들에게 나눠줄 선물을 사서 서둘러 돌아가야 한다.

하지만 귀가 도중에 전철 안에서 소동이 벌어졌다. 여고생에게 치한 행위를 했다는 이유로 어느 젊은 남자가 경찰에게 끌려간 것이다. 아키코는 우연히 그의 뒤에 서 있었다. 젊은 나이치고는 조금 머리숱이 적은 남자는, 오른손에 무거워 보이는 가방을 들고 왼손으로는 손잡이를 잡고 있었다. 양쪽 손을 다 쓰지 못하는데 무슨 수로 치한 행위를 한단 말인가. 누명이 확실했다.

일단 모른 척하고 다음 역으로 향했지만 누명 때문에 그의 인생이 망가질지도 모른다고 생각하자 가슴이 아팠다. 결국 자신이 어떻게든 해줘야 한다고 생각해 일부러 돌아와 지금 상황이 된 것이다.

그런데 아키코가 남자의 무죄를 증언했음에도, 경찰은 남자를 근처 파출소로 데려가려 했다. 곧바로 석방하면 간단히 끝날 이야기인데 파출소에서 이야기를 듣겠다는 말만 반복한다.

"제가 거짓말을 하고 있다고 말씀하시는 건가요?"

"전 그런 식으로 말한 적 없습니다만?"

자신이 바보 취급 당하고 있다고 생각하자 속이 뒤집히는 기분을 견디기 힘들었다. 어째서 아들뻘밖에 되지 않는 젊은 사람한테 바보 취급을 받아야 하지? 사람들은 다들 아키코를 바보 취급한다. 남편은 매사에 자신을 내려다보듯 하고, 아들은 잔소리가 시끄럽다면서 독립해 버렸다. 딸은 딸대로 결혼할 때 집 장만 비용까지 내줬는데도 아이들을 데리고 놀러 올 생각도 안 한다.

──나를, 바보 취급 하지 마.

분노가 피크에 달하자 머리에 열이 올랐다. 온몸에서 열이 머리로 모여 분출되는 감각이 생겨났다. 큰일이다 싶어 제정신을 차리고 곧바로 얼굴을 손으로 감쌌다. 이 감각이 있을 때면 언제나 큰일이 벌어지기 때문이다.

"불이야!"

어느 여성의 비명이 들리고 주위가 시끄러워졌다. 목소리가 들린 방향을 보자 플랫폼에 설치된 쓰레기통에서 강렬한 불길이 솟아오르고 있었다. 불길이 일렁이며 내는 '그오오' 소리가 들릴 정도였다.

"잠시만요, 실례하겠습니다!"

젊은 경찰관은 아키코를 내버려두고 불이 있는 곳으로 달려가, 히스테릭하게 소리치며 쓰레기통에서 사람을 떨어뜨려 놓으려 했다. 다른 인원은 무전기에 대고 '테러 가능성 있음!' 따위를 외치고 있었다. 출근하는 사람들로 혼잡한 역 안은 반쯤 패닉 상태가 되었다.

남겨진 아키코는 자신의 손을 꽉 잡고, 다급하게 변해가는 눈앞의 광경을 보고 있었다.

미안해요.

그 불을 일으킨 사람은, 바로 나예요.

2

──파이로키네시스(발화능력).

어려운 알파벳. 인터넷 검색으로 처음 알게 된 단어다. 파이로키네시스란 불이 날 요소가 전혀 없는 곳에서도 염력 등으로 불을 일으키는 힘을 말한다고 한다. 즉, 초능력의 일종이다.

아키코가 자신에게 그 능력이 있다고 깨닫게 된 것은 약

1년 전쯤이었다. 어느 날 저녁, 바쁘게 식사 준비를 하고 있는 아키코를 본체만체하며 남편과 아들은 거실에서 느긋하게 텔레비전을 보고 있었다. 컨디션도 좋지 않은 몸을 채찍질하며 몇 번이나 주방과 식탁을 오가고 있는데도, 남자들은 돕기는커녕 쳐다보지도 않는다. 짜증이 치밀어 "둘 다 너무하네!"라고 외치려다가 참은 순간, 튀김용 기름이 격하게 끓어오른 것이다.

남편과 아들의 조치로 불은 간신히 끌 수 있었지만 환기팬의 후드가 눌어붙어 교체하는 수밖에 없었다. 남편에게는 불조심 하라고 주의를 들었지만 가스레인지는 분명히 꺼져 있었다.

억울하다고 말하고 싶었지만, 자기 탓이 아니라고 단정할 수도 없었다. 몸속에서 몰아치는 감정이 보이지 않는 불꽃으로 변해 방출되는 듯한, 말로 설명하기 힘든 감각이 있었기 때문이다.

그 후로 이야다 가에서는 수상한 발화가 잇달았다. 아무래도 아키코는 감정이 고조되면 자신의 의지와 상관없이 근처에 있는 가연물을 불태우는 힘이 있는 듯했다. 튀김용 기름을 시작으로 쓰레기통에 담긴 종잇조각, 모아둔 신문지가 차례차례 불탔다.

큰일이 벌어지기 전에 끄기는 했지만, 이대로 가다가는 집을 전소시키는 화재를 일으킬 것 같았다. 아키코가 불을 내지 않으려 열심히 감정을 억누르고 있는데도, 남편은 '저주라도 받았나?', '제령이라도 의뢰해 볼까?'라는 태평한 소리나 하면서 웃고만 있었다. 위기감이 없는 남편에게 짜증이 났지만, 짜증을 참지 않으면 또 무언가가 불에 탈 것이다.

이런 초능력과는 당장이라도 작별하고 싶었지만 어떻게 해야 평범한 인간으로 돌아갈 수 있는 건지, 생각나는 게 아무것도 없었다. 어쩔 수 없이 되도록 외출을 자주 하려고 노력 중이지만 그것도 한계가 있다.

이러다간 집에서 나와, 남편과 별거해야 할지도 모른다. 하지만 불을 내고 싶지 않아서라고 설명해도 남편은 진지하게 들어주지 않을 게 분명하다. 그렇다면,

이혼. 아키코는 요즘 진지하게 그 두 글자를 생각하고 있다.

"다녀왔어요."
2박3일의 여정을 끝마치고 드디어 자택 현관에 들어왔

다. 자식들이 독립한 단독주택에서는 아키코와 남편 둘만 생활하고 있다. 남편은 집에 있을 텐데도 불구하고 대답조차 없었다. 화가 난 걸까. 점심 전에는 돌아올 생각이었는데 치한 소동 때문에 이미 저녁이다. 여름도 슬슬 끝이 다가오는 만큼, 해도 점점 짧아지고 있다.

"이게 다 뭐야."

거실에 들어가자마자 아키코는 손에 들고 있던 짐을 떨어뜨리며 경악했다. 테이블에는 빈 맥주 캔들이 굴러다니고, 편의점 도시락 용기, 과자봉지 같은 쓰레기가 널브러져 있으며, 소파에는 잠옷이 아무렇게나 벗어던져 놓여있었다. 주방의 참상은 더욱 심각했다. 싱크대에는 밥그릇과 접시가 지저분한 상태로 잔뜩 쌓인 데다 온통 가루 범벅이었다.

"오, 언제 왔어?"

폴로셔츠에 반바지라는 편한 차림으로 나온 남편이 '덥다, 더워'라고 투덜거리며 거실로 들어왔다. 이 땡볕에서도 내내 정원 일을 한 모양이었다. 땀에 흠뻑 젖은 몸으로 소파에 털썩 앉았다. 소파 커버는 누가 세탁한다고 생각하는 건지.

"당신, 먹고 난 음식은 좀 버려 줘요."

아키코가 거실 쓰레기를 모으면서 말하자, 남편은 언짢은 듯이 코웃음을 치며 '까먹었어'라고 무뚝뚝하게 대답했다.

"어젯밤에는 뭘 먹은 거예요?"

"어제?"

"부엌 쓴 것 같던데."

"아, 그래? 가끔은….."

남편은 의기양양하게 웃더니 '뭐라고 생각해?'라며 시답잖은 질문을 한다. 뭘 먹었는지 궁금한 게 아니라 뭘 만들었길래 이렇게 부엌이 엉망이 되었는지 묻고 있을 뿐이건만.

"글쎄요. 가루를 쓴 거 같은데….."

"핏짜야. 핏짜."

"피자?"

"피자가 아니라 핏짜라니까. 도우부터 직접 만들었지."

어쩐지, 라고 아키코가 고개를 끄덕였다. 가루 범벅의 원흉은 도우를 반죽하면서 쓴 밀가루인 듯했다. 만들고 나면 뒷정리 정도는 하라고 말하려다가, 짜증이 치밀어 입술이 떨렸다. 심호흡을 하면서 필사적으로 마음을 가라앉혔다.

"갑자기 무슨 바람이 불어서?"

"그야 이제 좀 여유가 생겼잖아. 이제까지는 시간이 없어서 너한테 맡겨두기만 했는데 나도 요리 정도는 할 수 있어."

일곱 살 연상인 남편은 올해 3월 말일부로 다니던 회사를 퇴직했다. 예순까지 일할 수 있을 테지만 쉰일곱에 조기 퇴직하기로 결정한 것이다. 가족과 아무 상의조차 없었기에 아키코에게는 마른하늘에 날벼락 같은 소리였다. 장남이 대학을 졸업하고, 드디어 부모 노릇에서 해방되었다고 생각했는데 숨 돌릴 틈도 없이 매일 남편이 집에 있는 생활이 시작되었다.

남편은 회사에선 그럭저럭 우수한 인간이어서 임원급까지 출세했다. 하지만 일과 상관없는 분야에서는 상당히 유치한 구석이 있다. 저축이나 노후자금과 같은 경제관념은 빵점에, 뒷정리나 청소에 대한 개념도 전혀 없다. 퇴직해 버리면 그저 손이 많이 가는 어린애나 다름없는 인간인 것이다.

"맛있었나요?"

"토마토 소스는 최고야. 하지만 오븐이 문제더라고. 화력이 부족해."

"화력?"

"잘 모르나 보네. 핏짜를 맛있게 구우려면 5~600도 정도의 온도가 필요해. 가정용 오븐은 거기까지 온도가 안 올라가잖아."

"그러네요. 하지만 어쩔 수 없잖아요. 가게가 아닌걸."

"그래서 말이야, 직접 만들어 보기로 했어."

"만든다니, 뭘?"

"화덕. 핏짜 화덕."

"그런 걸 어디에 놓으려고요?"

"어디긴, 당연히 마당이지."

마당이라는 말에 오싹한 기분이 들었다. 잘 보니 남편의 손은 흙이 묻어 지저분했다. 아키코는 거실 창문을 열고 황급히 밖에 있는 우드덱으로 뛰쳐나갔다.

"아니, 이걸 어떡해."

확인해 보니, 마당 한구석을 직사각형으로 파놓고 나무 판자로 울타리를 세워 놨다. 울타리 안에는 회색 콘크리트가 부어져 있었다. 아키코가 손수 심어 키우던 꽃들은 무참하게 뽑혀 쓰레기봉투에 담겨 있었다.

"좋지? 제대로 된 아치형 가마를 만들 거야. 그러는 편이 보기에도 좋으니까. 자기 집에서 갓 구운 본격 핏짜를 먹는다니, 최고잖아?"

아키코는 대답하지 않고 쓰레기봉투 안에 담긴 꽃들을 힘없이 손에 들었다. 봉오리가 맺혔으니 1주일만 지나면 예쁜 꽃을 피웠을 것이다. 피자인지 핏짜인지 알 바 아니지만, 미리 말이라도 해줬으면 다른 곳에 옮겨 심을 수 있었을 텐데.

"그게 아니라."

"아, 근데 내가 만든 핏짜를 먹기 전에 다이어트 좀 해. 아무리 그래도 너무 살찐 거 아냐?"

감정의 파도에 온몸이 떨리고 눈에서 눈물이 맺혔다. 어째서 나만 참아야 하는 걸까. 무력감과 분함이 가슴을 꽉 채웠다.

아키코는 좋은 아내, 좋은 어머니가 되기 위해 언제나 노력해 왔다. 다른 어떤 것보다도 가족을 우선으로 생각했고 고함치거나 화낸 적도 없다. 하지만 아키코가 계속 참고 있으면 남편도 아이들도 다들 자기 멋대로 굴어도 되는 줄 안다. 누구도 아키코를 신경 쓰지 않고 인정해 주지도 않는다. 고맙다는 한마디 들은 적이 없다. 이래서야 자신은 있으나 없으나 매한가지다.

──적당히 좀 해!

쌓이고 쌓인 감정을 간신히 삼킨 순간에 마당에 세워져
있던 대나무 빗자루가 갑자기 활활 타올랐다. 남편이 '또
저러네'라고 말하면서 불이 붙은 빗자루를 차서 벽에서 떼
어놓았다. 대나무 빗자루는 정상적인 불에선 볼 수 없는
엄청난 화염을 내뿜으며 순식간에 타서 재가 되어버렸다.
마당의 돌바닥에 새카만 흔적이 남았다.

3

"아주머니, 잘 먹었어요."

"500엔. 항상 고마워."

역 앞 '미츠바 식당'의 아주머니가 금전출납기를 한손가
락으로 두드리며 붙임성 있게 웃었다. '아주머니'라기엔
이미 상당한 고령이지만 단골들은 다들 그렇게 부른다. 아
주머니는 아키코가 이쪽으로 이사 온 직후부터 얼굴을 보
아왔다. 30년이 지나 자신이 예전의 아주머니와 같은 나이
가 된 지금에도 아키코는 타성으로 그렇게 부르고 있다.

금전출납기 옆 테이블석에는 단골 샐러리맨 2인조가 스

태미나 고기볶음 정식, 통칭 '스태정'을 땀을 흘리면서 먹어치우고 있었다. 식사를 마친 직후인데도 그 모습을 보니 입가에 침이 고였다.

평소에는 아키코도 망설이지 않고 스태정을 주문했겠지만, 살이 쪘다는 남편의 말이 머릿속에 남았는지 오늘은 반사적으로 '냉라면 보통 크기'를 주문해 버렸다. 식욕이 제대로 해소되지 않은 것도 있어, 남편을 향한 짜증이 다시 끓어오르려 했다. 주방에서 갑자기 불기둥이 솟아, 중화냄비를 흔들던 주인아저씨가 가볍게 비명을 질렀다.

"오늘도 선생님한테 가는가?"

"네, 이제부터요."

"남편은 여전하고?"

"마당에다가 피자 화덕인지 뭔지를 만들겠다지 뭐예요. 지긋지긋해요."

아주머니는 놀란 표정으로 '화덕?'이라고 말하더니 웃음을 터뜨리며 재미있는 남편이라고 고개를 끄덕거렸다. 그게 뭐가 재밌나요, 라고 뾰로통하게 대답하고는 식당에서 나왔다.

무더위 속을 바삐 걸으며 도착한 역 앞 로터리의 허름한 정류장에서 버스를 탔다. 목적지는 멀리 울창한 산속에 있는 '츠다 도요'다. 츠다 코안이라는 저명한 도예가가 만든 도요로, 1주일에 한 번 일반인 대상으로 도예교실을 열고 있다.

예전에 미술관에서 전람회를 보고 돌아오는 길에 미츠바 식당에서 남편 불평을 늘어놓으니, 아주머니가 츠다 도요의 도예교실을 추천해 주었다. 심신을 안정시키는 데에 좋지 않겠느냐는 것이었다. 확실히 물레 앞에서 집중하는 것은 마음 다스리기에 도움이 될 것 같아, 아키코는 얼마 전부터 츠다 도요에 다니고 있다.

버스를 타고 약 1시간. 시가지에서 산길로 들어가 허허벌판에 세워진 정류소에 도착했다. 처음 왔을 때는 당황했지만 길가에서 이어진, 산짐승이나 다닐 법한 작은 길을 따라가면 츠다 도요가 나온다.

"안녕하세요."

먼저 와 있던 도예교실 수강생에게 인사하고 작업장에 들어갔다. 가건물처럼 생긴 건물 안에는 도자기들이 빽빽하게 늘어서 있고, 안쪽 넓은 공간에서 작업을 한다.

"앗코 씨, 어서 오세요."

"아, 안녕하세요."

도예계의 중진인 츠다 코안은 역시 일반인 대상의 도예

교실에는 모습을 보이지 않는다. 수강생 지도는 주로 츠다의 제자들이 맡는다. 아키코를 주로 봐주는 사람은 오쿠무라라는 30대 초중반의 젊은 남성이었다. 품평회 수상 경력도 있는 신예 도예가인 데다 상쾌한 분위기의 미남이다.

"조금만 더 기다려 주시겠어요? 금방 끝나거든요."

머리에 수건을 감은 오쿠무라는 작업대 위에서 도예용 흙을 이기고 있었다. 손바닥에 체중을 실어 점토가 머금은 공기를 밖으로 **빼낸다**. '꼬막밀기'라는 반죽법이다. 흙에 공기가 남아 있으면 구울 때, 열 때문에 팽창되서 그릇이 깨진다고 한다. 아키코도 연습하고 있지만 익숙해질 때까지는 오쿠무라가 흙을 이겨준다. 미청년이 팔을 걷고 핏줄을 세워가며 흙을 이기는 모습은 참 보기 좋았다.

"오늘은 물레에서 해보죠. 뭔가 만들고 싶은 거라도 있으세요?"

"만들고 싶은 거요?"

그럼 대접을, 이라고 아키코가 대답하자 오쿠무라는 괜찮은 생각이라며 웃었다.

일단 대접 만들기의 기본을 오쿠무라에게 배운다. 커다란 팥빵 모양으로 반죽한 점토를 물레에 세트해 손으로 대략적인 형태를 만든다. 그 다음에는 일단 가장자리를 수직으로 올린 다음 손을 대고 천천히 각도를 잡아가며 접시를 성형해 나가는데, 이게 어렵다. 가장자리가 높으면 접시라기보다는 화분처럼 되어 버리고, 각도를 너무 주면 접시가 자신의 무게를 견디지 못해 찌그러져 버린다. 크기, 흙의 단단함을 생각하며 끝이 무너지지 않는 아슬아슬한 각도를 찾아내야 한다.

몇 번 도전해 보았지만 조금만 더 하면 되겠다는 타이밍에 접시가 물결치면서 순식간에 찌그러진 흙덩어리로 변해 버렸다. 아키코는 한숨을 쉬고 처음부터 다시 작업했다. 어째서 생각대로 형태가 잡히지 않는 걸까. 뱃속 깊은 곳에서 짜증이 끓어올랐다. 좀 더 무심해야 해, 집중해야지, 라고 생각할수록 아키코의 내면에서 더욱 거센 불꽃이 타오르는 기분이었다.

주위 수강생들은 차례차례 성형을 끝마치고 다음 공정에 들어갔다. 아키코가 잘 되지 않아 고생하고 있는데도 오쿠무라는 좀처럼 도와주러 와주지 않는다. 초조함과 창피함 때문인지 얼굴이 달아올라 덥지도 않은데 땀이 뚝뚝 떨어졌다.

"대접인가요?"

갑자기 누군가가 말을 걸어서, 하마터면 또 접시를 망가 뜨릴 뻔했다. 누구야, 라는 생각에 돌아보자 선글라스를 낀 신선 같은 노인이 아키코의 손을 바라보며 서 있었다.

"아, 네, 맞습니다."

츠다 선생님이라는 사실을 알고 아키코는 머리가 새하 얘졌다. 개인전 등에서 멀찍하게 본 적은 있었지만 이렇 게 가까이에서 본인을 보기는 처음이었다. 츠다는 으음, 하고 신음하더니 조금 떨어진 곳에 있는 오쿠무라에게 다 가가 뭐라고 말했다. 오쿠무라는 살짝 놀란 표정을 짓더 니 '네'라면서 고개를 끄덕였다. 츠다는 그대로 안으로 들 어갔다.

"앗코 씨, 죄송해요. 기다리셨죠."

"아, 아뇨, 괜찮아요."

오쿠무라는 고개 숙여 사과한 후에 간신히 형태를 갖춘 접시를 보고, 잘 만들었다면서 엄지를 치켜들고 웃었다.

"저기, 오쿠무라 씨. 츠다 선생님이 뭐라고 말씀하셨나 요?"

오쿠무라는 아, 그게요, 라고 고개를 끄덕이더니 조금 곤혹스러운 표정을 지었다.

"앗코 씨, 이 대접 말인데요. 장작가마에서 구워 보지 않으시겠어요?"

4

저녁식사를 마치고 대화도 없이 느긋하게 텔레비전을 보고 있자니, 남편은 아무 말 없이 2층에 있는 침실로 가려 했다. 침대는 두 개 있지만 침실을 쓰는 사람은 남편뿐이다.

남편이 퇴직을 결정했을 때부터 아키코는 잠을 엄청나게 설치게 되었다. 남편의 코골이가 신경 쓰여 잠을 자지 못하고, 드디어 잠들었다 싶으면 화장실에 가고 싶어져 금세 깨고 만다. 아침에 몸이 너무 무거워 결국 얼마 전부터 남편과 다른 방에서 자기로 했다. 지금은 예전에 딸이 쓰던 방에서 이불을 덮고 잔다. 편안한 잠자리는 아니지만 코고는 소리에 강제 기상하는 것보다야 낫다.

"저기."

기지개를 펴면서 일어선 남편의 등을 향해 아키코는 말을 걸었다.

"왜?"

"나, 다음 주에 일주일 동안 집을 비워도 될까?"

"일주일? 해외여행이라도 가려고?"

"아니. 도예교실 일을 돕게 되었거든."

피자 화덕 사건 이후로 아키코는 며칠 동안 남편과 제대로 대화하지 않았다. 그런데도 남편은 딱히 신경 쓰지 않는 듯했다. 집안일을 하고 밥만 만들어 주면 나머지는 알 바 아니겠지. 분명 남편은 아키코가 화를 내고 있다는 사실조차 모르고 있을 것이다.

결혼한 지 30년, 부부로 지내는 것만으로 이렇게까지 고통스러워질 줄은 상상도 못했다. 황혼이혼을 하는 부부가 끊이지 않는다는 이야기는 들었지만 이제는 남의 일이라고 웃어넘길 수 없었다.

남편은 아직 일본이 버블 경기로 들떠 있던 시절에 만났다. 젊은 시절의 남편은 멋쟁이에 말주변도 좋았다. 당시 최신 유행이던 이탈리안 레스토랑에서 식사를 하다가 깜짝 이벤트로 석 달치 월급 가격의 약혼반지를 받아, 아키코는 결혼을 결심했다. 이 사람이라면 평생 즐겁게 살아갈 수 있겠다고 생각한 것이다.

결혼 생활은 비교적 순조로웠다. 돈 문제로 고생한 적도 없었고 자식 복도 있었고 집도 가질 수 있었다. 세상의 기준으로 보면 유복한 생활이었다. 아키코를 부러워하는 친구도 있었을 정도니까. 그런데 지금의 이 불편한 마음은 뭘까. 뱃속에서 끝 모를 짜증이 끓어오른다. 남편의 일거수일투족이 신경에 거슬려 참을 수 없다. 오랫동안 쌓인 불만이 드디어 한계에 달한 걸까.

몸속에서 타오르는 불꽃을 말로 토해내면 이제까지 쌓아온 부부의 인연을 깡그리 불태워 잿더미로 만들지도 모른다. 하지만 억지로 참아봐야 언젠가 발화능력이 폭주할 텐데, 어떻게 대처해야 할지 갈피를 잡지 못하겠다.

"그렇구나. 그건 상관없는데, 내 밥은?"

"만들어, 두고, 갈게요."

남편이 재떨이에 비벼 끈 담배꽁초가 슈아악, 하고 타올랐다.

                            5

"이걸…, 전부 때는 건가요?"

눈앞에 쌓인 장작다발을 올려다보고 아키코는 경악했다. 맞아요, 라고 오쿠무라가 웃으며 대답했다.

어젯밤에는 남편의 태도에 화가 나서 잠을 설친 탓에 1시간 정도 늦잠을 자고 말았다. 헐레벌떡 도착한 아키코를 맞이한 건 햇볕에 타서 코끝이 새빨개진 오쿠무라와 산더미처럼 쌓인 장작이었다.

도예교실에서는 수강생들의 작품을 구울 때 보통 전기가마를 사용한다. 전열선이 설치된 오븐 같은 물건인데, 스위치 하나로 온도 조절까지 해 줘서 매우 편리하다. 하지만 츠다 코안의 작품은 대부분 작업장 더 안쪽에 설치된, 아나가마*라는 형식의 가마에서 장작불로 굽는다. 롤케이크를 반으로 자른 듯한 입구 모양의 가마에 작품을 넣고, 입구 부분에서 장작을 때워 그 불길과 열로 작품을 구워 완성한다.

놀라운 것은 쓰는 장작의 양이었다. 장작 오두막에 쌓인 적송의 장작은 10톤을 한참 넘는다고 한다.

아나가마 안에는 이미 작품이 쭉 늘어서 있었다. 불이 통하는 경로나 옆 작품과의 거리, 놓아둔 위치나 방법은 전부 계산된 것이다. 츠다 같은 도예가는 대부분 완성된 이미지를 머릿속에서 그리고 작품을 어디에 놓을지 정한다고 한다. 아키코로서는 상상조차 가지 않았다.

그릇 배치를 끝내고 벽돌로 봉해져가는 가마의 입구 저편, 맨 안쪽 한가운데에 아키코의 대접이 세워져서 배치

---

* 언덕의 사면을 파고 그 위를 흙으로 덮은 터널 형의 도자기 가마로, 가장 오래된 형식이다.

된 게 보였다. 주위에는 츠다의 작품이 늘어서 있다. 어째서 저기에 내 접시가 함께 있는 걸까 싶어, 놀라움과 기쁨, 그리고 당혹감에 몸이 긴장되었다.

입구를 다 봉하자 츠다가 앞에 서서 신주(神酒)와 소금, 깨끗한 쌀을 공물로 바쳤다. 이어서 불을 지피는 동안의 안전과 작품의 완성을 기원하며 엄숙하게 축사를 외웠다. 가마에는 신이 계신다. 츠다는 그렇게 믿고 있을지도 모른다. 아키코 앞에서는 츠다의 제자와 츠다 도요의 스태프 십수 명이 나란히 서서 진지한 표정으로 손을 마주하고 있었다.

가마불은 일주일 내내 한시도 꺼뜨리지 않고 계속해서 지핀다. 모두가 작업장에서 숙식하면서 작업한다. 아키코도 이곳에서 묵으며 청소나 세탁, 식사 준비 등을 돕기로 했다.

1주일이나 외박하는 것은 비상식적으로 보일 수도 있고, 잡무라면 오가면서 도울 수도 있었지만, 아키코는 여기서 숙식하며 돕기를 신청했다. 도예는 가마의 불을 정교하게 조종해 작품을 탄생시키는 예술이기에, 어쩌면 마음속에서 타오르는 불길을 컨트롤할 힌트를 얻을지도 모른다고 생각한 것이다. 그러려면 작업에 최대한 적극적으로 참가할 필요가 있었다.

"앗코 씨, 남편께서는 괜찮다고 하시던가요?"

옆에 선 오쿠무라가 아키코의 귓가에서 속삭였다.

"아아, 네."

"마음이 넓은 분이네요."

"아니에요."

그 사람은 저한테 흥미가 없을 뿐이에요, 라고 내뱉듯 말했지만 오쿠무라는 진지하게 받아들이지 않았는지 웃으며 넘겼다.

6

——당신 때문에, 나도 아키코도!

——엄마, 제발! 그만 해!

——이것들이, 누가 번 돈으로 먹고산다고 생각하는 거야!

——그만!

번뜩 눈을 뜨자 낯선 장소에 있어서 혼란스러웠다. 눈앞에선 오쿠무라를 비롯한 제자 여럿이서 주먹밥을 먹고 있었다. 한가운데에 츠다의 모습도 있었다. 오늘의 식사 당번은 아키코였다. 낮에 스태프들과 함께 장을 봐서 저녁부터 만들어둔 것이다.

불 지피기도 사흘째에 접어들어 조금 피로가 쌓였을지도 모른다. 모두에게 식사거리를 나눠주고 먹기 시작하자 긴장이 풀렸는지 한순간 꾸벅꾸벅 존 것이다. 수십 초에 불과했지만 어린 시절 꿈을 꾸었다. 그다지 좋은 꿈은 아니었지만.

"이 주먹밥은, 어느 분께서?"

아키코가 만든 주먹밥을 들고서, 밤인데도 선글라스를 끼고 있는 츠다가 으음, 하고 신음했다. 아키코는 긴장해서 손을 들었다.

"입맛에 맞으셨나요."

"이건…, 정말로 맛있군요."

츠다는 변하지 않은 표정으로 또 한 입 베어 물었다.

"아키코 씨, 정말로 요리 잘하시네요."

"맞아요. 매일 먹고 싶을 정도예요."

스태프나 제자들이 다들 아키코의 요리를 칭찬했다. 집에서는 제대로 칭찬받은 적이 없어서인지 어떻게 반응해야 할지 몰라 어물거렸다.

"입 안에서 부드럽게 풀어지도록 가볍게 뭉친 데다 매실의 새콤함과 짠맛도 절묘하군요. 남들에게 주목 받기에 충분한 실력입니다."

주먹밥이니까요, 라고 츠다는 진지한 얼굴로 말장난을 시도했다. 여기에는 아키코뿐 아니라 자리에 있는 모두가 어떻게 반응할지 난감해 얼어붙었다.

긴장감이 감도는 의식으로 시작된 불 지피기였지만 그 다음부터는 생각보다 평화로웠다. 세 팀으로 나뉘어 5시간마다 교대하며 가마를 지킨다. 대기하는 동안에는 작업장에서 텔레비전을 보며 쉴 수도 있고 수면실에서 잘 수도 있다. 츠다는 때때로 가마를 살펴보러 가서 이런저런 지시를 내리는 듯했다.

"슬슬 교대 시간인가."

순식간에 주먹밥 네 개를 먹어치운 오쿠무라가 기지개를 펴며 자리에서 일어섰다. 아키코는 아, 하고 입을 열었다.

"저기, 혹시 괜찮으시다면 저도 함께 가도 될까요?"

"앗코 씨도요?"

"방해는 하지 않을게요. 불 지피는 현장을 보고 싶어서요."

오쿠무라가 흘끔 츠다에게 눈길을 주었다. 츠다는 말없이 고개를 끄덕였다.

　　오쿠무라를 따라 가마 근처로 다가가니 상상을 넘어서는 세계가 펼쳐져 있었다. 벽도 없고 지붕만 있는 오두막인데도 마치 열기 속에 직접 뛰어든 기분이었다. 가마에는 불꽃의 색을 보기 위한 작은 창이 나 있지만, 굳이 안을 엿보지 않아도 뱀의 혀처럼 오렌지색 불이 튀어나와 있었다.

　　불을 지피는 과정은, 일단 시작하면 한동안 '불쬐기'라는 공정에 들어간다. 천천히 가마의 온도를 올리면서 작품이 머금은 수분을 날린다. 갑자기 온도가 올라가면 수분이 단숨에 팽창해 산산이 깨지기 때문이다. 불쬐기가 끝나면 '중간불'을 지나 '센불'로 바꿔가며 가마의 온도를 끌어올린다. 지금은 딱 센불에 들어가려는 참이라고 한다.

　　"한번 보시겠어요?"

　　오쿠무라가 마스크와 고글을 아키코에게 내밀고 가마 입구에 설치된 불구멍을 열었다. 열린 순간에 백색에 가까운 오렌지색 빛과 함께 피부가 타버릴 기세의 열이 뿜어나왔다. 저도 모르게 손으로 가리고서 뒷걸음질을 쳤다.

오쿠무라는 쌓인 장작 중 몇 개를 집어 들어 익숙한 손놀림으로 불구멍에 던져넣었다. 아키코가 용기를 내서 불구멍을 들여다보자 가마 안에서 미쳐 날뛰는 불꽃이 선명하게 보였다.

불구멍 근처에서 장작이 만들어낸 불길은 가마 안을 휘감으면서 작품이 놓인 선반을 지나, 가마 뒤편에 난 굴뚝으로 빠져나간다. 오쿠무라가 장작을 던져 넣자 곧바로 굴뚝에서 검은 연기와 불길이 솟아올랐다. 그리고 굴뚝에서 나오는 불길이 약해지면 다시 장작을 넣는 작업을 반복한다.

"엄청난 불길이네요."

"그렇죠? 지금은 1,200도쯤 되니까요."

"불을 보기만 해도 온도를 아시나요?"

"어느 정도는요. 츠다 선생님은 온도계에 의존하는 걸 대단히 싫어하셔서, 저희도 불을 관찰하는 방법밖에 없거든요."

대단하다며 아키코는 순수하게 감탄했다. 구멍 사이로 보이는 불의 세계는 모든 것을 태워 버릴 듯한 홍련의 공간이었다. 불의 기세와 땅속에서 기어오르는 듯한 굉음이 무서워서 똑바로 보기조차 힘들었다.

"이렇게 강렬한 불을 조종해서 작품을 만든다니, 정말로 대단해요."

"뭐, 대략 이런 느낌으로 완성될 거라는 감은 있어도 최종적으로는 역시 가마에, 불에 맡기는 거예요."

"그런가요?"

"불을 컨트롤하려는 건 인간의 오만이라고 선생님도 자주 말씀하시니까요."

"츠다 선생님은 온화한 인품의 소유자이시니까요."

오쿠무라는 바쁘게 장작을 던져 넣으면서 호쾌하게 웃었다.

"그게 말이죠, 저렇게 보여도 선생님도 예전에는 기세등등했다고 하시더라고요."

"기세등등?"

"어떻게 해야 불을 생각대로 조종해서, 이상(理想)대로 작품을 완성시킬 수 있을지 집착이 엄청났다고 하시더군요. 마음에 들지 않는 작품은 전부 깨 버렸다고 들었어요."

이게 아냐! 라고 소리치면서 항아리를 땅바닥에 내던지는 츠다의 모습을 상상했다. '선생님의 그런 모습, 상상이 안 되는데요'라고 말하려 했지만 너무 쉽게 떠오르는 바람에 아키코는 말문이 막혔다.

"그런데 어째서 지금처럼 되신 걸까요."

"하다 보면 깨닫거든요. 가마의 불에는 신이 깃들어 있다는 것을요. 불은 우리의 잔재주로 어떻게 할 수 있는 게 아니에요."

가마 위에 놓여 있는 공물이 신이라는 단어를 귀에 스며들게 만들었다.

"저기, 오쿠무라 씨."

"예? 왜 그러시죠, 심각한 표정으로."

"어째서 선생님은 제 접시를 함께 넣으셨을까요."

오쿠무라가 장작을 던져 넣을 때마다 새빨간 불 속 사이로 아키코의 대접이 보였다가 숨기를 반복했다. 불길에 휩싸인 접시는 과연 어떻게 될까. 무참하게 깨지진 않을지 걱정이 들었다.

"글쎄요. 저도 잘 모르겠네요. 하지만 앗코 씨가 접시를 만드실 때 선생님께서 말씀하시더라고요. 아나가마로 구워 보자고요."

"선생님께서요?"

"네. 재미있는 요변이 있을 것 같다고 하시더군요."

"요변이요?"

"재가 날아 작품에 묻거나, 불이 일정 부분에만 닿지 않거나 해서, 가마 안의 환경 때문에 우리가 의도하지 않은 형태로 작품이 완성되는 경우를 요변이라고 해요."

요변, 아키코는 확인하듯 입속에서 반복했다.

"그것도 원리가 상당히 밝혀졌기 때문에 어느 정도는 노릴 수도 있지만요. 하지만 가마는 살아 있으니까, 정말 가끔은 상상조차 하지 못한 아름다운 변화가 생기기도 한다는 게 재미있죠."

평범하고 따분한 자신의 대접도 불길이 닿아 재미있는 작품이 될 수 있을까? 아키코는 오쿠무라에게 장작을 건네며, 완성된 모습에 조금이나마 기대를 품게 되었다.

7

엿새째, 아침부터 내리는 비는 아직 그치지 않았다.

어제의 화기애애한 분위기가 급변해 츠다는 물론이고 제자들도 바삐 뛰어다니고 있다.

저번 주 일기예보에선 며칠 동안 계속 맑음이었는데 완

전히 빗나갔다. 아나가마는 반쯤 땅에 묻힌 형태라서, 빗물이 대량으로 땅에 스며들면 가마 내부까지 물이 스며드는 경우가 있다고 한다. 그렇게 되면 아무리 장작을 넣어도 온도가 필요한 만큼 올라가지 않게 된다.

남은 장작의 수는 한정되어 있다. 최종적으로 목표한 온도에 달하지 못하면 가마구이는 실패다. 정성스럽게 흙을 이기고 시행착오를 거쳐 성형한 작품은 온전히 구워지지 않아 완성에 이르지 못한다. 아키코의 대접도 그저 시시한 실패작으로 끝날 것이다.

하지만 아키코로서는 어떻게 할 방법이 없었다. 작업장 창문을 멍하니 바라보며 비로 흐려진 날씨가 좋아지기를 기도할 뿐이었다.

비가 오는 날에는 부모님이 자주 떠오른다.

아키코의 어머니는 예전부터 성격이 불같았다. 마음에 들지 않는 일이 있으면 금세 열을 내면서 뱃속에 있는 말을 전부 토해냈다. 좋게 표현하면 겉과 속이 같은 성격이지만 그렇게 긍정적으로 받아들이는 사람은 적었을 것이다.

아키코가 중학교에 들어갔을 때쯤 부모님이 사소한 일

로 다툰 적이 있었다. 또 저러네, 하고 무시하려 했지만 그 날은 아버지의 반응이 이상했다. 완전히 안색이 바뀌어 눈이 짜증으로 가득 찼다. 어머니가 토해낸 불이 결국 아버지에게도 불을 붙였음을 아키코는 깨달았다.

하지만 말리려고 했을 때는 이미 늦었다. 아버지는 쌓이고 쌓인 분노를 마구 토해내고 집을 나가 버렸다. 아버지가 사라진 후에도 어머니는 여전히 자신의 분노를 거침없이 토해내고 있었다. 비 오는 날 오후였던 것으로 기억한다. 아버지는 결국 그 뒤로 돌아오지 않았다.

자신도 그런 어머니의 피를 이어받았다. 분노나 짜증에 휘둘려 토해내는 말은 불처럼 타올라 주위의 모든 것을 태워버린다. 불은 무섭다. 잃고 싶지 않다. 빼앗기고 싶지 않다. 작게 타오르는 마음속의 불꽃을 아키코는 삼키며 살아왔다. 어머니처럼 되지는 않겠다고 생각했기 때문이다.

하지만, 만약 불이 무언가를 낳는다면.

보고 싶다. 어떡해서든.

"저도 도울게요."

"아, 네, 고마워요."

아키코는 도저히 가만히 있을 수 없어서, 기분 나쁜 비가 내리는 밖으로 뛰쳐나와 가마로 달려갔다. 평소에는 쾌활한 말투인 오쿠무라도 오늘만큼은 표정이 굳어 있었다. 피로도 한계에 달했는지 목소리에도 힘이 없었다. 아키코는 서둘러 목장갑을 끼고 장작다발을 풀었다. 다른 제자들은 예비 장작을 준비하러 나갔기 때문에 가마는 오쿠무라가 전담하고 있었다.

불구멍을 들여다보았다. 여전히 불은 맹렬한 소리를 내고 있지만 비가 내리기 전보다는 기세가 약해진 느낌이었다. 오쿠무라가 불갈퀴를 넣어 장작의 연소 상태를 조절했다.

"곤란하네."

"안 되나요."

"물이… 조금 들어갔을지도 모르겠어요."

그래도 웃는 얼굴만은 유지한 채로 오쿠무라가 장작을 넣으며 고민하듯 고개를 갸웃거렸다.

──뭐야, 실패했어? 일주일이나 걸렸으면서.

집에 돌아가자마자 그렇게 말하며 비웃을 남편의 얼굴이 떠올랐다. 츠다나 오쿠무라, 그 외에도 얼마나 많은 사람들이 간절한 마음으로 가마를 지켜왔는지 남편은 알려고도 하지 않을 것이다. 일기예보도 너무하다. 조금 전까지만 해도 '맑음'이라고 해놓고선 실패를 숨기듯 뻔뻔하게 '비'로 바꿔 놨다. 하늘을 덮은 비구름도 원망스럽다. 엿새나 노력한 아키코를 비웃는 것처럼 보였다.

　　──웃기지 마. 다들 한통속이 되어 나를 바보 취급하다니.

　"우왓!"
　오쿠무라의 비명과 함께, 가마의 불구멍에서 불꽃이 솟아오르는 것이 보였다. 그리고 이제까지 언짢은 듯이 검은 연기가 피어오르던 굴뚝에서 엄청난 불기둥이 솟아올랐다.
　"선생님!"
　오쿠무라가 츠다를 불러 불길이 되살아났다고 보고했다. 가마가 장작을 삼키는 속도가 금세 빨라져 모아둔 장작이 순식간에 줄어들었다. 오쿠무라는 가마를 츠다에게 인계하고 장작 오두막으로 달려갔다.
　"아무래도 상황이 좋아진 것 같군요."

츠다가 불의 색을 보면서 입가를 누그러뜨렸다. 불은 기세가 더욱 강해져 황금색으로 빛났다. 불 속의 작품들도 보석처럼 반짝거려 점토로 만들어졌다는 생각이 들지 않을 정도였다.

"다행이네요."

"아키코 씨 덕분입니다."

"저요?"

츠다는 다시 한 번 웃더니 천천히 고개를 끄덕였다.

"이 조건에서 장작만으로 불이 이렇게 강해질 수는 없습니다. 뭔가 다른 힘이 필요하지요."

"그게, 전…."

"이 불은 당신의 불이로군요."

내 불…이라고 아키코는 멍하니 중얼거렸다. 남편의 얼굴이 떠올라 짜증이 솟구쳤지만 오쿠무라 앞에서 고함을 칠 수도 없어서 분노를 삼켰다.

"제…, 불."

"그래요. 방법까지는 모르겠지만, 가마의 불을 되살린 사람은 아키코 씨겠지요."

츠다는 불구멍을 열더니 물 흐르는 듯한 동작으로 장작을 던져 넣었다. 짙은 선글라스 너머의 눈이 어떤 표정인지는 모르겠지만, 움직임에선 강한 기쁨이 묻어나왔다.

"선생님은 손을 대지 않고 불을 피우는 게 가능하다고 생각하시나요?"

"글쎄요. 하지만 세상에는 설명할 수 없는 능력을 가진 사람들이 분명 있습니다."

예를 들면, 손을 대지 않고 물건을 움직인다든지요. 츠다는 손짓으로 초능력을 표현하면서 뭔가를 떠올린 듯 흐뭇하게 웃었다.

"확실히 불을 일으킨 사람은 저일지도 몰라요. 저는 무의식중에 종종 불을 피우곤 하거든요. 파이로키네시스라고 하더라고요."

"과연. 그거 대단하군요."

"믿으시는 건가요?"

"눈앞에서 일어난 일을 어떻게 보고도 믿지 않을 수 있겠습니까?"

츠다는 아키코를 향해 온화하게 웃었다. 마치 모든 것을 처음부터 알고 있었다는 듯이.

"저는, 믿을 수 없어요."

"자신의 힘이지 않습니까?"

"믿고 싶지 않은… 걸지도 몰라요. 저는 불이 무서워요.

언젠가 저에게서 모든 것을 빼앗아 갈지도 모른다는 생각이 들어서, 무서워서 견딜 수가 없어요."

"우리도 불을 써서 작품을 굽고 있지만. 저도 불은 무섭습니다."

"선생님도요…?"

설마, 하고 아키코는 고개를 가로저었다. 불 앞에 있는 츠다에게선 조금도 공포심이 느껴지지 않건만.

"불 앞에서는 자신이 얼마나 무기력한지 뼈저리게 알게 됩니다. 수십 번이나 가마에 불을 피워도 도무지 생각대로 움직여 주지 않으니까요. 하지만."

츠다는 말을 끊고 가볍게 뜸을 들였다. 가마 속에서 장작이 격하게 터지는 소리가 들렸다.

"불은 저에게 거짓말을 하지 않습니다. 절대로요."

목에 건 수건으로 끝없이 흐르는 땀을 닦으며, 츠다는 아키코를 똑바로 바라보았다. 손에는 선글라스를 들고 있었다. 처음으로 드러난 츠다의 눈을 보고 아키코는 숨을 삼켰다.

"제 눈은 곧 빛을 잃겠지요."

츠다의 두 눈은 보자마자 상태가 좋지 않다는 것을 알 수 있을 정도로 눈동자가 흐리고 색이 탁했다. 언제나 선글라스를 쓰고 다니는 이유를 그제야 알았다.

"병원에서도 회복이 안 된다고 하나요?"

"죽은 망막 세포는 재생되지 않는다더군요. 지난 몇 년 동안 시야가 점점 좁아져 가고 있습니다."

"그럴 수가⋯."

"제가 이 두 눈으로 보는 것은, 아마 이 가마불의 색이 마지막이 될 거라고 생각합니다. 분명 불이 마지막까지 저에게 빛을 닿게 해주겠지요. 그렇게 생각하면, 불은 무서우면서도 동시에 사랑스럽다는 생각도 듭니다."

츠다는 다시 선글라스를 쓰더니 장작을 불 속에 던져 넣었다.

"그 불도, 언젠가 보이지 않게 된다는 말씀인가요?"

"그렇겠지요. 하지만 보이지 않는 것도 꼭 나쁘지만은 않아요. 눈이 나빠지면서 저는 점점 새로운 세계를 볼 수 있게 되었습니다."

"새로운 세계요?"

"미래입니다. 흐릿하고 불확실하지만, 미래의 일이 보이게 되었답니다."

"그, 그건, 예지 능력인가요?"

"신비로운 힘을 가진 인간이란 의외로 어디에나 있는

법이지요?"

여전히 비는 내리지만 빗발은 조금씩 약해지고 있다. 가마의 불은 꽤 안정되었다. 이제는 괜찮겠지. 저 멀리서는 해도 뜨기 시작했다. 비구름 너머로 나타난 붉은 저녁놀이, 산과 츠다, 그리고 아키코를 붉게 물들여 아름답게 구워내는 듯했다.

"그럼, 제 그릇을 넣어 주신 건, 혹시."

"당신이 가마의 불에 힘을 보태줄 것이다. 저에게는 거기까지만 보였습니다. 그래서 힘을 빌려 보았지요. 정말로 고맙습니다."

어떻게 완성될지 기대되네요, 라고 말하며 츠다는 순수하게 웃었다.

8

가마 안에 장작을 던져 넣었다. 붉은 불꽃이 타닥타닥 소리를 내면서 맛있다는 듯이 몸을 흔들어 장작을 삼켰다.

"소리가 좋은 걸."

한 달 내내 조금씩 돌이나 벽돌을 쌓아, 남편은 드디어 화덕을 완성했다. 반원형의 돔 천장을 갖춘 꽤 본격적인 화덕이었다.

"이대로 화덕의 온도를 600도까지 올리는 거야."

남편은 설명을 늘어놓으며 설치해둔 온도계를 확인했다. 도우를 꼬막밀기로 반죽해 가마불로 굽는 거니까, 피자 만들기도 도예와 통하는 구석이 있다고 아키코는 생각했다. 우드덱에는 작은 테이블이 준비되어 있었다. 남편이 이른 아침부터 어지간히 시간을 들여 만들어낸 피자, 아니 핏짜가 완성되기를 기다리는 중이다.

"젠장, 대체 뭐가 문제지?"

화덕에 불을 땐지 시간이 꽤 지났지만 좀처럼 남편이 말하는 600도에 달하지 못했다. 300도를 넘으면서부터 온도가 더 올라가지 못하고 불도 더 강해지지 못했다.

"장작이 젖었나. 온도계 상태가 안 좋은가?"

남편은 중얼거리면서 장작을 던져 넣었다. 가끔 혀를 차거나 발끝으로 화덕을 차는 등, 짜증을 숨기려 하지도 않았다.

"저기, 피자에 랩을 씌워 둘까요?"

츠다 도요에서의 경험 덕분인지 아키코는 온도가 올라가지 않는 이유를 어렴풋하게나마 알 것 같았다. 남편의 피자 화덕도, 츠다 도요의 아나가마처럼 롤케이크를 반으로 잘라놓은 형태다. 물론 규모는 다르지만 가마의 원리는 비슷할 것이다. 그렇다면 결정적인 차이가 하나 있는데, 바로 굴뚝의 위치다.

아나가마에서는 바로 앞에서 피운 불이 가마 전체를 돌수 있도록 굴뚝이 가마 끝, 느슨한 경사 위에 달려 있었다. 하지만 남편이 만든 화덕의 굴뚝은 돔형 천장 한가운데에 나 있었다. 이래서야 아무리 장작을 때워 봐야 열이 굴뚝을 타고 위로 빠져나가 버린다. 하지만 그 사실을 말해 봐야 간단히 바꿀 수도 없다. 화덕을 부수고 처음부터 만들 수밖에 없을 테니 과연 지적하는 게 좋은 일인지 판단하기 힘들었다.

"저기, 랩을 씌워 둘까요?"

"시끄럽긴. 금방 굽는다고 말했잖아?"

"하지만 이 상태로는 모처럼 만든 도우가 마를 것 같은데…."

"하여간 넌 정말 매사에 시끄럽다니까."

고오오, 하는 소리를 내며 아키코의 몸속에서 불길이 소용돌이쳤다. 짜증이 한계에 달해 손이 덜덜 떨렸다. 수면부족으로 피곤한 데다 머리도 아프고 몸도 무겁다. 그래도 화덕이 완성되었다기에 무리해서 봐주고 있는데.

"당신은 언제나 그런 식으로 나를 바보 취급 해!"

아나가마의 굴뚝에서 불길이 뿜어져 나오듯, 아키코의 입에서 드디어 감정이 흘러넘쳤다. 한 번 폭발한 감정은 이미 거둘 수 없었다. 만나서 결혼해 지금에 이르기까지 아키코가 무리해서 삼켜온 것들이 머물 곳을 잃고 차례차례 터져 나왔다.

──그때 당신은 이렇게 말했어.
──아이가 어렸을 때, 당신은 이렇게 해주지 않았어.

"당신은 언제나 자기 생각만 해! 그럼 난 대체 뭐예요? 나 따위는 있든 없든 상관없다면 이 집에서 나가줄게요! 마음대로 해봐요. 내 소중한 꽃들을 싹 뽑아버리고 피자 화덕이든 뭐든 마당에 만들어서, 하고 싶은 일들 마음껏 하라고요!"

남에게 이 정도로 감정을 드러낸 건 태어나서 처음일지도 모른다. 말이 입에서 토해져 나오자 진짜 불처럼 활활 타올랐다. 그리고 남편과 함께한 세월을, 추억을, 점점 태워나갔다. 결국 불은 남편에게도 옮겨 붙어, 격한 불의 응수를 초래해 마지막에는 둘 다 재로 만들어 버릴 것이다.

남는 건 아무것도 없으리라.

"아, 미, 미안해."

"네?"

남편은 갑자기 폭발한 아키코에게 기가 죽었는지 잠시 눈만 휘둥그레 뜨고 있었다. 뭐가 어째? 라는 파멸적인 반응을 예상했지만 그의 입에서는 김이 샐 정도로 한심한 목소리가 흘러나왔다.

"혹시 내내 그런 생각을 하고 있었어?"

"그래요. 30년 내내!"

"말해 주지 그랬어."

남편은 아키코 맞은편에 앉더니, 테이블에 손을 얹고서 깊이 숨을 들이마시고 다시 한 번 깊이 고개를 숙였다.

"잠깐, 왜 그래요."

"네가 그렇게까지 참고 있는 줄은 몰랐어."

"이, 이제 와서 무슨….."

"이 화덕도, 네가 기뻐할 거라 생각하고 만든 건데."

"내가? 기뻐한다뇨?"

"예전에 자주 먹으러 다녔잖아. 이탈리아 요리."

아키코는 손에 놓인 피자를 내려다보았다.

"그래서 피자를?"

핏짜라니까, 라고 남편은 진지한 얼굴로 정정했다.

"애들도 다 독립했으니 노후에는 그 시절로 돌아가서 우리 부부가 사이좋게 지내려고 생각했는데. 회사도 명예퇴직해서 여유롭게 둘만의 시간을 보내려고 했거든."

하지만 나 혼자만의 착각이었구나. 남편은 쓸쓸하게 중얼거리고는 다시 미안하다며 고개를 숙였다.

"거짓말. 당신은 나한테 아무 관심 없잖아요. 대화도 하지 않고, 내가 뭘 해도 모르는 척하고."

"너무 자극하는 건 좋지 않다고 생각해서 그랬어."

"자극?"

"그치만 요즘 갱년기잖아?"

"갱년기? 내가요?"

"밤에 잠도 못 자고 몸이 무겁지?"

"그, 그렇기는 한데…."

"갑자기 이상하게 땀이 줄줄 흐르기도 하고?"

"얼굴에서 땀이 나는 일이 있기는 해요."

"그럼 그거, 역시 갱년기 때문이잖아."

나, 갱년기였나? 아키코가 중얼거리자 남편은 대체 무슨 소리냐며 황당하다는 표정으로 한숨을 내쉬었다.

"애들한테도 얘기해 뒀거든. 너희 엄마는 지금 힘든 시기니까 조금 가만히 놔두자고. 갱년기라면 조만간 안정될 테니까."

"아이들도, 그런 식으로 말하던가요?"

그런 거였나, 라고 생각하자 뱃속에서 휘몰아치던 불꽃이 스르르 흩어지는 기분이 들었다. 갱년기라는 개념은 이 순간까지 머릿속에 존재조차 없었다. 자신의 몸에 이상이 온 이유는 가족들에게 불만이 너무 많이 쌓여서 라고만 생각한 것이다. 이 짜증이 갱년기 탓이라면 증상을 약으로 억제할 수도 있을 테고, 무엇보다 언젠가는 안정될 것이다.

"난…, 모든 게 다 화가 나서, 어떻게 하면 좋을지 도저히 모르겠어서…."

"조금 더 신경을 썼어야 했는데. 그래도 네가 주체하기 힘들 정도로 신경이 곤두서 있었다는 건 알고 있었어."

"난, 참으려고 하다가."

"나도 말이지."

──싫은 소리 몇 번 정도는 들어도, 그건 내 잘못이니까 어쩔 수 없다고 생각해.

남편의 말을 들은 순간, 팽팽했던 실이 탁 끊어졌다. 30년 동안 연인처럼 친밀하게 지내진 않았다. 하지만 감정의 불꽃에 휩쓸려도 불타 없어지지 않는 무언가가 부부 사이에 남몰래 생겨났는지도 모른다. 마치 도자기처럼.

"화덕도, 이래서야 실패네."

남편은 온도가 오르지 않는 화덕을 툭 쳤다. 겸연쩍은 듯이 아키코를 보며 웃었지만, 그 표정에선 쓸쓸함이 배어나왔다. 평소 같았으면 하여간 바보라니까, 라는 생각밖에 안 들었겠지만, 초점이 살짝 어긋나기는 했어도 남편의 진지한 마음을 들어서인지 가슴이 꽉 조이듯 아파왔다.

——부탁이야.

——조금만, 한 번만, 내게 도움이 되어 줘.

아키코는 몸속의 불꽃에 말을 걸었다. 이제까지의 난폭하고 제멋대로인 불과는 다르다. 아나가마의 불처럼 신이 깃든 아름다운 불이다. 그랬구나, 나는 남편과 헤어지고 싶지 않았던 거야. 집에서 나가고 싶지 않았던 거야. 아키코는 가슴 앞에서 주먹을 꽉 쥐었다.

"오옷."

남편이 온도계를 보더니 허둥지둥 장작을 들었다. 화덕 속에서 장작이 기세 좋게 타오르기 시작했다. 온도계의 숫자도 거기에 맞춰 상승했다. 400도. 500도.

푸핫, 아키코는 남편에게 들키지 않도록 숨을 내쉬었다. 극도로 집중해서인지 온몸에 엄청난 피로감이 몰려왔다. 자신의 의지로 불을 조종한 건 이번이 처음이다. 자유롭게 불을 다룰 수 있다면 편리하겠지만, 지금의 피로감을 생각하면 하루에 몇 번이나 사용하는 건 도저히 무리일 듯해 보였다.

"공기가 부족했던 걸까? 이거라면 되겠는데."

불갈퀴로 재를 파내고 타이밍을 재서 피자를 넣었다. 도우는 순식간에 치즈를 부글거리면서 구워졌다.

"어때, 최고로 사치스러운 기분이지?"

피자는 고작 1, 2분 만에 멋지게 구워졌다. 남편이 의기양양하게 꺼낸 마르게리타 피자를 아키코가 접시에 얹었다.

아나가마에서 구워낸 아키코의 대접이었다. 표면에는 불이 통한 흔적이 선명한 다홍색으로 남았다. 불의 흔적인데도 산들바람을 연상시키는 부드러운 곡선이었다. 츠다가 이런 모양은 처음 본다며 손뼉을 치며 감탄했을 만큼 재미있는 요변이라고 한다. 자연의 불과는 다른 아키코의 불이 더해졌기 때문일지도 모른다.

"어때, 가게에서도 먹기 드문 맛이지?"

커팅 된 피자는 정말로 맛있었다. 치즈는 향기롭고, 도우는 겉이 바삭하면서도 안은 촉촉했다. 토마토의 붉은색, 바질의 녹색도 생생했다.

"맛있네요."

"다음에는 애들한테도 해주자고."

그래요, 라고 아키코는 웃었다. 남편은 의기양양하지만 저 화덕은 아키코의 능력 없이는 분명 영영 온도가 올라가지 않을 것이다. 남편이 피자를 구울 때마다 아키코는 능력을 써야하는 처지가 되었다. 파이로키네시스라는 거창한 이름을 갖고 있으면서도, 정작 피자 굽기 전용이라니 영 초라한 초능력이다.

어쩔 수 없네. 부부는 이인삼각이니까.

웃음을 참으면서 피자를 한 조각 더 집으려 했다. 인정하긴 싫지만 맛있어서 자꾸 손이 간다.

"아, 근데 말야."

"왜요?"

"내 핏짜를 먹는 건 좋은데, 조금은 살도 빼라구. 너무 뚱뚱해진 거 아냐?"

아키코의 뱃속에서 다시 불길이 휘몰아쳤다. 가마에서 긁어낸 재가 요란하게 불을 뿜어 남편이 비명을 질렀다.

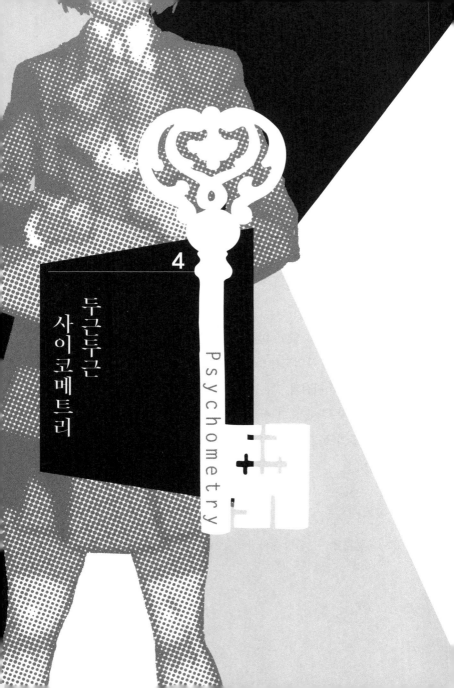

4

두근두근
사이코메트리

Psychometry

정신측정능력(사이코메트리)

물질에는 소유자의 사념이 기억된다. 그 잔류사념을 읽어내는 능력이 바로 정신측정능력, 사이코메트리다. 사이코메트리 능력자는 일반적으로 '사이코메트리스트'라고 호칭한다. 〈중략〉 대부분의 경우, 사이코메트리스트는 손으로 물질에 직접 접촉함으로써 잔류사념을 읽어내 자신의 뇌내에서 이미지로 재생할 수 있다

〈중략〉

영적현상에 있어 일반적으로 '영감(靈感)'이라 부르는 능력은 사실 사이코메트리 능력이라는 설이 있다. 〈중략〉 유령이나 귀신과 같은 '죽은 자의 영혼'을 보았다면, 그것은 영적 존재가 그 자리에 있어서가 아니라 건물이나 가구 등의 물질에 남은 잔류사념을 읽어냈다고 생각할 수 있다.

〈중략〉

잔류사념은 액체에 가장 강하게 남는다고 알려져 있다. 그렇기에 미 연방수사국(FBI)은 익사체로 의심되는 행방불

명자가 나타나면 사이코메트리스트의 협력을 얻어 사이코메트리로 수색을 실시하는 경우가 있다고 한다. 〈중략〉 미국은 초능력자 활용에 관해 많은 연구를 해, 초능력의 유용성을 인정되는 일정한 수준의 성과를 남기고 있다.

〈중략〉

능력자가 가진 염의 힘이 얼마나 강한지에 따라 잔류사념을 읽을 수 있는 대상물이나 강력함의 차이가 생겨난다. 능력이 그다지 강하지 않은 자는 사념의 매개로 액체가 필요하다. 즉, 소유자의 액체(땀, 혈액, 타액 등)가 물질에 남아 있어야 한다는 것이다.

전일본 사이킥 연구소 간행 『~당신에게도 있는 힘~ 초능력 입문』

제5장 「정신측정능력」에서 발췌

1

　"응? 부-탁-할-게!"

　"그러니까, 싫다고!"

　미타라이 아야코는 축구부 부실로 향하면서 손사래를 치며 도망을 시도했다. 반 친구이자 같은 축구부 매니저인 나나미가 '이유가 뭔데-'라고 토라진 듯이 대꾸하면서 문자 그대로 꿈틀꿈틀, 하고 허리와 팔을 비비 꼬면서 아야코 앞으로 돌아 들어왔다.

　"평생! 평생에 한번 있는 부탁이니까!"

　"야, 우리 아직 열일곱이거든? 그런 건 나중을 위해서 아껴 둬."

　나나미는 아야코의 어깨를 두 손으로 잡더니 '부탁이라니까아-'라고 땅 끝에서 끌어낸 듯한 저음을 토해냈다. 아야코는 그 박력에 움츠러들면서도, 무리라니까, 라고 똑같은 대답을 반복했다.

　"아야, 한번 곰곰이 생각해 봐. 곧 선수권 2차 예선이 시작되잖아? 거기서 져버리면 3학년은 다 은퇴야."

"분명 이길 거야. 모두 함께 갈 거라고, 결승전."

졌을 때를 가정한 거라고, 가정, 이라고 나나미가 입을 뾰로통하게 내밀었다.

"그러면 선배가 은퇴할 거 아냐. 부활동에서 만나지 못하게 되면 대화할 기회도 없어져 버린다고."

나나미가 말하는 '선배'는 축구부의 3학년 모두가 아니라, 부장이자 에이스인 쿠루스 키요시 선배를 말한다. 이미 다른 3학년은 있으나 마나한 공기 취급하는 느낌이다. 아야코는 한숨을 내쉬며, 쿠루스 선배만 있는 게 아니잖아, 라고 주의를 주었다.

고등학교 축구부는 3학년 은퇴 시기가 독특하다. 야구부는 보통 여름 코시엔, 전일본 고교야구가 마지막 대회가 되지만, 축구부가 가장 빛나는 건 전국 고등학교 축구 선수권 대회, 통칭 '선수권'이다. 여름부터 1차 예선이 시작되고 가을에 2차 예선이 있다. 전국 대회까지 살아남으면 3학년은 연말연시까지 부에 남게 된다.

물론 수험이나 취업활동에 전념하기 위해 여름 종합체전을 끝으로 은퇴하는 3학년도 많다. 약체로 취급되던 예년이라면 이미 2학년 위주로 새로운 팀이 발족했을 시기다. 하지만 올해 축구부는 고교 축구계에서도 손꼽히는 인재인 쿠루스 키요시를 주축으로 창설 이래 최강으로 불리며, 3학년 대부분이 여름방학이 끝난 지금도 팀에 남아 있다.

쿠루스 선배 같은 선수는 프로 산하의 유스팀에 들어가거나, 강호교로 진학하는 게 보통이지만 쿠루스 선배의 재능이 개화한 것은 고등학교에 입학하고 시간이 좀 지난 후였다. 특출난 스타플레이어가 한 명 나타나자 팀 전체의 레벨도 확 올라갔다. 2차 예선 돌파도 결코 허황된 소리가 아니다.

하지만 한 번 지면 그걸로 끝이다.

한 학년 아래인 아야코나 나나미는 부활동이라는 연결고리가 사라지면 3학년과 교류할 기회를 갖기 힘들다. 나나미가 싫다는 아야코를 억지로 이끌고 축구부 매니저가 된 건, 오로지 쿠루스 선배와 대화하고 싶다는 이유뿐이었다. 선배의 은퇴는 나나미에게는 사형 선고나 다름이 없다고 한다.

선배와 더 이상 만날 수 없게 되기 전에 어떻게든 마음만이라도 전하고 싶다. 조금만 더 욕심을 내자면 좋은 관계가 되고 싶다. 그러니까 협력해달라, 라는 게 나나미가 말하는 '평생의 바람'이었다.

"응? 부탁이야. 협력해 줘, 아야."

"협력하라고 해도, 대단한 건 못 한단 말야."

"선배한테 여친이나 짝사랑 상대는 있는지… 그 정도만 알아내 주면 돼."

알잖아? 라고 나나미는 아야코의 어깨를 잡고 힘주어 흔들었다.

"몰라, 그런 건."

"뭐? 모른다고?"

"알 수 있을지도 모르지만, 알 수 있을지 어떨지 모른단 말이야."

"그쯤 되니까 무슨 소린지 이해가 안가."

아야코는 나나미의 팔을 뿌리치고 종종걸음으로 부실로 가려 했다. 연습 전에 매니저가 할 일은 잔뜩 있다.

"야! 치사하다! 사람이 어떻게 그러냐! 이 일자 앞머리야!"

"헤어스타일을 왜 걸고 넘어져!"

"제발−, 부탁한다니까! 초능력자!"

나나미가 큰 소리로 외쳤다. 그 목소리가 들리자마자 걸음을 돌려 성큼성큼 다가가서는, 나나미의 엉덩이를 있는 힘껏 걷어찼다.

2

　잔류사념.

　소유물 따위에 기억된 인간의 강한 마음을 가리키는 말
이다. 공포나 증오, 기쁨이나 애정 등. 인간이 뭔가를 강
하게 느끼면 기억이나 감정의 정보가 사물에 기억되는 것
이다, 라고 나나미에게서 받은 『~당신에게도 있는 힘~
초능력 입문』이라는 책에 쓰여 있었다. '전일본 사이킥 연
구소'라는 수상한 저자명이었지만 현 시점에서 아야코가
가진 초능력이나 초자연현상에 관한 지식은 그 책의 내용
이 전부라고 할 수 있다.

　책에 따르면, 물질에 남은 잔류사념을 읽어내는 능력이
존재한다고 한다. '정신측정능력(사이코메트리)'이라고 한
다.

　잔류사념은 물질에 접촉한 사이코메트리 능력자의 머릿
속에 영적 영상으로서 재생된다. 또한 수분을 머금은 물
질에 강하게 남는 성질이 있다고 한다. 미국에서는 FBI의
수사에 협력해 익사자를 찾아내는 능력자도 있다는데 사
실인지는 잘 모르겠다.

"아니, 그런 건 무리라니까."

아야코는 자기 방 침대에 누운 채, 닳을 정도로 반복해 읽은『초능력 입문』을 베갯머리에 놓았다. '부탁한다니까! 초능력자!'라고 외치는 나나미의 목소리가 들리는 듯했다.

아무래도 아야코에게는 사이코메트리 능력이 있는 모양이었다. '아무래도'가 붙은 이유는 이제까지 제대로 그 힘을 쓴 적이 없기 때문이다.

일단 아무거나 만지면 되는 게 아니다. 대부분의 물건은 만져봐야 아무것도 안 보인다. 옷처럼 장시간 사람에게 밀착되어 있었던 걸 만졌을 때 머릿속에 단편적인 영상 같은 게 떠오르는 경우는 있다. 가끔 또렷하게 보이는 일도 있지만 대부분 흐릿하고 애매모호한 이미지다. 하지만 그걸 본다고 무슨 쓸모가 있는 것도 아니다.

그리고 아야코가 이 능력을 쓰지 못하는 결정적인 이유가 하나 더 있다.

그건….

"아야! 너 그러다 지각한다!"

어머니가 노크도 하지 않고 문을 발과 허리만으로 능숙하게 열었다. 품에 안은 커다란 빨래바구니에는 가족들의 빨랫감이 가득 담겨 있었다. 아야코는 비명을 지르며 '왜 마음대로 들어와?!'라고 소리쳤다. 내 방은 나만의 공간이다. 아무리 가족이라도 절대로 침입당하고 싶지 않다.

"말했잖아. 방에는 들어오지 말라고."

"그렇게 소리칠 기운이 있으면 빨리 나와서 밥 먹어."

아야코는 알았다고 대꾸하고는 난폭하게 일어나 어머니를 따라 복도로 나왔다. 거실로 가려는데 빨래바구니에서 천 조각 하나가 눈앞에 툭 떨어졌다. 무늬를 보니 아버지의 팬티였다. 어머니는 에고, 하고 가볍게 혀를 차더니 바구니를 안은 채로 아야코 쪽으로 돌아섰다.

"저거 좀 주워 줄래, 아야?"

"난 못 해!"

"뭐야, 살짝 주워서 여기에 넣으면 끝인데."

"말했잖아, 나는 못 한다니까."

"애 좀 봐, 네 아빠 거잖아?"

"아빠 거라서 못 하는 거라고!"

"빨래 끝난 거라니까?"

못 해…, 아야코는 울음 섞인 목소리로 말했다.

아야코의 사이코메트리 능력은 대상물을 맨손으로 만졌을 때 발현된다. 하지만 맨손으로 만진다는 행위 자체가 아야코에게는 심각하게 허들이 높았다.

아야코는 흔히 말하는 결벽증을 가지고 있다.

3

──손은 세균의 온상이야. 그러니까 더러워.

아야코는 자신이 더럽다고 생각하는 물건을 '맨손으로 만지는 것'에 극단적인 공포심과 혐오감을 갖고 있다. 많은 세균이 손에 달라붙어 체내로 들어온다고 한다. 자신의 몸속에서 수천, 수만으로 증식하는 세균은 상상만 해도 현기증이 난다.

아침에 일어나면 아야코는 곧바로 세면대로 향해, '아야 전용'이라고 써놓은 핸드솝의 펌프를 몇 번이고 눌러 손톱 사이나 주름 구석구석, 손목까지 깨끗이 씻는다. 그러지 않으면 자기 손에 세균이 잔뜩 남아 있다는 기분이 들어서 불쾌함에 시달리기 때문이다.

손을 씻는 '의식'이 끝나는 데에 걸리는 시간은 대략 30분, 오래 걸릴 때는 1시간 이상이다. 하지만 아무리 바쁜 아침에도, 아무리 엄마가 수도세로 불평해도 이것만은 반드시 해야 한다.

통학도 쉬운 일이 아니다. 학교까지는 전철을 타야 하는데, 당연히 앉는 건 기대할 수 없다. 하지만 지지대나 손잡이는 죽는 한이 있어도 잡을 수 없다. 불특정다수의 인간이 치덕치덕 만져댄 것이니 세균이 얼마나 많을지 상상도 가지 않는다. 만진다는 생각만 해도 공포가 몰려들어 구역질까지 일으키는 수준이다.

결국 여름에도 긴팔 셔츠로 손을 가리고 일부러 만원 전철을 타고 다닌다. 사람이 꽉 들어차면 지지대나 손잡이를 안 잡아도 서 있을 수 있으니까. 땀 냄새를 풍기는 인간들에게 둘러싸이는 것도 혐오감은 상당하지만, 그래도 손잡이를 잡는 것보다는 참을 만했다. 딱 한 번, 만원전철에서 치한을 만난 적도 있는데도 불구하고 여전히 어중간하게 공간이 남는 여성전용 칸에는 타지 못하고 있다. 앉지도 못하고 남에게 기대지도 못해 손잡이를 잡아야 할 가능성이 높기 때문이다.

학교에 도착하면 아야코는 교복을 입은 채로 온몸에 알코올 살균 스프레이를 뿌리고 다시 손을 씻는다. 통학용 가방에는 언제든 살균이 가능하도록 의약용 핸드솝과 살

균 스프레이를 넣고 다닌다. 한 달 용돈의 반은 이런 위생
용품을 사느라 사라진다.

　그리고 아야코의 결벽증을 가장 먼저 알게 된 사람이 나
나미였다. 고등학교에 막 입학한 직후였다. 같은 반, 가까
운 자리에 앉은 이유도 있어서 아야코가 자주 손을 씻는
다는 사실을 알아차린 것이다.

　──너 혹시, 결벽증이야?

　그때는 한 번도 대화를 나눈 적이 없었는데도, 나나미는
갑자기 그렇게 말을 걸어왔다. 자신이 결벽증이라는 사실
이 알려져 반 여자아이들이 거리를 두면 어떡하지? 갓 시
작한 고등학교 생활이 분명 괴로워질 것이다. 아야코는
너무 긴장한 나머지 할 말을 잃었다.
　나나미는 침묵을 긍정으로 받아들인 듯했다. 하지만 의
외로 '그렇구나', '힘들겠다'라는 두 마디로 그 화제는 끝났
다. 좋은 의미로든 나쁜 의미로든 나나미는 사소한 일에
신경 쓰지 않는다. 바보라고 말할 수도 있지만 좋게 말하
면 너그러운 마음의 소유자다.

나나미는, 그런 것보다, 라고 운을 떼더니 같이 축구부 매니저를 하자는 말을 꺼냈다. 운동부 매니저가 되면 남자부원의 땀 냄새에 찌든 부실에 들어가야 하고, 지저분한 옷들도 빨아야 할 것이다. 세균의 존재를 상상하는 것만으로 등에 식은땀이 흐르는 아야코에게는 너무 가혹한 일이었다.

무리라고 대답했는데도 아야코는 반강제로 고문 선생님이 있는 곳까지 끌려가, 분위기에 휩쓸려 어느새 매니저로 입부하게 되었다. 어쩔 수 없이 매니저 활동을 시작했지만 역시 땀에 젖은 유니폼을 만지는 건 무리였다. 하지만 아야코가 하지 못하는 건 나나미가 커버해 주었고, 아야코는 그 대신 나나미가 어려워하는 연습 노트나 스코어북 쓰는 법을 열심히 연습했다. 1년 반 동안 아야코와 나나미는 서로를 보완해 가며 매니저 역할을 소화한 것이다.

"나이스 슛!"

아야코의 눈앞에선 부원끼리의 홍백전이 열리고 있다. 주전팀 대 후보팀의 시합이었다. 에이스인 쿠루스 선배는 당연히 주전팀, 중앙 전방에 서 있었다.

쿠루스 선배한테 패스가 갔다. 선배가 공을 받자마자 후보팀 셋이 덤벼들었다. 하지만 선배는 망설임 없이 정면에서 오는 상대의 가랑이 사이로 패스를 보냈다. 공은 앞에 달려가던 센터 포워드의 발에 정확히 도착해 허무하리만치 간단하게 골이 들어갔다. 태연한 얼굴로 슛을 넣은 팀메이트와 하이파이브를 나누었다.

아야코는 나나미를 흘끔 보았다. 평소라면 '선배 너무 멋지다' 따위의 소리를 지겨우리만치 속삭일 텐데, 오늘은 아야코와 대화하려 하지 않는다. 어제는 하교도 따로 했다. 근처 역까지 함께 가서 카페라도 들르는 게 일과였는데. 아야코가 사이코메트리를 거절해서 상당히 화가 난 걸지도 모른다.

스코어북에 플레이를 기록해야 하지만 나나미가 신경 쓰여 집중해서 펜을 움직일 수가 없었다. 아무리 사이좋은 친구라도, 깨지는데 이렇게 한순간이면 되는 걸까.

"어이, 축구부, 시간 다 됐잖아! 빨리 운동장 안 비우냐!"

뒤에서 남자 선생님의 목소리가 들려와 아야코는 정신을 차렸다.

도시의 빌딩숲 한가운데에 있는 고등학교에는 여러 운동부가 자유롭게 활동할 수 있는 넓은 운동장이 존재하지 않는다. 각 부가 시간표에 맞춰 돌려쓴다. 오늘은 축구부 다음에 육상부가 쓰기로 되어 있었다. 고함친 사람은 육상부 고문 교사 오카다였다.

부원들이 운동장에서 돌아와 땀을 닦거나 물을 마셨다. 나나미는 후보팀을 돌아다니며 팀조끼를 척척 회수했다.

"아야."

네, 라고 반사적으로 대답했다. 아야코 옆에는 수건을 머리에 덮은 쿠루스 선배가 오른손을 내밀고 있었다. 아야코는 황급히 스코어북과 연습 노트를 건넸다.

"언제나 그렇지만, 참 보기 편하다니까."

선배는 웃으면서 페이지를 넘겼다. 스코어북에는 누가 어떻게 움직이고 점수를 땄는지, 플레이가 기록되어 있다. 주장인 쿠루스 선배는 언제나 아야가 기록한 스코어북이나 연습 노트를 훑어보고, 전술이나 부원의 플레이를 체크한다. 시합 전에는 늦게까지 혼자 부실에 남아 연구하는 일도 있었다.

"마지막 플레이는?"

"죄, 죄송해요. 잠깐 딴생각을 하느라, 아직 못 적었어요."

쿠루스 선배는 '내 어시스트인데'라고 농담처럼 말하더니 그대로 노트를 들고 어디론가 가 버렸다. 아마 근처 편의점에서 빵이라도 사올 생각이겠지.

1학년 부원들이 운동장을 정리하는 동안 아야코는 나나미와 함께 부실동으로 돌아갔다. 나나미가 능숙하게 팀조끼를 세탁기에 던져 넣고 시작 버튼을 눌렀다. 빨래하는 동안에는 흐르는 물에 물통을 씻었다. 아야코는 부원들이 입을 댄 물통도, 땀이나 흙이 묻은 팀조끼도 만지지 못한다. 건조까지 끝난 팀조끼를 깔끔하게 개는 건 아야코의 역할이지만 그때까지는 열심히 일하는 나나미의 뒷모습을 멍하니 바라볼 수밖에 없다. 나나미는 딱히 불평하지 않지만 그래도 언제나 이때는 어색함을 느낀다.

"저기, 아야."

나나미가 설거지를 하다가 갑자기 입을 열었다. 아야코는 저도 모르게 등을 곧게 펴고 '아, 넵'하고 예의 바르게 대답했다.

"오늘 학원 안 가지?"

"응, 안 가는데."

"잠깐 시간 좀 내 줄래?"

4

할 말이 있다는 나나미에게 이끌려 아야코는 아무도 없

는 교실로 돌아왔다. 정리가 끝나자 해는 완전히 기울고
건물에는 남은 학생이 거의 없었다.

"할 말이라는 게 뭐야?"

자기 자리에 앉은 아야코 앞에, 나나미는 책을 몇 권이
나 쌓아올렸다. 도서실 라벨이 붙은 것도 있고 서점에서
산 듯한 새책도 있었다. 어느 쪽이든, 어디의 누가 만졌는
지 알 수 없는 책들이었다. 아야코는 비명을 지르며 의자
에 앉은 채 뒤로 물러났다.

"아니, 책에도 그러는 건 좀 이상하지 않아?"

"그야 누가 만졌는지 모르는 책이잖아? 더러워!"

아야코는 눈물을 글썽이며 책을 치워달라고 나나미에게
애원했다. 책상이 비자마자 가방에서 꺼낸 알코올 스프레
이를 히스테릭하게 뿌려댔다. 나나미는 책상이 반짝거릴
때까지 닦는 아야코를 그저 말없이 보고 있었다.

"아야는 말이지, 너무 호들갑 떤다니까."

"하지만 생각해 봐. 어쩌면 목욕도 안 한 사람이 화장실
에 갔다가 손도 안 씻고 나와서, 그대로 그 책을 읽었을지
도 모르잖아?"

우와, 그건 좀 그러네…, 이라고 나나미는 찡그린 표정
을 지었다.

"아니, 그래도 역시 아야의 반응은 정상이 아냐."

"내가 보기엔 다른 사람들이 전부 정상이 아니야. 너무 무신경해서 기분 나쁠 정도라고."

"그 말할 줄 알았어. 그런 걸 으음, 뭐라고 하더라?"

나나미는 책 한 권을 꺼내서 페이지를 적당히 넘겼다. 책에는 노란색 포스트잇이 잔뜩 붙어 있었다. 보아하니 나나미는 어제 부활동이 끝나고 나서 아야코의 결벽증에 대해 조사한 모양이었다.

"강박성 장애!"

나나미가 책을 펼쳐, 어째서인지 자랑하듯 아야코의 눈앞에 들이밀었다. '장애'라는 두 글자가 위엄 있게 늘어선 걸 보니 어쩐지 무서운 병이라는 생각이 들었다. 아야코는 '딱히 병은 아니잖아'라고 반론했다.

"이대로 놔두면 정말로 병이 될 거야."

"그럴 리 없거든."

"그럼, 손 씻기를 그만둘 수 있다는 거야?"

아야코는 기어들어가는 목소리로 '어째서 그만둬야 하는 건데…'라고 중얼거렸다.

"평범하게, 다양한 것들을 만질 수 있게 해보자."

"어째서?"

"아깝잖아."

"뭐가?"

"뭐겠어? 당연히 초능력이지. 초능력!"

"아니…, 난 별로 안 아까운데."

"어째서? 만지기만 해도 사람의 마음을 알 수도 있잖아? 그게 얼마나 대단한 일인데."

사이코메트리에 대해 나나미한테 털어놓은 것은 실수였다고 아야코는 생각했다. 언제나처럼 둘이서 도구 정리를 하던 때였다. 나나미는 같은 반 여학생과 다툰 직후라서 타인의 마음을 알고 싶다면서 침울해 했다. 아야코는 대화 도중에 분위기에 휩쓸려 그만, 물건을 만지면 영상이 보인다는 말을 해 버린 것이다.

터무니없는 소리라면서 웃어넘길 줄 알았는데, 나나미는 의외로 엄청난 흥미를 보였다. 학교 공부에는 관심이 없지만 오컬트나 초자연현상에 관해서는 이상하리만치 지식이 풍부한 아이였다. 아야코의 능력을 '사이코메트리'라고 알려준 것도 바로 나나미였다.

"나는 말이지, 어릴 때부터 언제나 그런 특별한 힘이 있었으면 좋겠다고 생각했어."

"그렇…구나."

"남을 구하거나 기적을 일으킬지도 모르는 힘이잖아. 그런 힘을 그냥 썩혀 둔다니 정말로 아깝다니까."

"하지만 어떻게 해야 좋을지 전혀 모르겠는걸."

나나미는 손에 든 책을 다시 쭉 넘겨보더니 진지한 표정으로 아야코를 보았다.

"저기, 언제부터야?"

"뭐가?"

"그런 식으로 손을 씻기 시작한 거."

언제부터였을까. 아야코는 자신의 작은 손을 꽉 쥐어보였다.

5

"간다, 아야!"

"잠깐만 기다려, 슌 오빠. 나 배 아프다니까."

칠칠치 못하긴, 이라면서 친척인 키타지마 슌스케가 웃었다. 방금 전에 단골이라는 정식집에서 돼지고기콩나물볶음 정식을 먹어치운 참인데 쉴 틈도 없이 공원에 끌려왔다. 아야코네 외할머니의 4주기였으니까 이미 4년 전 일이다.

아야코의 친척들은 연휴만 잡히면 본가에 모이는 걸 어지간히 좋아한다. 어머니쪽 친척과 아버지쪽 친척이 한데 섞여 요란하게 음주가무를 즐기는 게 관례였다. 어른들이 취해서 소란을 피우는 가운데, 혼자만 어린 아이였던 아야코는 언제나 따분한 시간을 보내야만 했다.

그런 때에 밖으로 데리고 나가 놀아준 사람이 엄마의 오빠의 아들, 비교적 나이 차이가 적은 슌스케였다. 나이 차이가 적다고 해도 아야코보다 일곱 살이나 위다. 초등학생 때는 기뻐하며 함께 나갔지만, 중학교에 들어가자 오히려 그게 귀찮아졌다. 어린아이를 탈피하려고 어른 흉내를 내는 시기에 진입했기 때문이리라.

——정식집이 아니라 세련된 카페 같은 곳이 좋은데.
——밖에서 놀면 피부 탈 텐데, 싫다.

아야코의 마음을 아는지 모르는지, 슌스케는 조금 먼 거리에서 축구공을 차서 보냈다. 복잡한 모양이 그려진 공이 굴러왔다.

"1년 만이니까 좀 늘었겠지!"

슌스케는 보란 듯이 고등학생 때의 유니폼을 입고 있었

다. 등번호는 10번. 현역 때는 축구부에서 부동의 에이스였다고 한다. 아야코가 공을 다시 차서 보내자 가벼운 발놀림으로 공을 딱 멈추었다. 발끝으로 다시 휙 차올려 두세 번 리프팅을 하더니 다시 차서 이쪽으로 보냈다.

"나를 제치면 원하는 거 사줄게. 뭐가 좋아?"

"가방. 사만사 타바사* 꺼."

좋아! 라고 슌스케가 웃었다.

결국 1시간 정도 1대1 승부를 했지만 아야코가 슌스케를 드리블로 제칠 수는 없었다. 체격도 나이도 위인 축구 경험자에게 제대로 축구를 해본 적도 없는 아야코가 이길리 없다. 진짜로 가방을 사줄 거라는 생각은 하지 않았지만, 어째서인지 기를 쓰고 덤비는 바람에 몇 번이나 넘어져 아야코의 몸은 흙과 땀이 잔뜩 묻어 있었다.

"더우니까 슬슬 돌아가자."

보아하니 슌스케의 유니폼도 완전히 젖어 있었다. 얼굴에서 땀을 줄줄 흘리며 숨을 몰아쉬고 있다. 실은 상당히 진지했던 모양이었다.

공원에서 몇 분쯤 걸어 친척들이 모인 외가로 돌아가자, 마침 거실에서 취해 있던 아버지와 눈이 마주쳤다. 다들

---

* 일본의 토종 브랜드이자, 세계적으로 유명한 여성 가방 브랜드.

낮부터 마신 맥주병을 쭉 늘어놓고 기분이 좋아 보였다.

"어이, 아야, 어디 갔다 온 거냐."

——아빠 왜 저래, 목소리 너무 크잖아. 그러지 좀 마.

"잠깐 슌 오빠랑 축구하고 왔어."

"축구? 아니 너…, 손이 모래먼지로 엉망이잖아. 더럽긴."

더럽다는 소리를 들은 순간에, 아야코는 친척들의 눈이 일제히 자신에게 향했다는 기분이 들었다. 분함과 창피함이 한데 뒤섞여 몸이 떨릴 정도로 '싫다'는 생각이 들었다.

"손 씻고 와라. 세균투성이인 채로 음식 만지지 말고."

아야코의 가족은 어머니가 비교적 무던한 데에 반해 아버지가 다소 신경질적이었다. 가벼운 결벽증 기질이 있었을지도 모른다. 아야코는 어린 시절부터 입 헹구기, 손 씻기에 대해서는 상당히 엄한 교육을 받았다. 물론 외동딸이 병에 걸리지 않았으면 좋겠다는 아버지 나름의 애정이었겠지만, 밖에서 들어와 손을 씻지 않고 무언가를 하려고 하면 심하게 혼이 났다.

──손은 세균의 온상이야. 그러니까 더러워.

　머릿속 어딘가에는 언제나 아버지의 말이 있었다. 친척 어른들 앞에서 대놓고 더럽다는 말을 들은 순간에, 아야코는 자기 손이 세균에 찌든 오물처럼 느껴져 견딜 수가 없었다. 불쾌감에 휘둘리듯 서둘러 세면대 앞으로 가서 철저하게 손을 씻었다. 몇 번이고, 몇 번이고.

　"그런 일이 있었구나."
　나나미가 가방에서 손수건을 꺼내어 아야코에게 건넸다. 하지만 '아, 못 쓰려나'하고 딱딱하게 웃었다. 어느새 아야코의 눈에선 눈물이 흐르고 있었다. 고맙다는 말만 하고 아야코는 자기 가방에서 손수건을 꺼냈다.
　"떠올려 버렸네."
　"그거 좀 괴롭지 않아? 수시로 손을 씻지 않으면 못 견딘다니."
　"괴롭고 안 괴롭고의 문제가 아니라, 기분 나빠서 안 씻으면 생활을 할 수가 없어."
　"기분 나쁘다는 생각을 애초에 안 할 수 있다면 편하지 않을까?"

"그건…, 그럴지도 모르지만."

"나는, 부원 모두의 땀을 좋아해. 부실에 땀냄새가 진동하는 건 사실이지만, 그래도 그건 노력하고 있다는 증거잖아?"

"응."

"사실은 너도 괴롭지 않아? 모두의 땀을 더럽다고 생각하는 것 자체가. 내가 빨래할 때도 엄청 풀 죽어서 보고 있잖아. 속으로는 좀 더 모두를 위해서 노력하고 싶다고 생각하지? 난 네가 그런 아이라고 생각하거든."

아무것도 생각하지 않는 것처럼 보이지만 가끔 예리한 발언을 하는 아이다. 아야코가 언제나 외면해 온 마음속 깊은 감정을, 나나미가 푹 하고 찔렀다.

"그런, 걸까."

나나미는 다시 책을 넘겨 노란색 책갈피가 끼워진 페이지를 보여주었다. 제목으로 'ERP'라는 영어가 적혀 있었다.

"조사해 봤는데 이걸 하면 낫는대, 결벽증."

"이게 뭔데? 무슨 소리야?"

"일단 아야가 더럽다고 생각하는 걸 만진 다음에 손 씻기를 참는 거야."

"뭐? 그런 거 절대 무리야. 난 못 해."

"더러운 손으로 절대 만지고 싶지 않은 건, 뭐가 있어?"

"기본적으로 전부 싫지만 침대만은 절대로 안 돼. 만졌다간 진심으로 죽고 싶어질 거야."

"그럼 스스로 만지는 거야. 침대를. 손을 안 씻고서."

싫어! 라고 아야코의 입에서 날카로운 소리가 나왔다.

"싫어싫어싫어싫어, 그런 건 절대 못해!"

"해보기도 전에 무리인지 아닌지도 알 수 없잖아. 책에도 그렇게 쓰여 있는데."

"좋은 이야기로 포장하고 있지만, 결국 그렇게 해서 쿠루스 선배의 물건을 만지게 하려는 거잖아!"

"그야 친구잖아! 좀 도와주면 어때서!"

아야코와 나나미가 서로 '넌 사람도 아냐!', '이 일자 앞머리야!'라고 말다툼을 하다 보니 교실 문이 난폭하게 열렸다. 시끄럽다! 라는 고함 소리가 교실에 울려 퍼졌다. 그쪽을 보니 오카다가 미간을 찌푸린 채 서 있었다. 육상부 연습이 끝나고 건물 내부를 순찰하러 온 것이리라.

"이 녀석들아, 하교시간은 이미 한참 지났잖아!"

"죄송합니다―."

아야코와 나나미는 일어서서 재빨리 하교 준비를 시작

했다. 둘이서 어지간히 오래 떠든 모양이었다. 운동장에
는 아무도 없었다. 도시 한복판에 횅하게 난 검은 공간에
점점이 가로등이 빛나고 있었다.

"오카다 선생님!"

갑자기 나나미가 소리쳤다. 무슨 일인가 하고 그쪽을 보
니, 창밖을 손가락질하며 눈을 휘둥그레 뜨고 있었다.

"깜짝이야, 뭔데?"

"불이 났어요! 불! 화재예요!"

아야코도 나나미의 손가락이 가리키는 쪽을 바라보았
다. 가로등에 비추어진 부실동의 한 방에서 검은 연기가
뭉게뭉게 토해져 나오는 게 보였다.

6

다음 날, 운동부 활동은 전부 중지되고 부실동 근처에는
학생의 출입이 금지되었다. 어젯밤 화재는 나나미가 조기
에 발견한 덕분에 오카다가 소화기로 금세 진화할 수 있
었다. 소방차가 올 정도의 일은 아니었고 다친 사람도 없
었다.

문제는 화재의 원인이 축구부 부실에 있었다는 것이었

다. 불이 났을 때, 부실에는 아무도 없었다. 오카다는 교무실에서 가지고 온 마스터키로 문을 열고 안으로 들어갔다.

불이 난 원인은 금세 찾아냈다. 오카다가 부실에 굴러다니던 담배꽁초를 발견했기 때문이다. 불타서 새카맣게 변한 데다 소화기 가루를 뒤집어쓰기는 했지만, 담배의 형태 정도는 유지하고 있었다고 한다. 아마 꽁초에 남은 불씨가 부실에 있던 잡지에 옮겨 붙어, 창가에 놓여 있던 소파나 커튼 일부를 태웠을 것이다. 조금만 더 늦게 발견했다면 상당히 큰 화재로 이어졌을지도 모른다.

정황 증거를 보면 담배를 피운 부원이 있고 그걸 제대로 처리하지 않아 불이 났다는 추측이 가능하다. 즉, 마지막으로 부실에서 나온 인간이 범인일 가능성이 높다. 그게 누군지는 곧바로 밝혀졌다.

쿠루스 선배였다.

"저기, 나나미, 어떻게 생각해?"

"생각할 게 뭐 있어. 쿠루스 선배가 담배를 피울 리 없잖아."

아야코는, 그러게, 하고 고개를 끄덕였다.

"아까 다른 선생님들한테서 잠깐 들었는데, 교무실 분

위기는 쿠루스 선배가 범인이라는 쪽으로 가고 있대."

"말도 안 돼. 그럼 선배는 경찰에 끌려가는 거야?"

"아니, 화재 자체는 크지 않으니까 학교에서 자체적으로 처리할 것 같아. 하지만 범인을 찾긴 찾는다는 모양이더라구."

"범인이라면, 쿠루스 선배를 말하는 거?"

"오카다가 말이지, 이건 쿠루스 선배가 담배를 피웠다고 볼 수밖에 없는 상황이라고 떠들어대고 있대."

오카다가 뛰어들었을 때 부실 문은 잠겨 있었고 창문도 닫혀 있었다고 한다. 즉 밀실이다. 연기는 환기구에서 새어나왔지만 도저히 사람이 오갈 수 있는 크기가 아니다. 그렇다면 안에 있었던 인간이 담배를 피웠다고 생각하는 게 당연하다. 부실 열쇠는 쿠루스 선배가 가지고 있었으니 변명의 여지가 없다. 축구부 고문 선생님이 그럴 리 없다고 필사적으로 변호해주고 있지만 그다지 희망적이진 않다고 한다.

"분명히 밖에서 불을 붙인 누군가가 있을 거야."

나나미가 너무나 진지한 얼굴로 부실동을 노려보았다.

"하지만 전부 닫혀 있었잖아? 부실 창문도, 문도."

"이 세상에는 불을 일으키는 초능력도 있거든. 파이로

키네시스라는 건데. 그런 초능력자였다면….”

“그런 사람이 정말로 있겠니.”

“초능력자 본인이 초능력을 부정하면 어떡해!”

아야코는 나나미의 마음을 아플 정도로 알 수 있었다. 만약 쿠루스 선배가 흡연을 했다는 결론이 내려진다면 축구부 모두에게 영향이 간다. 믿고 싶지 않다는 마음은 아야코도 마찬가지였다.

“선배!”

나나미의 목소리에 놀라서 고개를 돌리자 언제나 입는 운동복이 아닌 교복 차림의 쿠루스 선배가 걷고 있었다. 선배는 조금 굳은 표정으로 웃더니, 오, 하고 손을 들었다.

“어떻게, 되었나요?”

나나미와 함께, 아야코는 조마조마한 마음으로 머리 하나는 더 큰 쿠루스 선배를 올려다보았다. 두 후배를 내려다보며 쿠루스 선배는 이제까지 보여준 적 없는 복잡한 표정을 지었다.

“어떻게 되긴. 내가 담배를 피웠다고 말하더라.”

“말도 안 돼요.”

“축구부는 당분간 활동 정지래.”

"정지라니, 이제 곧 선수권 2차 예선이 시작되잖아요."

"아마 기권해야겠지."

거짓말! 그건 너무해요! 나나미가 울음을 터뜨리며 그 자리에 웅크리고 앉았다. 아야코도 눈가가 따끔거리고 얼굴이 빨갛게 달아오르는 게 느껴졌다.

"정말 그렇게 되진 않겠죠?"

"글쎄. 하지만 담배꽁초를 보란 듯이 내밀더라고. 시작부터 범인 취급이라 무슨 말을 해도 안 통해."

"하지만 선배가 담배 같은 걸 피울 리 없잖아요!"

"그러게. 담배라니 말도 안 되지. 폐활량이 떨어지니까. 하지만 내가 피우지 않았다는 건 나랑 신밖에 모르는 일이야."

모두에게 면목이 없다, 라면서 쿠루스 선배는 한숨을 쉬고 그만 가겠다며 힘없이 손을 흔들었다. 평소의 발랄하고 자신만만한 쿠루스 선배는 어디에도 보이지 않았다.

"저기, 아야."

"왜?"

"도와줘! 초능력자!"

7

물이 흐른다. 아야코는 손을 씻었다.

4년 전, 외할머니의 4주기. 친척들 앞에서 아버지에게 '더럽다'는 말을 들은 아야코가 세면대로 가려고 몸을 돌리자, 눈앞에 10이라는 숫자가 쓰인 슌스케의 등이 있었다. 무심결에 손을 앞으로 내밀어 부딪히지 않으려 했다. 손이 슌스케의 몸에 닿은 순간에 이상한 일이 일어났다.

말로는 표현할 수 없는 감각. 무수한 영상이 머릿속을 빙빙 돌고, 동시에 감정 자체가 아야코에게 흘러들어오는 듯했다. 직감으로 이것이 슌스케의 기억이나 감정임을 알았다.

영상은 단편적이었다. 축구공. 그것을 차는 발. 작은 발이었다. 그러다가 중학교나 고등학교 부활동과 같은 풍경이 보였다. 눈앞에서 시합이 시작되었다. 하지만 슌스케는 그 모습을 조금 떨어진 곳에서 보고 있다. 필드에는 등번호 10을 단 선수가 있었다.

장면이 바뀌었다. 슌스케는 이번에도 멀리서 시합을 보고 있다. 심장이 빠르게 뛴다. 응원하는 팀의 포워드가 숫을 쐈다. 가슴이 뛰었다. 하지만 공은 슬로 모션처럼 천천히 날아가 골대에 직격했다. 10센티, 딱 10센티만 오른쪽으로 움직였다면 분명히 들어갔을 것이다.

분하다, 괴롭다.

심장을 손톱으로 할퀴는 듯한 아픔을 느끼며, 마지막으로 본 건 유니폼이었다. 등번호가 없는 민무늬 유니폼. 다리미에 눌려 유니폼에 등번호 마킹이 붙는다. 등번호는, 10번.

아야코의 머릿속에 흘러들어와 소용돌이치던 그것들이 모습을 감추었다. 눈앞에는 슌스케가 서서 '왜 그래, 괜찮아?'라고 말하며 의아하다는 표정으로 아야코를 보고 있었다.

괜찮아, 라는 대답만 하고서 아야코는 세면대에 틀어박혔다. 지금 대체 뭘 봤는지, 무슨 일이 일어났는지 알 수 없었다. 하지만 확실히 알게 된 사실도 있었다.

──고등학교 때는 등번호 10번의 에이스였어.

의기양양한 얼굴로 유니폼의 등번호를 보여주던 슌스케의 얼굴이 떠올랐다. 하지만 아야코의 머릿속에 흘러들어온 기억 속의 슌스케는 언제나 벤치 밖에서 시합을 바라보고만 있었다. 중학교, 고등학교, 아무리 죽어라 연습해도 다른 부원들보다 잘할 수는 없었다. 주전은커녕 벤치에도 앉지 못했다. 축구를 좋아하는 마음과는 반대로, 기억과 함께 보존된 감정은 분함이나 괴로움, 슬픔… 그런 것뿐이었다.

적어도 사촌동생인 아야코 앞에서는 '축구를 잘하는 오빠'이고 싶었을지 모른다. 아무도 없는 집에 슌스케는 홀로 앉아, 직접 사온 등번호 10번 마킹을 다리미로 유니폼에 붙였다. 등번호가 없는 자신의 유니폼에.

전부 거짓말이었구나.

봐선 안 될 것을 본 기분이 들었다. 아야코 앞에서는 멋있는 척하려 했던 슌스케가 못나 보이고, 한심하고, 불쌍했다. 분명 아야코에게 만큼은 진실을 들키고 싶지 않던 것이리라. 하지만 아야코는 알아버렸다. 이젠 예전처럼 축구를 잘하는 오빠라고 생각할 수 없었다.

어째서? 어째서, 이런 걸 나한테 보여주는 거야?

물이 흐른다. 아야코는 손을 씻었다.

손바닥을 통해 자신에게 흘러들어온 좋지 않은 감정이 세균처럼 스멀스멀 증식해 마음을 좀먹어 간다. 아버지에게 '더럽다'라는 소리를 들은 손은, 타인의 비밀을 들추는 음흉한 힘을 가지고 있는 듯했다. 딱히 원한 적도 없는데, 어째서 자신의 손에 이런 힘이 생겨난 걸까.

떨어져, 제발 떨어져, 라고 생각하면서 몇 번이고 몇 번이고 비누거품을 잔뜩 내어 손을 씻었다. 하지만 눈물이 날 정도로 손을 씻어도 깨끗해졌다는 기분이 들지 않았다.

'성역'(聖域)인 침대에 누워 아야코는 가만히 천장을 바라보고 있었다. 자신의 두 팔을 들어 활짝 펼쳐 보았다.

──도와줘! 초능력자!

내가 무엇을 할 수 있다는 걸까. 대체 내 힘이 무슨 도움이 된다는 걸까.

생각에 잠겨 있자니 베갯머리에 놔둔 스마트폰이 '딩동' 하고 경쾌하게 울렸다. 나나미에게서 온 메시지였지만 도무지 의미를 알 수 없었다. 화면에는 「뒷일은 부탁할게, 초능력자」라는 문자가 표시되어 있었다.

8

어젯밤 일을 생각하면서 아야코는 대각선 앞을 멍하니 바라보았다. 나나미의 자리가 텅 비어 있었다. 성적이 별로여도 1학년 때부터 결석만은 한 적이 없는 나나미가 처음으로 학교에 오지 않았다. 어젯밤의 메시지가 무슨 뜻인지 물어보려 했지만 본인이 안 오니 어쩔 방법이 없다.

아침 조회 시간에 담임 선생님이 충격적인 사실을 전했다. 나나미는 일주일 동안 정학 처분을 받게 되었다고 한다. 이유에 대해서는 그다지 자세한 설명이 없었지만, 어제 밤에 학교 유리창을 깨고 교내에 침입했다는 모양이다. 경비 시스템이 작동해 출동한 경비원들이 나나미를 붙잡았다는 것이다.

쿠루스 선배한테서 「나나미한테 무슨 일 있었는지 아니?」 라는 메시지가 도착했지만 「모르겠어요」 라는 답장밖에 할 수 없었다. 아무런 상의도 없었고 뭘 하려는지도 듣지 못했다. 메시지를 보냈지만 스마트폰 전원을 꺼두었는지 읽은 표시가 뜨지 않았다.

아야코는 문득 자기 책상 상판 아래, 서랍 입구쪽에 노란색 종이가 붙어 있는 걸 깨달았다. 결벽증 관련서에 붙은 것과 같은 제품, 나나미의 포스트잇이었다. 분명 어젯밤에 나나미가 붙여 둔 것이리라.

놀란 아야코는 주위를 신경 쓰면서 책상 안을 뒤적였다. 교과서나 노트류에 섞여 감촉이 낯선 물건이 있었다. 주뼛거리며 손톱 끝으로 집어서 꺼내어 보니 작은 지퍼백이었다. 안에는, 검은 쓰레기 같은 게 들어 있었다.

담배꽁초였다.

"설마, 나나미."

이 바보! 라고 저도 모르게 입 밖으로 내고 말았다. 뒷일은 부탁할게, 라는 의미를 이제야 깨닫고 가슴이 죄여 오는 기분이 들었다.

담배꽁초에 남은 잔류사념. 아야코의 힘으로 읽어낼 수 있다면 진범이 누구인지 알 수 있을지도 모른다. 『초능력 입문』에선 잔류사념은 액체에 가장 강하게 남는다고 쓰여 있었다. 타지 않고 남은 필터 부분에는, 아직 수분이 살짝 남아 있으리라. 흡연자의 타액이.

"못해못해못해, 이건 진짜 못 한다니까."

진짜 범인이 어떤 인간인지도 알 수 없다. 인간의 침이 밴 담배 따위를 만졌다간 얼마나 많은 세균이 손에 들러붙을지 상상조차 할 수 없다.

하지만.

나나미의 우는 얼굴, 쿠루스 선배의 슬퍼 보이는 옆모습
이 아야코의 머리에서 떠나지 않았다.

9

"오카다 선생님!"

방과 후, 운동장에서는 육상부가 연습을 하고 있었다.
스톱워치를 한손에 들고 큰 소리로 고함치는 오카다에게
아야코는 마음을 단단히 먹고 말을 걸었다.

"응? 뭐냐, 너 축구부지?"

"조금만, 시간을 내주실 수 있나요?"

"연습중인 거 안 보여? 나중에 말해."

"잠깐이면 돼요. 제가, 찾았어요. 화재 소동의 진짜 범
인을요."

오카다의 눈썹이 살짝 꿈틀거렸다.

"뭐라고?"

"쿠루스 선배는 범인이 아니에요. 증거를 보여드릴 테
니 따라와 주세요."

아야코가 부실동을 가리켰다. 오카다는 쳇, 하고 혀를

차더니 육상부 부원들을 향해 '잠깐 서킷 트레이닝 하고 있어라!'라고 소리쳤다.

누가 피웠는지도 모를 담배꽁초를 만지는 데엔 용기가 필요했다. 온몸에 퍼진 혐오감을 참아가며, 아야코는 비닐봉지를 열고 심호흡을 했다.

나나미가 축구부 매니저가 된 건 쿠루스 선배에게 다가가고 싶은 마음 때문이었을지도 모른다. 동기는 불순해도 나나미는 매니저로서 아야코보다 몇 배는 노력해 왔다. 단순히 멋있는 선배를 좋아한다는 이유만으로 과연 그렇게까지 노력할 수 있을까.

책상에 붙은 포스트잇을 떼어냈을 때, 조금이기는 해도 나나미의 잔류사념이 아야코에게 흘러들어왔다. 심야에 창문 유리를 깨고 침입해, 허겁지겁 교무실을 뒤져 담배꽁초를 찾아내려 했다. 경보가 울려 공포와 초조함에 쫓기는 나나미의 마음을 느꼈다. 드디어 오카다의 책상 서랍에서 비닐봉지를 발견해 꽉 쥐고 교실까지 전력질주했다. 자동차 소리. 경비원이 곧 올 거야. 나나미는 땀에 젖은 손으로 자신의 포스트잇을 떼어내 아야코의 책상에 붙였다. 마지막에 남은 건, 무슨 수를 써서라도 쿠루스 선배를 은퇴시키고 싶지 않다, 시합에 내보내 주고 싶다, 라는 강한 마음이었다.

"선생님. 혹시 사이코메트리라고… 아세요?"

"사이코? 그게 뭐냐."

부실동 뒤편. 축구부의 부실 창문이 보이는 장소에서 아야코는 드디어 입을 열었다. 오카다는 언짢은 표정으로 '모르겠는데'라고 대답했다.

"물건에 남은 잔류사념을 읽어내는 힘이에요. 사실 전 사이코메트리를 할 수 있거든요."

"무슨 헛소리를 하는 거야? 장난 칠 생각이라면 나는 그만 간다."

"이걸 봐주세요!"

돌아가려는 오카다의 등에 대고 아야코는 소리쳤다. 주머니에서 담배꽁초가 든 지퍼백이 나왔다. '너, 그거…' 라고 오카다가 거칠게 말하면서 아야코의 손에서 지퍼백을 낚아챘다.

"네가 이걸 왜 가지고 있지?"

"담배에 남은 잔류사념을 읽었어요."

나나미의 마음에 응해주고 싶다. 어젯밤에 아야코는 결심을 굳히고 담배꽁초를 손가락으로 집었다. 만진 순간, 영상이 머릿속에 흘러들어왔다. 축구부 부실 뒤편. 창문이 살짝 열려 있다. 혀를 찬다. 셔츠 주머니에서 나온 노란색 담뱃갑과 라이터. 연기. 오렌지색으로 타들어가는 작은 불꽃. 반쯤 피운 담배는 부실 창문 틈으로 안에 던져진다. 누군가가 창문을 닫는다.

"선생님은 창문이 닫혀 있었다고 말씀하셨지만, 잠겨 있는지는 확인하셨나요?"

"잠겨 있었느냐고? 아마 그랬을 거야, 아마."

"아뇨. 아니었을 거예요. 담배는 밖에서 부실 안으로 던져졌습니다."

오카다는 얼굴을 찡그린 채로 아무 말도 하지 않았다.

"그렇게 중요한가요?"

"중요? 무슨 소리냐."

"그렇게 운동장 쓰는 순서가 중요하냐고요, 오카다 선생님."

목소리가 떨렸다. 분노, 분함. 그건 아야코 혼자만의 심정이 아니었다. 포스트잇에서 읽어낸 나나미의 심정이 입에서 튀어나올 정도로 가슴을 가득 메우고 있었다.

"그러니까, 무슨 소리냐고…."

"선생님의, 셔츠 주머니에!"

아야코가 날카롭게 외치자 오카다는 입을 다물었다.

"뭐가 들어있는지 보여주세요."

"내가 왜 그래야 하지?"

"노란색 담뱃갑이 들어 있을 테니까요."

쿠루스 선배가 입학하기 전, 축구부가 약체이던 시절엔 운동부 중에서 육상부가 가장 좋은 성과를 냈다고 한다. 운동장 사용 순서나 시간은 실적이 좋은 부에 우선권이 있다. 운동장을 가장 이른 시간에, 가장 오래 쓸 수 있었던 건 원래는 육상부였다.

하지만 쿠루스 선배가 들어오자 축구부는 급격하게 강해져 육상부보다 우위에 서게 되었다. 지금은 축구부가 가장 좋은 대우를 받으며 운동장을 사용하고 있다.

오카다는 그걸 참을 수 없었던 게 분명하다.

부실에 불을 질러 전부 태워 버리자, 같은 명확한 악의가 있었던 건 아니다. 하지만 잔류사념의 주인은 부글부글 끓는 짜증을 쏟아내듯, 아직 불씨가 남은 담배꽁초를 부실 창문 틈으로 던져 넣었다. 만약 이게 축구부의 문제로 추궁되어 폐부라도 되면 유쾌하겠군. 그런 음험한 생각이 담배꽁초에 담겨 있었다.

"내가 담배를 던졌다는 소리냐? 증거라도 있나? 작작 좀 해라!"

"증거요? 그런 건 없어요!"

아야코는 배에 힘을 주고, 눈을 부라리는 오카다를 노려보았다.

"선생님이 그렇게 시치미를 떼고 쿠루스 선배한테 누명을 뒤집어씌워도 저는 아무것도 할 수 없겠죠. 하지만 저는 알아요. 이 담배에 담긴 선생님의 악의를요. 만약 이러다가 정말로 축구부가 시합에 못 나가서 선배들의 3년에 걸친 노력이 물거품이 된다면, 저는요, 선생님 용서 안 해요. 절대로! 절대로 용서 안 해요!"

물어뜯는 듯한 아야코의 말투에 압도당했는지 오카다는 그 이상 반론하지 않고, 그저 불쾌한 표정으로 혀를 차고 고개를 돌렸다.

"저는, 싫어한다고요. 더러운 걸."

말로 하는 건 거기까지가 한계였다. 눈에 가득 찬 눈물이, 오카다의 모습을 흐릿한 실루엣으로 만들어 주었다.

10

방과 후.

벌써 화재 소동으로부터 2주가 지났다. 무더운 여름도

끝나자 금세 가을이 찾아왔다. 이젠 저녁이 되면 제법 쌀쌀한 바람이 분다.

수업이 끝났다. 평소라면 손을 씻으러 수돗가에 달려갔을 것이다. 하지만 아야코의 가방 안에는 핸드솝도 알코올 스프레이도 들어 있지 않았다. 손이 더럽다, 씻고 싶다, 라는 충동을 이를 악물고 참는다. 절대로 손을 씻어선 안 된다.

손 씻기는 아야코에게 있어 '더럽다'라는 강박관념을 누그러뜨리기 위한 의식이었다. 하지만 그 의식을 철저하게 지킬수록 바깥 세계를 더욱 더럽다고 인식하고 만다. 지금은 직면과 반응 방지법, 통칭 ERP라는 치료법을 시험하고 있다. 손 씻기라는 '의식'을 실시하지 않고 일부러 자신을 더럽혀 청결이라는 환상을 매개로 괴리되어 있던 아야코의 손과 바깥 세계를 원래대로, 하나의 세계로 되돌리려는 것이다.

처음 며칠은 지옥이 따로 없었다. 자신의 손이 세균으로 완전히 뒤덮인 기분에 시달려, 밥도 제대로 먹을 수 없었다. 손을 씻을 수 없다는 사실에 짜증이 폭발해 집 안에서 울부짖기도 했다. 그래도 카운슬링을 받고 주위 사람들이 서포트해준 덕에 어찌어찌 2주 동안 계속할 수 있었다.

여전히 자신의 손이 세균에 침식당하고 있다는 감각은 있다. 그래도 손을 씻고 싶다는 욕구는 어떻게든 억제할 수 있게 되었다.

반 친구들에게 내일 보자고 손을 흔들면서 교실에서 나왔다. 옆에는 드물게도 긴장한 표정의 나나미가 있었다. 아야코가 어서 가자고 말하자 가느다랗게 고개를 몇 번쯤 끄덕이더니, 울 것 같은 표정이 되었다.

"괜찮다니까."

소란스러운 교실동에서 나와 부실동으로 향했다. 대회가 끝난 직후인 오늘은 축구부 연습을 하지 않는다. 부실에는 아무도 오지 않았을 것이다.

부실 앞에 둘이 나란히 섰다. 나나미가 방향을 틀어 돌아가려 하는 것을, 아야코가 손을 잡아 제지했다. 맨손으로 제대로 나나미의 손을 잡았다. 처음으로 만지는 나나미의 손은 생각보다 작았다.

"실례합니다ㅡ."

많은 부원들이 만졌을 부실의 문고리를 잡고 아야코는 문을 열었다. 아직 벽에 그을린 흔적이 남은 부실에, 유일하게 서 있는 사람이 있었다. 아야코와 나나미의 모습을 보자, '안녕'하고 손을 들었다. 쿠루스 선배였다.

나나미의 귓가에서 '힘내'라고 속삭이고, 손바닥으로 등을 두드렸다. 나나미가 휘청거리며 앞으로 나섰다. 아야코는 가볍게 손을 흔들고 안에는 들어가지 않고 부실 문을 닫았다.

축구부의 부실 화재 사건에 대해, 쿠루스 선배의 누명은 완전히 벗기지 못했지만 결국 책임을 묻지 않는 쪽으로 마무리되었다. 오카다가 '창문이 열려 있었을지도 모른다'라면서 이제까지의 주장을 뒤집었기 때문이다. 축구부는 간신히 대회 기권이라는 최악의 상황은 회피할 수 있었다.

전국 고등학교 축구 선수권 대회, 2차 예선 1회전.

시합은 쿠루스 선배가 득점을 올려 1대 0을 유지한 채로 후반 45분까지 지나갔다. 하지만 추가시간에 통한의 실점을 해 승부차기까지 이어졌다. 1번 키커는 쿠루스 선배였다. 도움닫기를 하고 공을 찼다. 예리한 궤도의 공이 골대 왼쪽 끝으로 날아갔다. 키퍼는 움직이지 못했다. 들어갔다, 라고 생각한 순간에 데엥 소리가 들리면서 공은 골대에 맞아 튕겨나갔다.

쿠루스 선배를 제외한 네 명은 전부 성공했지만 상대 팀은 다섯 명 전부 성공했다. 축구부 창설 이래 최강으로 불리던 올해 3학년의 선수권은 허무하게 막을 내렸다.

벤치에 돌아온 쿠루스 선배는 수건으로 얼굴을 가리고 무너져 내리듯 울고 있었다. 10센티만. 딱 10센티만 공이 오른쪽으로 갔다면 시합 결과는 바뀌었을지도 모른다. 하지만 공의 궤도를 꺾는 초능력 같은 건 쓰지 못한다. 아야코는 아무것도 할 수 없었다.

3학년 선수들이 눈물을 흘리는 쿠루스 선배를 데리고 응원석으로 인사를 하러 갔다. 나나미는 쇼크가 너무 컸는지 화장실 다녀오겠다는 말만 남기고 어디론가 비틀비틀 사라졌다.

아무도 없는 벤치에 아야코만이 남겨졌다. 눈앞에 아무렇게나 말린 수건이 놓여 있었다. 방금 전까지 쿠루스 선배가 얼굴에 대고 있던 거다. 스스로도 분명히 알 수 있을 정도로 아야코의 심장이 강하고 확실하게 두근거렸다. 수건에는 사이코메트리에 필요한 수분, 즉 쿠루스 선배의 '눈물'이 배어 있다. 만질 수만 있다면, 분명히.

나나미에게 이끌려 축구부 연습을 보러 간 날을 아야코는 떠올렸다. '저 선배 좀 봐, 엄청 멋있지!'라고 떠들어대는 나나미가 가리킨 곳에는 쿠루스 선배가 달리고 있었다. 그 순간부터 아야코도 쿠루스 선배의 모습을 좇고 있었다. 결국 아야코도 결벽증이라는 폭탄을 안고서도 입부하기로 한 건 쿠루스 선배에게 한눈에 반했기 때문이다. 나나미에게 뭐라 할 입장이 아니다.

아야코도 언제나 쿠루스 선배의 진심을 알고 싶다고 생각했다. 하지만 만약 자신의 마음이 선배의 물건을 만지는 것을 거부한다면. 더럽다고 생각한다면. 아무리 좋아하더라도, 문자 그대로 평생 만질 수 없게 된다. 그게 무서웠다.

눈물이라면, 눈물이라면 만질 수 있을지 모른다.

아무도 없다는 걸 확인한 아야코는 수건을 향해 손을 뻗었다. 아주 살짝, 손끝이 수건에 닿았다.

교문 기둥에 기대어 아야코는 손을 하늘로 뻗었다. 서쪽으로 잔뜩 기운 태양이 불그스름한 빛을 발했다. 시합에 진 날, 용기를 내서 만진 쿠루스 선배의 수건은 지금도 그 감촉을 생생하게 기억한다. 부드럽다고 생각한 순간에 아야코에게 쿠루스 선배의 잔류사념이 흘러들어왔다.

눈앞에 날아온 공, 천재일우의 기회, 온몸이 비명을 지르는 듯한 긴장감, 골대에 빨려 들어가는 공, 기쁨, 3년 동안 힘들었던 연습 시간, 부원들, 승부차기에서의 절망.

쿠루스 선배의 마음은 순수할 정도로 축구를 향한 열정으로 가득했다. 흘러들어온 기쁨과 슬픔 모두에서 아야코는 아름다움을 느꼈다. 덕분에 조금은 세상을 만져보고 싶다는 생각을 할 수 있었다.

"아야!"

멀리서 나나미의 목소리가 들렸다. 그쪽을 보니 저 멀리, 콩알만 하게 보이는 나나미가 손을 흔들면서 운동장을 똑바로 달려오고 있었다.

수건에서 읽어낸 선배의 잔류사념에는 축구를 향한 순수한 마음에 지지 않는 순수한 무언가가 하나 더 있었다. 골을 넣은 후, 긴장 되는 장면, 시합 종료 호각이 울렸을 때, 드문드문 보이는 소중한 순간마다 반드시 나나미의 모습이 눈에 보였던 것이다.

솔직히 말하면 분한 마음도 꽤 있었다. 하지만 자신의 손으로 예쁜 것을 만질 수 있었다는 마음에 아야코는 기뻤다.

나나미의 모습이 엄청난 기세로 가까워졌다. 모처럼 공들여 화장을 했건만 눈물로 전부 지워져 버렸다. 분명히 멋진 보고를 들을 수 있을 것이다.

"고마워! 초능력자!"

가쁜 숨을 몰아쉬며, 나나미가 전력으로 아야코에게 안겼다. 기세가 너무 강해 끄엑, 하는 이상한 목소리가 나왔다. 아야코는 두 팔을 나나미의 등에 두르고, 손바닥으로 체온을 느끼면서 꼬옥 껴안았다.

"축하해, 정말 잘 됐어."

아야코가 귓가에서 속삭이자, 나나미가 어린애처럼 울음을 터뜨렸다.

5

눈은 입만큼
많은 말을 한다

Mind Reading

독심술(마인드 리딩)

〈중략〉

점쟁이나 마술사가 하는 독심술은 테크닉이다. 인간의 동작, 언동을 관찰해 심리상태를 파악하고, 화술을 통한 유도심문으로 상대의 사고를 예측한다. 특히 인간의 심리는 눈에 잘 나타나기 때문에 눈의 움직임을 관찰하면 상태를 정확하게 읽어낼 수 있다.

〈중략〉

초능력으로서의 마인드 리딩은 그러한 테크닉과는 전혀 다르다. 〈중략〉 동물은 본디 상대와 자신의 감정을 싱크로 하는 공감력을 가지고 있다. 공감이란 상대의 감정을 받아들여 자신의 감정으로서 실감하는 것인데, 마인드 리딩 능력자는 이 공감력이 엄청나게 강하다고 생각된다.

〈중략〉

원래 마인드 리딩은 원시적인 생물의 커뮤니케이션 수단으로 보인다. 〈중략〉 고등생물로 진화하면서 감정을 상대에게 전하는 방법은 증가했다. 근육이 발달하면서 표정으로 감정을 전달하고, 성대나 혀가 발달하면서 목소리를 낸다. 이윽고 인간은 언어라는 유용한 전달수단을 만들어 냈다. 〈중략〉 현대인에게 마인드 리딩은 이미 퇴화된 능력이다.

〈중략〉

인간은 뇌 손상 등으로 인해 일부 능력을 잃으면 그것을 보완하기 위해 다른 능력이 개화되는 경우가 있다. 서번트 증후군이 대표적인 예시다. 〈중략〉 이 능력도 어쩌면 커뮤니케이션 능력을 보완하기 위해 발현하는 것일지 모른다.

전일본 사이킥 연구소 간행 『~당신에게도 있는 힘~ 초능력 입문』

제8장 「독심술」에서 발췌

1

눈을 뜨자 천장에 달린 네모난 전등의 실루엣이 뿌옇게 보였다. 냉방이 시원찮은 방은 푹푹 쪄서, 있기가 불편했다. 흐릿한 눈을 비비며 테라마츠 사토루는 차광 커튼을 걷었다.

바깥 세계는 이제 곧 낮이다. 전철 소리가 들린다. 오가는 자동차도 보인다. 인간들은 오늘도 시곗바늘에 맞춰 정연하게 살아가고 있다. 많은 사람들이 빙글빙글 돌면서 사회를 움직이고 있는데, 사토루는 방에 틀어박힌 채로 아무것도 하지 않는다. 아무것도 생산하지 않는다.

태양이 구름의 그림자에 숨자, 창문 유리에 비친 자신의 모습이 눈에 들어왔다. 사춘기 때 동급생들에게 놀림을 받은 이후로, 툭 튀어나온 큰 눈은 사토루의 콤플렉스가 되었다. 사토루는 한숨을 쉬더니 다시 커튼을 닫고 이불 위에 주저앉았다. 하늘이 눈부실수록 세상에 아무 쓸모도 없이, 그저 살아만 있는 스스로에 대한 자책감이 강해진다.

방 밖에서, 통통, 하는 힘겨운 발소리가 들려왔다. 어머니가 계단을 올라오고 있다. 아래층은 부모님이 경영하는 '미츠바 식당'이라는 이름의 정식집이다. 매일 11시 반에 가게를 열기 직전, 아버지가 식사거리를 만들면 어머니가 사토루의 방까지 가져다 준다.

　사토루는 2년 전쯤, 20년 동안의 교직 생활을 그만두었다. 이 지역 초등학교에서 교편을 잡았는데 갑자기 정신적으로 문제가 생겨 퇴직할 수밖에 없었다. 그 후엔 노부모의 부양을 받으며 자기 방에만 틀어박혀 살아가고 있다. 다시 취직해야 한다는 생각은 하고 있지만 도저히 밖으로 나갈 용기가 나지 않았다.

　"애야, 밥 여기다 놓고 가마."

　어머니는 어두운 방 한가운데에 덩그러니 놓인 작은 코타츠 테이블에 쟁반을 놓고, '오늘은 날씨가 좋구나'라고 라고 무난한 한마디를 중얼거렸다. 쟁반에는 그득하게 담긴 밥과 국, 돼지고기콩나물 볶음이 있었다.

　사토루는 부모님과 거의 대화를 하지 않는다. 사실은 미안하고 고맙다는 말을 전하고 싶지만 도저히 입 밖에 낼 수 없었다. 사토루가 방에만 틀어박혀 있어도 부모님은 일하라고도, 나가라고도 하지 않는다. 그렇기에 속마음을 알고 싶지 않았다. 부모님이 자신을 짐이라고 생각한다면, 더는 여기에 있을 수 없을 것 같았기 때문이다. 하지만 지금의 사토루에게는 혼자 살아갈 힘이 없다. 현실에서 눈을 돌리지 않고서는 살아가지 못하는 것이다.

"체하지 않게 천천히 먹으렴."

"응."

사람의 눈을 보는 건 무섭다. 아무리 좋은 말로 포장해도, 아무리 표정으로 얼버무려도, 눈은 가슴에 품은 생각을 수다스럽게 말해 버린다.

눈은, 입만큼 많은 말을 한다.

2

2년 전, 아직 사토루가 교직에 있었을 때의 일이다.

그 날, 사토루는 수업이 끝나고 아이들의 질문을 받아주고 있었다. 사토루는 결코 붙임성이 좋은 교사는 아니었지만, 그래도 아이들은 쉬는 시간이 되면 그를 둘러싸고 질문을 쏟아냈다. 초등학교 4학년쯤 되면 중학교 수험을 생각하는 집안도 생겨나고, 공부에 열을 올리는 아이도 꽤 있다.

"선생니임, 이거 왜 B가 정답인지 모르겠어요."

"왜 그렇게 생각하니?"

"그야, A가 맞잖아요?"

"A가 맞는다고 생각하는 이유는?"

사토루가 설명을 하고 있는데, 한 여자아이가 '아얏'하고 소리쳤다. 놀라서 고개를 드니 눈가를 손으로 대고서 아파하고 있었다. 먼지나 속눈썹이 눈에 들어간 모양이었다. 괜찮은지 지켜보고 있자, 갑자기 그 아이의 눈이 뜨였다. 그 순간, 시선이 정면에서 맞부딪혔다.

――아, 짜증나. 빨리 답이나 알려달라니까.

머릿속에 '무언가'가 맹렬한 기세로 들어오는 감각이 들어 사토루는 할 말을 잃었다. '무언가'는 눈에서 뇌로 직접 들어온다. 마치 둑이 터진 탁류와 같았다. 머릿속이 '무언가'로 가득 찬 사토루는 자신의 의식이 녹아 사라질 것 같았다. 황급히 눈을 돌렸지만 이미 들어온 그 '무언가'는 머릿속에서 날뛰며 소용돌이를 일으켰다.

자신에게 일어난 현상이 어떤 것인지 원리는 모르겠다.

하지만 직감적으로 무슨 일이 일어났는지는 이해했다. 눈을 본 순간, 사토루는 그 아이의 마음속 생각을 자신의 머릿속으로 빨아들인 것이다.

——눈 좀 그만 봐, 기분 나쁘게.
——왜 좀 더 잘생긴 선생님이 안 온 거야.
——아 정말, 진짜 운도 없네.

흘러들어온 생각은 사토루에 대한 악의로 가득 차 있었다. 한 마디 한 마디가 콤플렉스를 강하게 자극했다. 아이는 눈앞에서 아무렇지 않다는 듯이 질문을 계속했다. 가벼운 웃음을 띠고서.

독심술(마인드 리딩).

인터넷으로 구매한 책에 그 내용이 있었다. '독심술'은 주로 점쟁이나 마술사가 구사하는 테크닉을 말하지만, 초능력을 사용해서 상대의 마음을 읽어낼 수 있는 인간도 일부 존재한다고 한다. 사토루의 힘이 바로 그 '초능력에 의한 독심술'이었다.

초능력이라고 하면 듣기에는 좋지만 전혀 쓸모가 없었다. 오히려 문제만 일으켰다. 사토루의 경우, 자신의 뜻과 상관없이 눈이 마주친 상대의 사고를 자동적으로 빨아들여 버린다. 알고 싶지 않은 사실을 강제적으로 알게 하는 능력은 단순한 해악일 뿐이었다.

평소에 일상적으로 만나는 아이들이 이만큼의 악의를 자신에게 품고 있었다는 사실은, 사토루에게 엄청난 충격을 안겨주었다. 다른 아이들의 눈도 보았지만 그럴 때마다 사토루는 자신에게 향해지는 압도적인 악의에 마음이 갈기갈기 찢어졌다. 아이들만 그런 게 아니었다. 다른 직원들도, 길을 가는 사람들도 모두 같았다.

일상생활에서 타인과 눈을 마주쳐야 하는 상황은 의외로 많다. 하지만 눈이 마주치면 사람의 속마음을 알게 되어버린다. 사토루는 점점 타인의 시선을 느끼기만 해도 손이 떨리고 패닉에 빠지게 되었다.

깨닫고 보니 사토루의 마음은 산산이 부서져 아무것도 할 수 없게 되었다. 사람들의 눈이 무서워, 아이들 앞에 서있는 것조차 힘들었다. 그의 최종적인 선택은 휴직이 아니라 퇴직이었다. 이미 교사로서 잘 해나갈 자신이 조금도 남지 않았기 때문이다.

어째서 자신에게 이런 힘이 주어졌을까 하고 사토루는 자신의 초능력을 저주했다. 능력이 없었다면 아무것도 모른 채로 그럭저럭 평화로운 일생을 보낼 수 있었을 것이다. 그런데도 눈을 크게 뜨면 뜰수록, 자신이 살아 있는 이 평화로운 세상이, 환상 따위에 불과했다고 뼈저리게 느끼게 된다.

이 세상은 악의로 가득 차 있었다. 사람들은 오만하고 지저분하고, 추했다.

3

식사를 끝낸 사토루는 방 한구석에 놓인 옷으로 갈아입었다. 색이 옅어진 폴로셔츠와 조금 주름이 진 슬랙스, 그리고 고무줄이 늘어난 양말. 거의 외출을 하지 않지만 어머니는 매일 옷을 준비해 준다. 이대로 은둔 생활을 계속해서는 안 된다는 어머니의 배려이리라. 고맙다고 생각하지만서도 마음이 침울해지는 것도 사실이다. 특히 양말을 신는 건 거부감이 강했다. 밖으로 나가라는 말을 들은 기분이니까.

잠옷에서 그 옷으로 갈아입은 후에, 사토루는 쟁반을 들고 1층으로 내려가 식기를 반납했다. 언제나 그렇듯 오늘 장사 준비를 하는 아버지 옆을 지나쳐 주방 싱크대에 식기를 놓으려는데, 어느 손님이 어머니에게 뭔가를 떠들어대는 게 보였다.

남자는 50대 정도 되었을까. 까무잡잡한 피부에 짧게 친 머리카락, 보라색 안경을 쓴 험상궂은 얼굴에 금연파이프 같은 것을 꼬나물고 있었다. 이 무더운 날에 양복을 입고, 요란하기 짝이 없는 넥타이를 느슨하게 매고 있었다.

"애야, 이 사람한테 버스 정류장 위치 좀 알려주지 않을래?"

"어?"

"츠다 선생님이 계신 곳에 가고 싶다는구나."

어머니가 말하는 '츠다 선생님'은 츠다 코안이라는 이 지역의 유명한 도예가다. 도예계에서는 상당히 저명한 인물이라고 하는데, 미츠바 식당의 단골이라 사토루도 가게에서 몇 번 본 적이 있다. 츠다는 '츠다 도요'라는 산속 깊은 곳에 도예공방을 갖고 있다.

이곳은 워낙 한적한 동네라, 역 앞에는 택시도 거의 없고 편의점도 없다. 버스 정류장은 역 앞 로터리에 몇 군데 있지만, 초행길이라면 정류장 이름과 목적지가 일치하지 않아서 어느 버스를 타면 되는지 알기 힘들 것이다. 남자는 츠다 도요를 찾아 왔는데, 가는 방법을 몰라서 오픈 직전인 미츠바 식당에 도움을 요청하러 온 듯했다.

"내, 가…?"

"가게를 열 시간이잖니. 저기까지만 가면 되니까, 다녀와 주렴."

역 앞 로터리의 버스 정류장은 가게를 나가면 금방이지만, 알지도 못하는 사람과 함께 밖으로 나간다는 행위는 사토루를 상당히 긴장하게 만든다. 그것은 어머니도 잘 알고 있을텐데, 어째서 그런 소리를 하는 걸까, 하고 원망스러운 기분이 들었다.

"아~, 미안미안. 잘 부탁해."

남자는 사토루의 표정이 어두워진 걸 눈치 챘는지 재빨리 명함을 꺼내어 건넸다. 거기에는 고다라는 성이 쓰여 있었다. 옆에는 'GODA 그룹'이라는 회사 이름과 '대표이사'라는 거창한 직함이 쓰여 있었다. 가게 이름들을 쭉 보아하니 아무래도 유흥업 종사자인 것 같았다.

사토루는 마지못해 고다를 데리고 가게 밖으로 나왔다. 얼마 만에 가게 밖에서 쬐는 햇빛일까. 긴장해서 목에서 식은땀이 났다. 고작 1분 정도인 거리가 죽을 만치 멀게 느껴졌다.

"여기서, 다음에 오는 버스를, 타면 될 거예요."

츠다 도요로 가는 버스를 설명했다. 하지만 목소리가 잘 나오지 않아 고다가 몇 번이나 되물었다. 그때마다 긴장해서 심장이 터지는 것 같았다.

"오오, 이거였구만~. 뭐야, 아직 5분이나 남았잖아?"

"저기, 그럼 전, 이만."

"아, 잠깐만. 이거 좀 봐 줄래? 이거 말야."

고다는 다짜고짜 사토루의 어깨에 손을 얹더니 접힌 신문을 눈앞에 내밀었다. 갑작스러운 일에 사토루는 온몸이 경직되었지만, 고다는 신경도 쓰지 않는 듯했다.

"유적의, 발굴 조사."

"거기가 아니라 여기야, 여기."

남자가 손가락으로 가리킨 기사는 도예 작품전에 관한 내용이었다. '젊은 신예 작가가 대상 수상'이라는 특집으로 수상작과 가슴에 붉은 리본을 단 수상자의 사진이 나란히 실려 있었다.

앗, 하고 사토루의 시선이 멈추었다. 표창을 받고 부드럽게 웃는 젊은 도예가의 사진 아래에는 '오쿠무라 타이치'라는 이름이 기재되어 있었다. 머릿속에서 뭔가가 걸려 사진과 이름을 몇 번이나 눈으로 훑다 보니, 터널을 빠져 나오는 감각과 함께 먼 옛날의 기억이 뇌리에 떠올랐다.

"아…, 타이치, 군?"

"어라? 아는 사람이야?"

"아, 그, 그게, 예전에는, 이 근처 초등학교에서, 교사로 근무했거든요."

"아하, 선생이셨군. 듣고 보니 그런 느낌이네, 얼굴이 말이지."

"이 분은, 제가 신임 교사 때, 저희 반 학생이었어요."

정말? 이라며 고다는 사토루의 어깨를 두드리고, 호쾌하게 웃어 젖혔다.

"뭐야, 그런 건 일찍 말했어야지."

"이, 일찍?"

"얘는 내 애거든. 이혼한 아내가 데리고 가는 바람에 못 만난 지 꽤 됐지만."

"그랬…군요."

"선생이 함께라니 마음이 든든한걸. 오랜만의 재회라는 느낌으로 가보자 이거야."

때마침 버스가 도착해 삐이이, 라는 맥없는 부저음과 함께 문이 열렸다. 터무니없게도 고다는 사토루의 어깨에 손을 두르고 함께 타려고 했다.

"저, 저는, 딱히."

"야박하게 굴지 마, 선생. 오후에 일이라도 나가?"

"아, 아뇨, 딱히 그런 건, 아닌데요."

대중교통을 이용하는 게 2년 만이라서 무섭다는 말은 할 수 없었다.

4

불행 중 다행으로, 버스정류장 안에는 손님이 거의 없었다. 사람들의 시선을 피하기 위해 사토루는 망설임 없이 맨 끝자리를 골라 몸을 움츠리고 앉았다. 이미 온몸은 너무 긴장한 탓에 땀으로 흠뻑 젖어있었고, 두 손은 계속해서 떨리고 있다.

자리는 아무데나 앉아도 될 만큼 텅텅 비어 있는데도, 고다는 굳이 사토루 옆에 앉았다. 패닉 직전인 사토루는 신경도 쓰지 않고 고다는 버스로 이동하는 내내 혼자 떠들어댔다.

고다는 예전에 도쿄에서 처자식과 함께 셋이서 살고 있

었는데, 이혼한 후로는 아들과 완전히 연락이 끊겼다고 한다. 이혼한 이유를 묻자 '바람을 피웠거든'이라고 쑥스러운 기색도 없이 대답했다.

그 후로 고다는 두 번의 결혼과 이혼을 거쳐 지금은 혼자 살고 있는데, 그 두 아내와는 아이가 없었다고 한다. 설마 초면인 사람한테 이렇게까지 적나라한 사생활 이야기를 들을 거라고는 생각하지 못했다.

"이 도예 상, 말인데 엄청난 거지?"

"그, 글쎄요, 잘 모르겠네요."

"분명 이제부턴 만든 게 엄청 비싸게 팔릴 거야. 일본인은 아무튼 상이라면 껌뻑 죽잖아? 영화건 소설이건 일단 상만 받으면 개떡 같은 것도 잘만 팔리니까."

"개떡 같은 걸로는, 상을, 못 받는다고 생각합니다만."

"그런데 예술가라는 것들은 대체로 돈 문제에 둔해. 애비인 내가 잘 관리해 줘야 하지 않겠어? 손해 보지 않도록 말이야."

금연파이프를 물고서 품위가 있다고는 하기 힘든 소리를 끝없이 떠들어대는 고다에게 사토루는 완전히 질려 버렸다. 오랫동안 헤어져 살아온 아버지가 아들을 찾아 왔다니, 듣기에는 좋아보여도 아까부터 돈 얘기밖에 하지 않는다.

"그런데 선생은 지금 무슨 일을 하시나?"

"지, 지금은 딱히…."

"뭐야, 백수였어?"

푹, 하고 고다의 한마디가 가슴을 도려냈다.

"뭐… 그렇죠."

"공무원은 철밥통 아니야? 뭔가 저지르셨나?"

원조교제라든가, 고다는 농담으로도 해서는 안 될 소리를 하더니 또 저속한 목소리로 웃었다.

"그게, 조금, 정신적으로…."

"아팠나?"

"사람의 눈이 무서워서, 사회생활이 안 돼요."

"어이, 뭐야. 한심하긴. 그런 건 신경 안 쓰면 그만이잖아. 기합으로 딱, 기합으로."

"그렇긴, 한데요."

"결혼은?"

"안 했습니다."

"왜 안 하는데?"

"그야, 얼굴도 이렇고, 남이랑 대화하는 것도 서툴러서…."

"나 원 참, 그딴 게 뭔 상관이야?"

"뭐, 으음, 하지만 포기했어요, 이미."

"뭘 벌써 포기하고 그래. 난 마흔일곱에도 결혼했는데? 세 번째로."

2년 만에 헤어졌지만, 이라는 사족을 붙이더니 고다는 낄낄대며 웃었다.

"그, 저한테는, 무리, 에요."

"이봐, 선생. 남자는 역시 돈을 벌고 여자를 찾는 게 인생의 전부 아니겠어."

"네에."

"무리네 어쩌네 하는 소리나 늘어놓으니까 못 하는 거라고. 한심하다, 한심해. 난 무리라는 말은 안 해. 그렇게 우물쭈물거리는 거 질색이거든."

고다와의 대화는 사토루에게 지옥이나 다름없었다. 자신이 한심하다는 건 스스로도 잘 알지만, 고다는 남이 자신보다 뒤떨어진다는 걸 알자마자 노골적으로 바보 취급하는 발언을 쏟아낸다. 마치 원숭이의 서열싸움 같다. 고다에게 대화란 자신이 얼마나 강한지 상대에게 과시하는 수단일 뿐이었다.

사토루는 그저 고다와 눈이 마주치지 않기만을 빌었다.

우연으로라도 고다와 눈이 마주친다면, 분명 그 순간에 무시무시한 속마음을 보게 될 것이다. 인간의 악의로 머릿속이 혼미해지는 것은 이제 사양하고 싶다.

5

　오쿠무라 타이치가 속한 반을 맡은 건 사토루가 아직 1년차 교사이던 때, 이미 20년도 지난 일이다.

　운동회 날, 오전 일정이 끝나고 점심시간이 되었다. 교정에 있는 트랙을 둘러싸듯 색색 돗자리가 잔뜩 깔리고, 아이들이 가족과 즐겁게 도시락을 먹고 있었다. 평소의 급식과 다른 특별함 때문인지, 들떠서 떠드는 아이들의 모습이 인상적이었다.

　그런 와중에 교정 한구석에서 도시락을 먹는 아이가 있었다. 바로 오쿠무라 타이치였다.

"옆자리, 앉아도 될까?"

　부모님이 이혼해서 어머니가 양육하고 있다는 건, 담임으로서 미리 파악하고 있었다. 어머니는 아마 일 때문에 오지 못했을 것이다. 그는 동급생들의 시선을 피하려는 듯 혼자 있었다.

"상관은 없는데요."

"고마워."

같이 앉기는 했지만 무슨 대화를 나눠야 좋을지 알 수 없었다. 그가 어떤 기분인지 상상도 가지 않았고 교사로서의 경험도 일천했다. 원래 남과 대화하는 게 서투른 사토루가 무리해서 옆에 앉아 봐야 섬세한 배려가 담긴 말을 할 수 있을 리도 없다.

"뭘 좋아하니?"

"네?"

"학교 공부 말이야."

뭐든 대화 주제를 꺼내야 한다는 생각에, 사토루는 옆에서 도시락을 먹으면서 무난한 화제를 꺼냈다. 무시당할 거라고 생각했지만 그는 시선은 주지 않은 채, 입만 열어 대답했다.

"공작."

"공작? 어째서?"

"대화할 필요가 없으니까."

그렇구나, 라고 사토루는 고개를 끄덕였다.

그는 최근에 전학을 왔다. 도시에서 자란 탓인지 좀처럼 반 분위기에 녹아들지 못하고, 쉬는 시간에도 창가에 위치한 자기 자리에 앉아 멍하니 밖을 보는 일이 많다. 언제나 시선을 내리깔고는 남과 눈을 마주치지 않는다. 반 아이들에게 마음을 닫은 것처럼 보였다.

"선생님도 운동회 때는 혼자였어."

"어째서요?"

"우리 부모님은 식당을 하시거든."

아무 말 없이, 사토루는 잠시 그와 나란히 앉아 도시락을 먹었다. 바람은 조금 싸늘했지만 5월의 맑고 상쾌한 날이었다.

"외로웠어요?"

갑자기 그는 입을 열었다. 여전히 얼굴은 아래를 보고 있었다. 시선은 교차하지 않았다.

"지금은 잊어버렸어."

"뭐예요, 그게."

"넌 어떠니?"

그는 '별로'라며 고개를 가로저었다. 진심인지는 알 수 없다.

"안 외로워요."

"아버지를 만나고 싶다고 생각한 적 없어?"

"그런 생각 안 해요. 안 되니까."

"안 된다고?"

"그 인간은 쓰레기니까, 만나면 안 돼요."

쓰레기라는 강한 단어가 나와서 사토루는 조금 놀랐다. 분명 어머니가 집에서 그 말을 반복해서 사용했을 것이다. 전 남편에 대한 분노에서 나온 말인지, 아들을 아버지에게 빼앗기지 않으려는 불안에서 나온 말인지, 사토루는 알 수 없었다.

뭔가 교사로서 할 수 있는 일이 없을까 생각했지만 공포가 앞섰다. 인간관계에 서투른 자신이 섣불리 말을 꺼냈다간 아이에게 상처를 줄 수도 있다. 그렇다고 너무 조심스럽게만 대하면 그것도 상처를 주지 않을까 걱정스러웠다.

이 아이의, 머릿속을 엿볼 수 있다면.

그런 능력이 있다면 뭔가 힘이 될 말을 해줄 수 있을 텐데. 사토루는 답답함과 무력함을 느끼면서, 끝없이 펼쳐진 파란 하늘을 올려다보았다.

"너도, 그렇게 생각하니?"

사토루가 묻자 그는 놀란 표정으로 고개를 들었다. 윤곽이 또렷한 두 눈이 사토루의 눈을 똑바로 보고 있었다.

"네."

그의 속마음은 알 수 없다. 하지만 희미하게 촉촉해진

눈이 '아니야'라고 호소하고 있다는 느낌이 들었다. 어째서 진실을 말하지 않는 거니? 그렇게 물으려다가 사토루는 입을 다물었다. 분명 그는 복잡한 고민을 안은 채, 자신의 진짜 마음을 굳게 걸어 잠갔으리라. 눈이 아무리 진심을 말해도, 말이 되어 입 밖으로 나오지는 않는다.

"편지를 쓰는 건 어때?"

"편지?"

"뭔가 하고 싶은 말이 있다면."

"왜요?"

"입으로는 할 수 없는 이야기도 할 수 있거든."

사토루는 즉흥적으로 떠오른 위로의 말로 자신의 무력함을 얼버무렸다. 그 후로는 그와 둘이서 대화한 적은 없다. 하지만 그때 보았던 오쿠무라 타이치의 눈은 지금도 사토루의 마음에 깊이 새겨져 있다.

6

츠다 도요에 도착하자 사토루는 고다의 강압적인 기세에 눌려, 부지 안으로 발을 들였다. 마침 도예교실을 진행 중인지 문이 개방된 작업장에서는 즐겁게 담소를 나누는 목소리가 들렸다. 사람들 눈이 무섭다는 말을 이미 했는데도, 고다는 어째서인지 사토루를 앞에 세우고 자신은 뒤에서 따라왔다. 마치 사토루에게 아들을 불러 오라는 듯했다. 하지만 모르는 사람들이 모여 있는 곳에 스스로 뛰어드는 건 도저히 무리다. 자신에게 집중되는 시선을 상상하자 다시 격하게 손이 떨려 왔다.

작업장 근처에서 어물거리다 보니 다행히 안에서 미츠바의 단골손님 한 명이 사토루를 보고 나와 주었다. 사정을 설명하고 오쿠무라를 불러 달라고 했다.

"앗코 씨, 무슨 일이에요? 손님? 저한테요?"

건물 안에서 젊은 남성의 목소리가 들렸다. 밝고 활기찬 목소리였다. 남성의 목소리를 중심으로 여성들의 목소리가 오가고 큰 웃음소리가 났다. 따뜻하고 즐거운 분위기가 목소리만으로도 전해져 왔다.

이윽고 건물에서 편한 복장을 한 남성이 나타났다. 머리에는 수건을 감고 턱에는 대충 방치한 수염이 나 있었다. 손에는 조금 큰 다완*을 들고 있었다.

"네, 제가 오쿠무라입니다."

쾌활한 목소리. 가볍게 웃는 표정. 마음을 굳게 닫은 표

---

* 차를 마실 때 사용하는 잔 또는 사발

정이었던 어린 시절의 그와 동일인물이라고는 생각하기 힘들 정도로 밝았다.

"저기, 저는."

"네에."

"예전에, 그…, 초등학교에서 담임으로…."

오코무라는 고개를 숙이려는 사토루의 얼굴을 보자마자, 아! 하고 반갑게 소리쳤다.

"혹시 테라마츠 선생님, 맞으신가요?"

"아, 네, 맞아요."

사토루는 가벼운 안도의 한숨을 내쉬며, '기억하고 있었네요'라고 중얼거렸다.

"당연하죠! 정말 놀랐어요."

"미안합니다, 으음, 이렇게 갑작스럽게."

20년 이상의 세월이 흘러 눈앞에 선 오쿠무라 타이치를 보니 감개가 깊었다. 키가 커지고 수염이 조금 났지만 얼굴의 본바탕은 그때 그대로였다. 초등학교를 졸업한 후로 그가 어떤 인생을 살아왔는지는 알 수 없다. 하지만 분명 괜찮은 삶이었을 거라고 상상할 수 있었다.

"저를 만나러 와 주신 건가요?"

"아니, 그게."

"괜찮다면 차라도 한 잔 하고 가시겠어요?"

사토루는 손을 저으며 고개를 숙이고, 무대에서 퇴장하듯 엉거주춤 물러섰다. 진짜 목적은 이십수 년만의 부자 상봉이다. 자신의 역할은 끝났다는 듯이 사토루는 방관자의 위치에 섰다.

"뭐야, 당신."

고다를 마주보자 오쿠무라의 목소리가 변했다. 방금 전까지의 부드러웠던 분위기가 순식간에 얼어붙었다.

"여어, 꼬맹이가 벌써 이렇게 컸구나!"

사토루를 대하는 때와 마찬가지로 고다는 실실 웃으면서 경박하게 말했다. 고다는 오쿠무라에게 다가가 악수를 요구하듯 손을 내밀었지만, 오쿠무라는 몇 걸음 물러나 고다에게서 거리를 두었다.

"여긴 왜 왔지?"

"왜냐니, 애비가 자기 자식 보러 오는 데에 무슨 이유가 필요해, 엉?"

오쿠무라는 입을 굳게 다물고 고다를 노려보았다. 그리움이나 감동 같은 것은 전혀 느껴지지 않았다. 하지만 그 긴장감을 앞에 두고도 고다는 특유의 말투를 바꾸지 않았다.

"너, 그 뭐냐. 접시 상인지 뭔지를 받았다며?"

"당신하고는 상관없잖아."

"에이, 상관이 없다니. 대단해. 돈 벌 기회가 온 거라고."

"당신하고는, 상관없어."

"뭐야, 모처럼 돈 되는 이야기를 하려고 와줬는데."

"됐으니까 돌아가!"

오쿠무라의 날카로운 목소리가 울려 퍼졌다. 그러자 고다도 안색이 변해 입을 다물었다. 하지만 얼굴은 여전히 웃고 있었다.

"이놈 보게, 어디 아버지한테 그따위로 말을 해?"

"미안하지만 나는 당신을 아버지라고 생각 안 해."

"뭐가 어쩌고 어째? 이 자식이, 다시 한 번 지껄여 봐라!"

드디어 고다의 공기가 변했다. 내내 물고 있던 금연파이프를 난폭하게 뱉더니 오쿠무라의 멱살을 잡았다. 오쿠무라가 가지고 있던 다완이 떨어져 메마른 소리를 내면서 깨졌다.

"뭐하는 짓이야!"

깨진 다완을 보고 격앙된 오쿠무라는 한 걸음도 물러서지 않고 응전해, 결국 부자지간에 멱살을 잡고 싸우기 시작했다. 이 새끼가 진짜, 누구한테 이 새끼래, 라는 지저분한 말이 오가고, 결국엔 서로 이마를 맞대고서 노려보았다. 사태를 알아차린 도예교실의 수강생들이 비명을 질렀지만 대부분 나이 지긋한 여성분들이었다. 남자 둘이서 싸우면 말릴 방법이 없다. 하지만 사토루도 다리가 굳어 움직일 수가 없었다.

두 사람의 눈은 얼마나 강렬한 증오와 악의를 토해내고 있을까. 그런 눈을 본다면 분명 다시는 재기할 수 없다. 머리를 부여잡고 사토루는 그 자리에 주저앉았다. 이렇게 될 줄 알았다면 집에서 나오지 말 걸 그랬다고 후회했다.

아버지와 아들의 격한 숨소리와 흙이 짓밟혀 흩어지는 소리만 들리는 가운데, 도예교실의 수강생이 '츠다 선생님'하고 부르는 목소리가 들렸다. 사토루가 고개를 들자 어느 노인이 싸움의 소용돌이에 끼어들었다. 츠다 코안이었다.

츠다는 노인이긴 해도 거구에 근육질이다. 올백으로 묶은 장발에 새카만 선글라스를 끼고, 희끗희끗한 수염을 길게 기르고 있다. 젊은 시절부터 흙을 이겨왔을 팔은 마치 통나무처럼 굵었다. 살벌했던 시기를 살아남은 무투파 야쿠자가 실수로 다른 사람이 되어 버린 듯한 외모였다.

츠다는 사이에 끼어들더니, 애들 싸움을 말리듯 가볍게 둘을 떼어놓았다. 하지만 떨어진 후에도 둘은 여전히 서로를 노려보고 있었다.

"어쭈? 어이, 영감. 넌 또 뭐야?"

"오쿠무라 군을 맡고 있는 츠다라고 합니다."

"맡아? 네가 뭔데 맡아?"

"오늘은 일단 돌아가 주시겠습니까? 둘 다 감정이 너무 격해지셨군요. 하실 말씀이 있으시다면, 날을 다시 잡아 오시는 편이 좋겠습니다."

고다는 뭐가 어쩌고 어째? 라며 위협했지만 노인답지 않은 츠다의 체격에 기가 죽었는지 투덜거리면서 걸음을 돌려 밖으로 나가 버렸다. 오쿠무라도 시뻘건 얼굴로 어디론가 들어가 버리고, 츠다와 사토루 둘만 남게 되었다.

"소, 소란을 피워, 죄송…."

츠다는 말없이 사토루 앞에 웅크리고 앉아 지면을 손가락으로 더듬었다. 움직임은 느리고 어색했다. 그러다가 손으로 뭔가를 주워들었다. 아까 몸싸움 도중에 깨진 다완의 파편이었다.

사토루도 앗, 하고 황급히 웅크려 파편을 찾았다. 사토루는 츠다의 움직임보다도 빠르게 파편을 모았다. 작은 것까지 거의 다 주워, 조심스럽게 츠다의 손에 파편을 쥐어주었다. 사토루가 다 줍기 전에 츠다가 주운 파편은 고작 두 조각이었다.

"당신은, 눈이 좋은 모양이군요."

츠다의 목소리에 이끌려 사토루는 고개를 들었다. 예상과 달리 웅크린 츠다의 얼굴은 바로 근처에 있었다. 정면에서 사토루의 눈이 츠다의 눈으로 빨려 들어갔다. 사토루는 눈을 감고 머릿속으로 흘러들어올 사고의 소용돌이에 대비해 몸에 힘을 주었지만, 이상하게 눈이 마주쳤는데도 아무 일도 일어나지 않았다.

"저기, 선생님은, 눈이….."

조심스럽게 츠다의 눈을 보았다. 짙은 선글라스 너머로 희미하게 보이는 그의 눈은 조금 탁했다. 눈은 좌우가 각각 정면보다 조금 어긋난 방향을 보고 있어, 똑바로 봐도 시선이 마주치지 않는다. 그래서 능력이 발동하지 않은 것이겠지.

"다행스럽게도, 아직 조금은 보입니다."

"그런…가요."

츠다가 일어서는 걸 보고 사토루도 일어나 바지에 묻은 흙을 털어냈다. 츠다와는 눈이 마주치지 않는다고 생각하자 조금은 긴장이 풀리는 기분이었다.

"그 다완, 중요한 물건이었나요?"

"오늘 아침에 가마에서 나온 오쿠무라 군의 작품이었지요. 잘 구워졌는데 아쉽습니다."

신예라고 해도 도예가의 작품이라면 가격이 상당할지 모른다고 생각이 들자, 자신이 잘못한 것도 없는데도 사토루는 온몸에서 핏기가 빠지는 기분이 들었다.

"괘, 괜찮은, 건가요."

"도예의 세계에는 킨츠기라는 기법이 있습니다. 혹시 아시는지요?"

"킨츠기요? 아뇨, 죄송합니다. 처음 듣네요."

"깨진 도기의 파편을 옻칠로 이어 붙여, 원래의 그릇으로 수복하는 기술이지요."

"고칠 수 있는, 건가요."

"시간은 조금 걸립니다. 하지만 복원으로 끝나는 것이 아니라, 이음매를 금가루로 장식하기 때문에 배색에 신비로운 맛이 납니다. 원래보다 더욱 정취가 좋아지는 그릇이 되는 경우도 있지요."

"그, 그렇군요."

츠다는 작업복 주머니에서 천을 꺼내더니, 모은 도기의

파편을 소중하게 감쌌다.

"사람의 마음도, 이어붙일 수 있다면 좋겠습니다마는."

"예?"

츠다는 가볍게 웃더니 혼잣말이라고 대답했다.

"슬슬 버스가 올 시간입니다. 어서 가셔야지요. 그도 정류장에서 당신을 기다리고 있을 겁니다."

츠다는 그렇게 말하더니, 묘하게 울림이 좋은 미성으로 '버스를~ 기다리는~ 동아아안~'이라고 어디선가 들어본 노래를 열창하며 작업장으로 돌아갔다.

영 캐릭터를 종잡을 수 없는 츠다의 뒷모습을 보다가, 사토루는 고개를 숙이고 몸을 돌려 어색하게 뛰쳐나갔다. 오랜 은둔 생활로 하반신이 약해졌는지 두 다리가 뜻대로 움직이지 않았다.

버스의 디젤 엔진 소리는 이미 가까이까지 와 있었다.

7

츠다 도요에서 보였던 거친 태도가 거짓말이었다는 듯이, 고다는 기분 좋게 잔에 담긴 맥주를 목으로 흘려넣고 있었다. 그다지 술이 세지 않은 사토루는 한참 전부터 눈에 보이는 세상이 핑글핑글 돌고 있었다.

츠다의 말대로 고다는 버스 정류장에서 사토루를 기다리고 있었다. 은둔형 외톨이인 사토루를 산 위까지 억지로 끌고 가서 눈앞에서 싸움질까지 벌인 걸 '미안했어'라는 한마디로 간단히 정리하더니, 어째서인지 사과하는 의미에서 한 잔 사겠다고 말했다. 물론 사토루는 정중히 거절했지만 들은 척도 안 하고 유일하게 근처에서 낮술을 마실 수 있는 역 앞 미츠바 식당으로 돌아온 것이다.

그때로부터 4시간 동안 어디의 어느 여자가 좋았다는 둥, 어디의 누구를 패 줬다는 둥 하는 고다의 무용담을 들으며 반강제로 맥주를 마시고 있다.

"여기 세 병 더 주쇼. 큰 걸로다가. 그리고 군만두도 두 접시."

"저, 저기, 전 이제 더는 못 마시는데요."

"신경 쓰지 마, 선생~. 오늘은 나 때문에 고생 많이 했잖아~."

"하지만 이미 술값도 꽤…."

괜찮아, 라고 웃으면서 고다는 양복 안주머니에서 봉투 하나를 꺼내어 탁 소리를 내며 테이블에 놓았다. 색실로

매듭을 지은 하얀 축의금 봉투였다. '축하'라고 인쇄되어
있었다.

"고다 씨, 이건….."

"이거? 오늘 술값이야. 이만큼 있으면 이 가게에 있는
술을 다 마시고도 거스름돈이 나올걸?"

"이건, 타이치 군한테….."

"됐네, 됐어. 지가 안 받은 걸 누굴 탓해?"

"그래도."

"아, 됐다니까 그러네. 이런 건 말이야, 한 푼도 남김없
이 싹 마셔서 없애버리는 편이 재수가 좋다고."

고다는 경박하게 웃으면서 다시 맥주를 쭉 들이켜더니
자기 잔에 직접 맥주를 따랐다. 그리고 뭔가를 얼버무리
듯, '자, 한 잔 드셔'라며 사토루의 잔에도 넘치기 직전까
지 맥주를 따랐다. 사토루는 더이상 잠들지 않고 버티는
게 한계라서 도저히 맥주잔을 입에 대고 싶지 않았다.

제대로 알지도 못하는 사람과 마주앉아 몇 시간이나 술
을 마시며 대화한다니 난생 처음 있는 일이다. 상대의 시
선에 공포를 느낀 사토루가 지쳐버리든가, 눈도 똑바로
마주치지 않는 사토루에게 상대가 불신감을 느껴 대화가
이어지지 않는 경우가 대부분이었다. 그런데 오늘은 어째

서인지 싫다는데도 대화가 이어지고, 시간도 공유하고 있다.

"잘 새겨 둬, 선생. 남자란 말이야, 남이 따라준 술은 무조건 마셔야 하는 법이야. 난 예전에는 하루에 한 되는 우습게…."

──그렇구나, 마찬가지였던 거야.

사토루의 뇌리에 떠오른 것은 츠다 코안의 얼굴이었다. 시력이 나빠 시선이 교차하지 않는 츠다와는 동요하지 않고 정면에서 대화할 수 있었다. 고다도 츠다와 마찬가지다. 일견 날카로운 시선으로 상대를 위압하는 듯하지만, 실제로는 경박한 말투와 독설로 겁을 주고 있을 뿐 눈을 끊임없이 좌우로 움직여 절대로 마주치려 하지 않는다.

테이블에 놓인 축하 봉투가 눈에 들어왔다. 봉투에는 어린애가 쓴 듯한 서툰 글씨로 고다의 이름이 쓰여 있었다. 왼쪽 위에는 '오쿠무라 타이치 님께'라는 이름이, 마찬가지로 아슬아슬하게 읽을 수 있는 악필로 쓰여 있었다. 봉투의 두께만 봐도 상당한 금액이 들어 있다는 것을 알 수 있었다. 경박한 말로 오쿠무라의 화를 돋우기 전에 봉투를 건네면서 솔직하게 축하한다고 말했다면 일이 그렇게 되지는 않았을지도 모른다.

고다라는 사람의 속마음은 어떨까. 사토루는 그의 마음을 알고 싶어졌다. 오쿠무라 타이치의 마음을 엿보고 싶다고 생각한 그 운동회 날 이후로, 이런 생각을 한 적은 없었다. 능력을 얻은 후로는 처음 느끼는 감정이다.

"마시겠습니다."

"오오, 갑자기 남자다워졌는데?"

눈앞의 잔에 채워진 맥주를 사토루는 단숨에 비웠다. 탁, 소리를 내면서 잔을 내려놓자, 급격하게 술기운이 도는 듯했다. 사토루는 그대로 고다의 얼굴을 정면에서 보았다. 알코올 덕분에 눈을 본다는 행위에 대한 공포심이 꽤 흐려졌다.

"고다 씨!"

자신도 모르게 큰 소리를 쳤다. 갑자기 크게 이름을 불린 고다가 놀라면서 사토루를 보았다. 시선이 교차하고, 그리고.

"뭐, 뭐야."

눈이 마주친 순간, 사토루의 머릿속에 고다의 사고가 흘러들어왔다. 지독한 술기운과 뇌가 교반당하는 듯한 감각이 뒤섞여, 눈이 엄청나게 어지러웠다.

"어이, 왜 그래."

고다가 굳은 표정으로 사토루의 얼굴을 들여다보았다. 반쯤 의식이 날아간 사토루는 머리를 좌우로 흔들어 잠기운을 떨쳐냈다.

"고다 씨."

"뭐, 뭐야, 갑자기?"

"편지를, 쓰죠."

8

하루가 지나, 다음 날에 다시 방문한 츠다 도요는 조용했다.

오늘은 도예교실 수업이 없는지 사람은 거의 보이지 않았다. 사토루와 고다는 직원의 안내를 받아 부지 안쪽으로 들어갔다.

츠다 도요 안쪽에는 작품전시실이 마련되어 있었다. 모던한 다실풍 공간으로, 어수선한 인상이 남아있는 작업실과는 분위기가 딴판이었다. 일본 전통양식으로 꾸며진 차분한 공간에는 츠다의 작품이 정연하게 늘어서 있었다.

여기라면 고다도 날뛰지 않을 것이다. 여기에 있는 도자기를 전부 망가뜨리면 얼마를 물어줘야 할지 짐작도 가지 않으니까.

"그래서 오늘은 무슨 용건이죠?"

작품전시실에 마련된 작은 구매상담 공간에 응접용 소파가 놓여 있었다. 고다와 오쿠무라가 일단 마주앉고, 오쿠무라 옆에는 츠다가 천천히 앉았다. 사토루는 좁은 공간에서 타인과 밀착하는 게 불편해 소파 대신 고다의 등 뒤에 서서 상황을 지켜보기로 했다.

"아니 그게, 어제는 미안했다."

"갑자기 찾아와서 그게 뭡니까. 비상식도 정도가 있는 법이라고요."

"하지만 말이다. 자기 자식이 애비한테 건방진 소리를 해대면, 화가 나는 것도 당연하잖아?"

순식간에 분위기가 험악해져, 사토루는 한숨을 내쉬며 등 뒤에서 고다의 어깨를 두드려 달랬다.

"고다 씨."

"나도 안다니까, 선생."

사토루가 능력을 손에 넣은 후로 본 인간의 속마음은 죄다 추하고 일그러져 있었다. 입으로는 듣기 좋은 소리를 하지만 뒤에서는 타인을 얕보거나 험담을 한다. 만약 그 속마음이 눈을 통해 겉으로 드러난다면 세상은 분명 붕괴할 것이다. 분명 사람과 사람의 유대는 끊어지고 다툼이 늘어나겠지. 사회가 성립할 수 있는 것은 서로의 진짜 마음을 알지 못하기 때문이니, 눈속임이나 모래성과 다를 바 없다. 사토루는 내내 그렇게 생각했다.

하지만 미츠바 식당에서 엿본 고다의 머릿속은 그런 생각과 정반대였다.

──이거야 원, 서운하고 쓸쓸하네.
──그래도 부모자식 사이잖아?

고다의 마음속은 깊은 고독으로 꽉 채워져 있었다. 살을 에는 듯한 쓸쓸함으로 고다의 마음은 어둡고 싸늘하게 닫혀 있었다. 절망으로 가득 찬 세상에서 유일하게 보인 작은 희망의 빛이 바로 아들의 존재였다.

고다는 분명 진심과 달리 비뚤어진 소리를 토해내고 마는 성격일 것이다. 소심하고 기가 약한 자아를 감추기 위해 마음에 없는 가벼운 말투를 쓰고, 남을 내려다보는 듯한 소리를 내뱉는다. 자신이 상처받고 싶지 않으니까, 상처를 받을 것 같으면 남을 위압하고 겁을 준다. 여러 번의 결혼도 고다의 마음속에서 소용돌이치는 고독으로부터 벗어나려는 시도였을 것이다. 하지만 그 시도가 더욱 깊은 고독을 불러 일으켰을지도 모르겠다.

고다는 속마음을 숨기지 않고서는 자아를 유지할 수 없었던 것이다. 그 마음은 잘 안다. 사토루도 자신이 망가지지 않기 위해, 일을 그만두고 방에 틀어박혀 타인과의 관계를 거부했으니까.

첫 아내와 헤어지고 20년 이상 연락이 끊긴 아들의 소식을 신문으로 알았을 때 고다는 어떤 생각을 했을까. 고다는 기다리지 못하고 일도 내팽개치고서 여기까지 찾아왔다. 허무맹랑한 돈 이야기는 아들에게 거부당했을 때, 자신의 마음을 유지하기 위한 예방책이었던 게 틀림없다.

"나는 가방끈이 짧아. 싸움질 때문에 고등학교를 퇴학당했거든. 그래서 말로는 제대로 전할 수가 없을 것 같다."

고다는 양복 주머니에 손을 넣더니 작은 봉투를 꺼내어 오쿠무라에게 내밀었다.

"이건?"

오쿠무라가 의아한 표정으로 봉투를 보았다. 하지만 손

을 대려고 하지는 않았다.

"편지다."

"읽으라고요? 나한테?"

"인마, 그럼 편지를 읽으라고 쓰지. 다른 이유가 있겠냐?"

다시 고다가 폭주하려 했지만 츠다가 헛기침으로 제지했다.

"결국 하고 싶은 게 뭡니까?"

"하고 싶은 거?"

"이제까지 아무 연락도 없다가 갑자기 나타나서는 아버지인 내가 썼으니까 편지를 읽어라, 라고 말해도 받아들일 수 있겠냐고요."

"아니, 그야 부자지간이고. 딱히 절연한 적도 없잖아."

"게다가 아무 상관도 없는 테라마츠 선생님까지 끌어들이다니, 너무하지 않나요? 대체 얼마나 자기중심적인 거냐고요."

"너 이 자식, 어디 부모한테 그딴 말버릇을…."

"당신은 아버지가 아니야!"

오쿠무라는 자리에서 일어서더니 고다의 말을 가로막듯 크게 소리쳤다. 목소리에는 가슴을 찢으며 내는 듯한 아품이 담겨 있었다. 사토루는 쪼그라드는 심장을 달래면서 심호흡을 하면서 몇 번이나 스스로에게 진정하라고 타일렀다.

고다와 오쿠무라의 사적인 문제에 사토루가 발을 들이밀 필요는 전혀 없다. 하지만 고다의 마음을 보아버린 이상 관계가 없다며 딱 자를 수도 없었다. 하여간 성가신 능력이라는 생각이 들어 한숨을 푹 내쉬었다.

"알았다, 알았어. 미안하다니까? 그러니까 일단 편지를…."

"이딴 거 하나로 정리가 되겠냐고!"

오쿠무라는 응접 테이블에 놓인 봉투를 거세게 집어들었다. 와직, 하는 불길한 소리가 들리면서 종이가 엉망으로 일그러졌다. 고다가 무슨 짓이냐며 자리에서 벌떡 일어선 순간, 오쿠무라가 두 손으로 봉투째 편지를 찢었다. 사토루가 아! 라고 소리친 순간에는 이미 둘로 찢어진 봉투가 소리도 없이 바닥에 떨어져 있었다.

이 자식이! 라고 고다가 달려들지 않을까 생각했지만 그는 의외로 가만히 그걸 보고 있었다. 그리고 조용히 일어서더니, 언제나 그렇듯 가볍게 실실 웃으며 다 틀렸다는 표정으로 어깨를 으쓱했다.

"그만 갑시다, 선생."

"아니, 그래도."

"됐다니까. 이렇게 태도가 글러먹은 놈은 상대할 필요 없어. 시간 낭비라고."

"고다 씨."

"그럼 건강하게 살아라. 멍청한 아들놈아."

고다는 그 말만 남기더니 사토루의 만류를 뿌리치고 밖으로 나가 버렸다. 모습이 보이지 않게 된 순간, 아아, 젠장! 이라고 울부짖는 소리가 들렸지만 그것도 점점 멀어져 갔다. 오쿠무라는 한숨을 내쉬면서 소파에 주저앉아 머리카락을 거칠게 헝클었다. 츠다는 아무 말 없이 팔짱을 끼고 앉아만 있었다.

"죄송합니다. 테라마츠 선생님을 이런 일에 말려들게 해서…."

오쿠무라가 조금 진정되었는지 그렇게 말하며 사토루에게 깊이 고개를 숙였다. 사토루는 난처함과 긴장감으로 횡설수설하면서도, 아, 아니, 라며 고개를 가로저었다.

"일부러 와 주셨지만, 제 마음은 역시 저 사람을 아버지로 생각하고 싶지 않은 것 같아요. 어머니가 우는 모습도 어린 시절부터 너무 많이 봐왔고요."

오쿠무라가 얼굴을 숙이고서 조용히 말하는 가운데, 사
토루는 천천히 테이블에 다가가 무릎을 꿇고 그 옆에 앉
았다. 눈앞에는 찢어진 봉투가 있었다.

　"선생님?"

　"으음, 키, 킨츠기라는 게, 있다고 하던데요."

　"킨츠기요? 아, 아아…, 네. 있죠."

　"도기는, 깨져도 고칠 수, 있는 거군요."

　사토루는 봉투를 주워 츠다를 보았다. 츠다는 여전히 똑
바로 앞만 보며 맞아요, 라고만 중얼거렸다.

　"종이는, 그렇게 할 수 없을까요."

　"종이요?"

　"편지, 아주 필사적으로 쓰셨어요, 고다 씨는."

　──편지를, 쓰죠.

　어젯밤 미츠바 식당에서, 사토루가 술기운의 힘을 빌려
말하자 고다는 굳은 표정으로 '편지?'라며 웃었다.

　"편지를 쓰자고요. 타이치 군한테."

　"뭔 소리야. 그런 걸 귀찮게 뭐하러 써."

　"편지라면, 쓸 수 있을, 거예요."

"그러니까 대체 뭘."

"고다 씨의, 마음요. 진짜 마음."

고다는 껄껄 웃으며 맥주를 들이키더니 더 크게 웃었다.

"대체 무슨 소리를 하는 건지…. 난 말이지, 선생. 언제나 하고 싶은 말을 하고 싶은 만큼 한다고."

"거짓말이에요."

"거짓말?"

"그건, 고다 씨가, 가장 잘 아실 겁니다."

"어이, 뭐야. 왜 그렇게 아는 척이야?"

알아요, 라고 사토루는 똑바로 고다를 보았다. 눈이 마주치는 건 이미 무섭지 않았다. 오히려 고다가 사토루의 시선을 꺼려 눈을 피했다.

"쓰자니까요."

"잠깐만. 난 그런 거 못 써. 고등학교 때 짜증나는 선배를 패 줬다가 이를 부러뜨려 퇴학당했다고. 가방끈이 짧단 말야. 편지라니, 내가 그런 걸 어떻게 쓰나."

"가르쳐 드릴게요."

'전직 교사니까요'라고 말하더니 사토루는 힘주어 고개를 끄덕이고 2층으로 뛰어가 편지지와 봉투, 펜을 가지고 돌아왔다. 고다는 안절부절못하면서 사토루의 행동을 살

폈다.

사토루의 어머니가 옆에서 '이건 방해가 되겠구면'이라고 말하면서 식기와 빈 병을 곧바로 치우고는 테이블을 닦았다. 순식간에 고다 앞에 편지 쓰기를 위한 작업 공간이 갖춰졌다.

"아, 진짜. 무리야, 무리라니까, 선생~."

"고다 씨."

"뭐야."

"나는 무리라는 말 안 해, 라고, 말씀하셨, 잖아요."

그때부터 사토루와 고다의 기묘한 공동작업이 시작되었다. 고다가 편지를 쓰면 사토루는 문장을 보고 틀린 부분을 고치거나 조언을 해준다. '가방끈이 짧다'는 고다의 말에는 거짓말 한 점 없었기에, 상상 이상으로 떨어지는 국어 실력에 사토루는 계속해서 머리를 쥐어 싸맸다. 틀렸다고 지적하면 화를 내는 고다를 몇 번이고 달래가며, 조금씩 문장을 만들어나갔다.

마지막 정서가 끝나고 편지지를 접어 편지봉투에 넣으니 이미 아침이었다. 가게는 한참 전에 폐점 시간을 지나, 술기운은 완전히 깨어, 고다도 사토루도 녹초가 되었다.

일찍 잠에서 깬 매미가 우는 소리를 들으며, 고다가 '바보로구만, 선생'이라고 내뱉듯이 말했다. 둘은 웃음을 멈추지 못하게 되어, 그대로 밖에 나가 잠깐 아침햇살을 쬐었다. 사토루가 진심으로 웃은 건, 교사를 그만두고 나서 처음이었을지도 모른다.

하지만 그 고생의 결정과 같은 편지는 사토루의 손 안에서 무참한 모습을 드러냈다. 찢어진 봉투 사이로 편지지와 비뚤배뚤한 고다의 글씨가 살짝 보였다.

"타이치 군."

"아, 네."

"왜…일까요."

"왜라니요?"

말은 부드럽게 연결되어 나오지 않았다. 사토루는 입술을 깨물고 자신의 마음과 대화를 나누었다. 난 대체 무슨 말을 하고 싶은 걸까. 어째서 이렇게 마음이 진정되지 않는 걸까.

"어째서 다들, 속마음을 감추는 걸까요."

"속마음…이요?"

"생각하는 것과, 말하는 게 달라요."

사토루는 크게 심호흡을 해서 마음을 진정시킨 후에, 천천히 오쿠무라의 눈을 보았다. 조금 흔들리는 오쿠무라의 눈과 시선이 일직선으로 이어졌다. 그 순간에 혼돈스러운 오쿠무라의 생각이 탁류처럼 머릿속에 흘러들어왔다.

　똑같잖아, 역시.

　"그게… 무슨 의미죠?"

　"나한테는, 이상한 힘이 있어요."

　"이상한…?"

　"눈을 보면, 그 사람의 생각을 알 수 있지요. 초능력 같은 거… 예요."

　평범한 인간은 도저히 믿기 힘든 이야기를 하고 있다. 사토루 스스로도 그건 안다. 하지만 어째서인지 입이 멈추지 않았다. 긴장해서 손이 떨리고 심장도 조여들었다. 하지만 입은 계속해서 움직였다. 오쿠무라는 곤혹스러운 표정을 지으면서도, 웃지도 부정하지도 않고 가만히 사토루의 목소리에 귀를 기울였다.

　"초능력…인가요."

　"그러니까, 나는 알 수 있어요. 고다 씨의, 마음도."

　타이치 군의 마음도.

　눈앞에 있는 오쿠무라가 한순간 그 초등학교 운동회 날

에 본 모습과 겹쳐졌다. 지금도 그때처럼 눈은 입으로 하는 말과 다른 감정을 전하고 있었다.

"전…, 솔직히 그 인간이 무슨 생각을 하는지 모르겠어요."

"그럴 리, 없어요."

"예?"

"힘 따위 쓰지 않더라도, 알 수 있잖아요."

사토루는 역시 자신의 힘은 쓸모가 없다고 진심으로 생각했다.

굳이 초능력으로 상대방의 머릿속을 엿보지 않아도 알 수 있을 테니까. 눈이 보인다면 누구나 알 수 있다. 상대의 눈을 보고, 눈이 말하는 진심을 듣는다. 그거면 된다.

"알 수… 있을까요."

"눈을, 보기만 하면 돼요."

눈은 입만큼 많은 말을 한다. 포장되지 않은 진심을.

9

드디어 점심 시간대가 지나자, 미츠바 식당에는 평화가

돌아왔다. 노도처럼 밀려들던 손님들이 사라지고, 아버지가 연주하는 중화냄비의 금속음도, 어머니가 주문을 받는 목소리도 일단락되었다. 사토루는 가게 의자에 힘없이 걸터앉아 '하아'하고 한숨을 내쉬었다. 엄청난 피로감이다. 부모님은 어떻게 이런 일을 수십 년이나 해내셨을까 싶어 감탄이 나온다.

은둔형 외톨이가 사회에 복귀하려면 일단 사회와 접점을 가질 필요가 있다고 한다. 사토루는 첫걸음으로 부모님이 하는 식당을 돕기로 했다. 주문을 받고, 아버지의 요리를 보조하고, 설거지를 하는 것이 주된 업무다. 시작한 지 한 달쯤 되었지만 아직도 몸이 적응하지 못했다.

"에휴, 한심한 녀석."

주방에서 능숙하게 재료를 준비하던 아버지가 축 늘어진 사토루를 보고 너털웃음을 터뜨렸다.

"아니, 그치만."

"힘들면 올라가서 자도 괜찮다."

그대로 받아들여도 되는 말인지, 사토루는 조금 생각했다.

"괜찮겠어?"

"괜찮지는 않지만, 무리해서 도움 받아봐야 좋은 일이

뭐가 있겠어.”

“하지만, 그럼 난 단순한 짐이잖아.”

“짐이 잠 좀 잔다는데 뭐라 할 사람도 없다.”

부모자식 사이에 쓸데없는 생각이라면서 아버지는 다시 웃었다. 사토루는 시선을 어머니 쪽으로 옮겼다. 어머니도 금전출납기를 정리하면서 웃고 있었다.

“실례합니다.”

갑자기 가게 문이 열리고 젊은 남자 목소리가 들렸다. 사토루는 반사적으로 일어나서 목에 힘을 주고 ‘어서 오세요’라고 말했다.

“테라마츠 선생님을 뵈러 왔습니다만….”

입구에는 오쿠무라가 서 있었다. 빳빳하게 다린 깃 달린 옷을 입고 표정도 진지했다. 어머니가 돌아보지도 않고 들어와요! 라고 말했다.

“타이치… 군.”

“저번에는 대단히 실례가 많았습니다.”

오쿠무라는 사토루의 정면에 서더니 깊이 고개를 숙였다.

그 일로부터 어느새 한 달이 지나, 사토루는 내내 마음속으로 고다와 오쿠무라가 어떻게 되었는지 신경이 쓰였다. 하지만 제삼자인 사토루가 그 후의 일을 알 방법도 없기에, 신경은 쓰이지만 이도저도 못하고 있었다. 물어보고 싶은 일은 많았지만 과연 그래도 되는지 판단이 서지 않았다.

"아니, 실례는 무슨…."

"저번 일의 사죄라고 말씀드리기엔 뭣하지만…."

오쿠무라는 가지고 있던 쇼핑백에서 작은 보자기를 꺼내어 사토루에게 공손하게 건넸다. 받아도 될지 한순간 주저했지만, 오쿠무라가 힘주어 보자기를 내밀기에 결국 떠밀리듯 받아들었다.

"열어봐도, 될까요?"

"물론입니다."

테이블에 보자기를 내려놓고 가만히 매듭을 풀었다. 안에는 작은 오동나무 상자가 들어 있었다. 상자를 열자 천으로 감싸인 물건이 들어 있었다.

"이건…."

사토루가 꺼낸 건 조금 큰 다완이었다.

다완 표면에는 금색 이음매가 몇 가닥이나 나 있었다. 마치 심장을 둘러싸고 꿈틀거리는 혈관처럼 생명감이 충만했다. 사토루가 손끝으로 그릇을 가볍게 두드리자, 콩

콩, 하는 맑은 소리가 났다.

"제가 이어 붙였습니다."

아, 그때, 라며 사토루는 중얼거렸다. 고다와 오쿠무라가 멱살을 잡고 싸우다가 깨져, 츠다와 사토루가 주운 도기의 파편이었다. 츠다가 말한 킨츠기가 이거였나 하고 사토루는 감탄의 한숨을 내쉬었다. 산산조각 났던 파편들이 멋지게 하나가 되어 그릇으로 돌아와 있었다. 이음매를 타고 다시 깨질 것 같지도 않았다. 금색 이음매가 원래의 색에 포인트를 주어 신비로운 분위기를 자아내는 듯했다.

"츠다 선생님께서, 가지고 가라고 말씀하셨습니다."

그런 거였군요, 라고 사토루는 고개를 끄덕였다.

"하지만 역시 저는, 그렇게 간단히 그 인간을 아버지라고 생각할 수는 없어요."

"그런가요. 네, 그렇겠지요."

"하지만 편지는 읽었어요. 무슨 생각을 하고 있는지, 조금은 알게 되었다는 기분이 들었습니다."

"그래서, 고다 씨와는 어떻게?"

"뭐, 연락은 몇 번인가 주고받았어요."

사토루는 '그런가요, 다행이네요'라고 중얼거렸다.

"하지만, 떠올렸습니다."

"떠올려요?"

"운동회 때요. 기억하세요? 제가 혼자 있을 때, 선생님이 편지를 써 보는 건 어떠냐고 하셨잖아요."

"아, 아아, 네, 기억하죠."

"사실은 그때 썼거든요, 편지. 하지만 건넬 방법이 없어서 결국 그대로 놔뒀습니다."

"앗?"

"다음에 그걸 건네줄까 싶어요. 어떻게 생각할지는 그쪽에 달렸지만요."

오쿠무라는 구김살 없는 소년 같은 웃음을 지었다.

"선생님은 지금 교사 일은 그만두신 건가요?"

"아, 아아, 지금은 그렇죠."

"하지만 이번에도 선생님께 많은 걸 배웠습니다."

"에이, 그러지 마세요."

"역시, 몇 년이 지나도 선생님과 학생이란 건 변하지 않는가 봅니다."

오쿠무라는 사토루와 잠시 대화를 나누고, 몇 번이나 감사 인사를 한 후에 가게를 나갔다. 옛 제자라고는 해도 역시 인간을 마주보며 이야기하려니 긴장이 된다. 그래도 예전만큼 타인의 눈을 무섭다고 생각하지 않게 된 건, 고다 덕분일지도 모른다. 인간의 속마음이 꼭 추한 것만은 아님을 알게 해주었으니까.

가게 카운터 한구석에 다완을 장식했다. 이 낡은 식당에 조금이나마 고급스러움이 생긴 기분이 들었다. 깨진 그릇을 이어 붙여 재생한다. 게다가 전보다 강하고 아름답게. 나도 그렇게 될 수 있을까, 라고 생각하며 사토루는 주먹을 꽉 쥐었다.

"애야, 너한테 편지가 왔구나."

오쿠무라를 배웅하러 밖으로 나간 어머니가 우편함에서 꺼낸 편지 봉투를 들고 들어왔다. 이름을 보자, 아, 하고 마음이 움직였다. 눈에 익은 지렁이의 대행진이다.

받는 사람에 '선생님께'라고 적힌 봉투를 열자 얇은 편지지가 몇 장이나 들어 있었다. 해독하기 힘든 문장을 앞뒤로 반복하면서 읽어나갔다.

"무슨 일 있니?"

사토루의 안색을 깨달았는지, 어머니가 걱정스럽게 편지를 엿보았다.

"선생님을, 해보지 않겠느냐고…."

편지를 보낸 사람은 물론 고다였다. 앞부분은 저번 일에 대한 사과와, 아들과 연락을 주고받게 된 것에 대한 감사 인사가 독특한 문체로 쓰여 있었다.

"선생님이라니?"

뒷부분은 근황 보고였다. 고다는 가게의 수입 일부를 은둔형 외톨이의 자립을 지원하는 단체에 기부하기로 했다고 한다. 사회공헌을 하면 가게의 평판도 올라가니까, 라는 변명 같은 소리가 길게 이어졌지만 그런 거야 어찌 되든 상관없는 문제다.

"등교를 거부하는 아이들한테 공부를 가르치는 일이, 있대."

"어머나, 그게 정말이니?"

어머니가 놀란 표정으로 사토루가 든 그림인지 글씨인지 알기 힘든 종이를 보았다. 하지만 도저히 못 읽겠는지 고개만 갸웃거릴 뿐이었다.

고다가 지원하는 단체는 등교를 거부하는 초·중학생을 지원한다고 한다. 그 단체에서 등교거부학생 대상으로 강사를 모집하고 있는데, 해 보는 게 어떠냐는 내용이었다. 은둔형 외톨이인 아이들이 대상이기에, 수업을 카메라를 통해 인터넷으로 발신한다고 한다. 그거라면 직접 학생

앞에 서지 않아도 된다. 남의 시선을 받을 필요도 없이 일을 할 수 있다.

편지는 '선생의 교수법은 대단히 훌륭하니, 한번 해보는 것이 어떠하리'라는 문장으로 끝났다.

"해 보는 게 좋지 않겠니?"

"하지만, 가게 일도 도와야 하는데…."

주방에서 아버지가 이 멍청한 녀석아, 라고 소리쳤다.

"고작 한 달 설거지한 걸로 우쭐대지 마라. 네가 빠져도 우린 아무 문제 없다."

그건 그러네, 라고 사토루는 중얼거렸다.

부모님의 눈은 아직 볼 수 없다. 하지만 눈을 보지 않더라도, 어쩐지 생각이 전해져 오는 기분이 들었다. 일이 잘되어 자신의 다리로 설 수 있게 되면, 부모님의 눈을 보며 고맙다고 말할 수 있는 날이 올지도 모른다.

사토루는 편지지를 단정하게 접어, 조심스럽게 봉투 안에 넣었다.

6

우리도
문정도는
열 수 있어

Telepathy

정신감응(텔레파시)

텔레파시 능력을 가진 인간은 멀리 떨어진 인간에게 사고나 감정을 전달할 수 있다. 〈중략〉 2008년, 미국 화학회(ACS)는 물리적으로 멀리 떨어진 인간의 DNA가 불가사의하게 동기(同期)한다는 내용의 논문을 발표했다. 〈중략〉 이러한 동기현상은 '양자 얽힘'이 원인이라고 추측되고 있다. 쌍을 이루는 양자(양자 인탱글먼트)는 한쪽을 관측한 시점에 나머지 한쪽의 상태가 동기되는 현상이 과학적으로 확인되어 있다. 양자간의 '정보 전달'은 물리적인 거리는 물론이고 시공까지 초월한다.

〈중략〉

인간을 형성하는 세포나 유전자도 최소 구성은 소립자다. 물리적으로 가까운 쪽이 DNA 동기가 발생하기 쉽다. 유전자적으로 가장 가까운 존재는 일란성 쌍둥이다. 텔레파시 능력을 사용한 무음성 대화 성립사례도 쌍둥이가 가장 많고, 이어서 동성의 부모와 자녀, 동성의 형제로 이어진다.

〈중략〉

　악명 높은 나치 독일에서 수많은 인체실험을 실시한 요제프 멩겔레는 쌍둥이 연구에 공을 들였다. 일설에 따르면 쌍둥이의 텔레파시 현상을 해명해 군사통신기술에 응용하기 위해서였다고 한다. 〈중략〉 히틀러 사후에 멩겔레는 남미로 도망쳤다. 그가 찾아간 '칸디도 고도이'라는 작은 마을은 현재도 쌍둥이 출산율이 50퍼센트에 달한다고 하는데, 다른 지역의 쌍둥이 출산율이 1퍼센트 정도니 대단히 높은 수치라 할 수 있다. 〈중략〉 멩겔레는 도망친 곳에서도 텔레파시를 이용한 군사통신기술을 연구했을지 모른다.

전일본 사이킥 연구소 간행 『~당신에게도 있는 힘~ 초능력 입문』

제2장 「정신감응」에서 발췌

1

오토나시 사와가 '부탁드립니다'라고 고개를 숙이자 술집 주인이 '힘내시게'라고 말해 주었다. 눈물이 흐를 것 같아서 저도 모르게 입술을 깨물었다. 그 자리에 주저앉아 울고 싶은 충동에 휩싸였지만, 눈물을 숨기듯 다시 고개를 깊이 숙이고 밖으로 나왔다. 서둘러서 몇 건물 옆에 있는 세탁소로 향했다.

사와가 들고 있는 것은 실종자를 찾는다는 전단지였다. 직접 만든 전단지에는 외동딸, 와카의 모습이 인쇄되어 있다. 사와가 눈을 뗀 한순간에 딸은 사라져 버렸다. 서비스카운터에서 미아 안내 방송을 하거나, 아이가 갈 만한 장소에도 찾아다녔지만 찾지 못했다. 혹시나 하는 불길한 예감에 사와는 경찰을 찾아갔다.

경찰에 사정을 설명하자 곧바로 행방불명자로서 수색이 시작되었다. 하지만 목격자도 없고, CCTV에도 행방을 파악할 수 있는 영상은 없었다.

유괴라는 단어에 곧바로 떠오른 것은 돈을 요구하는 납

치범이었다. 하지만 싱글맘인 사와에게는 경제적 여유가 거의 없다. 현재 정부지원을 받으면서 일을 하고 있으며, 시영 단지에서 딸과 둘이서 살고 있다. 빈곤한 수준까지는 아니지만, 벌이는 저축도 못할 정도로 아슬아슬하다. 몸값을 요구당하더라도 도저히 낼 돈이 없다.

돈이 목적이라면 옷을 보고 집에 돈이 얼마나 있는지 판단할 수 있으리라. 와카에게는 비싼 옷을 입힐 형편이 되지 않았다. 그렇다면 유괴의 목적은.

——뭔가 짚이는 구석은 없으신가요?

담당 형사는 열심히 이야기를 들어주었지만, 초동 수사는 소득이 없어 거의 두 손 들었다는 분위기였다. 단서도 없다. 동기도 알 수 없다. 사와도 제공할 수 있는 정보는 전부 제공했다. 그 날 입었던 옷, 성격, 특징. 하지만 그 어떤 정보도 딱히 도움이 될 것 같지는 않았다.

——딸은 '초능력자'예요.

딸이 어디론가 끌려간 이유로서 짚이는 것. 유일한 가능성은 와카가 '초능력'을 쓴다는 사실뿐이다. 와카는 말하지 않아도 상대에게 자신의 생각을 전할 수 있다. 흔히 '텔레파시'라고 부르는 초능력을 가지고 있다는 것이다.

와카가 텔레파시를 쓰면 목소리가 사와의 머리에 직접 울려 퍼진다. 사와가 텔레파시로 대답할 수는 없지만, 머릿속에서 들린 와카의 목소리에 평범하게 대답하면 정상적인 대화가 가능하다. 착각이 아니다. 함께 생활하면서 매일같이 겪은 현상이다.

어쩌면 딸의 초능력과 관계가 있을지도 모른다. 하지만 초능력에 대해 언급해도 남들이 믿어줄 리 없다. 말을 할까 말까, 망설임 끝에 사와는 마음을 굳히고 '초능력'이라는 말을 입에 담았다. 아니나 다를까, 형사는 "초, 초능력이요?"라는 미묘한 반응을 보였다. 대체 무슨 소리를 하는 거냐는 곤혹스러움이 강하게 전해졌다. 자칫하면 사와의 정신 상태를 의심해 와카의 수색에 힘을 쏟지 않을지도 모른다.

사와는 결국 와카의 초능력에 대해 그 이상 언급하지 않았다.

초능력이라는 키워드를 덮어둔 영향이 있었는지는 모르겠지만, 석 달이 지났는데도 와카의 행방에 대한 단서는 아무것도 없었다. 공개수사가 시작된 초기에는 방송에서도 다뤄 주고, 현지 경찰도 수색 팀을 꾸려 주었다. 하지만 그것도 언제까지 계속될지 알 수 없다. 이대로 정보가 갱신되지 않는다면, 보도는 끊기고 수색은 종료되어 와카는 사람들의 기억에서 잊혀질 것이다.

이미 목숨을 잃은 게 아닐까, 라는 비정한 목소리도 가끔 귀에 들어온다. 뉴스에서도 사고나 변태성욕자의 범행이 의심된다는 보도가 계속되고 있다.

아니.

와카는 살아있다. 그것만큼은 확실하다. 왜냐하면——.

역 앞 작은 로터리에는 평소보다 사람이 많았다. 가을 축제 준비 때문이다. 사와는 참가한 적이 없지만, 내일부터 시작될 축제는 이 지역에서 가장 큰 이벤트다. 평소에는 한산한 시골 마을이라고는 상상하기 힘들 만큼, 매년 엄청난 인파가 몰려든다. 그만큼 사람이 모인다면 누군가 한 명 정도는 목격자가 나타날지도 모른다. 한 곳이라도 많은 가게에 전단지를 놓아두고, 한 명이라도 많은 사람에게 전단지를 건넨다. 사와에게 가능한 일은 그저 미약한 희망을 포기하지 않는 것뿐이었다.

　이제 슬슬 점심때다. 가을이라고는 해도 아직 이글거리는 햇빛이 하늘 꼭대기에서 사와를 내려다보고 있다. 흐르는 땀을 닦고, 옆으로 맨 가방에서 전단지를 또 한 다발 꺼냈다. 역 앞에는 파친코와 붉은 노렌*이 드리워진 식당이 있었다.

2

　점심시간, 미츠바 식당에는 계속해서 손님이 줄을 이어 들어왔다. 이마무라는 조금 일찍 나와 언제나 앉는 테이블석을 확보해 두었다. 맞은편에 앉은 사람은 평소와 마찬가지로 키타지마 선배였다.

　"스태정 나왔습니다."

　이 식당은 오랫동안 아주머니와 주인, 부부 둘이서 운영해 왔는데, 최근 아들로 보이는 남성이 가게를 돕고 있다. 이제까지 카운터에 나온 정식 2인분을 가지러 가는 건 이마무라의 역할이었지만, 아들이 날라다주는 덕에 사소하긴 하지만 편해졌다.

---

* 상점의 출입구에 내걸어 놓은 천.

테이블에 식사가 나오자 기세 좋게 나무젓가락을 쪼개어 먹기 시작했다. 콩나물의 사각거림과 놀라울 만큼 부드러운 돼지고기의 감칠맛. 진한 된장의 풍미 역시 쌀밥과 완벽한 조화를 이루고 있다.

"너, 내일은 어쩔 거냐?"

"아, 내일 말인가요."

키타지마가 말하는 '내일'이란 이 지역 신사의 추계 예대제를 뜻한다. 이 근처에서 태어나고 자란 사람에게는 가장 큰 축제로, 오봉이나 정월보다 훨씬 분위기가 대단하다. 역 앞에서부터 산속에 있는 신사까지 이어진 참배로 주변에는 매점이 늘어서고 가마의 행렬이 이어진다. 평소에는 역 근처에서도 사람을 찾아보기 힘들지만, 외지에서 수많은 관광객이 이 시골 마을에 모여든다.

"어쩌긴요. 가마 짊어지고, 끝나면 곧바로 중소기업회 일을 거들러 가야죠."

지역 최대의 이벤트에는 현지 회사들도 적극적으로 참가한다. 이마무라의 회사도 1년차 사원은 모두 참가해 현지 중소기업회의 가마를 짊어지는 게 관례다. 가마 짊어지기라고 해도 영차영차거리며 느긋하게 걷는 게 아니라 상당히 격하다. 하루 짊어지고 돌아다니면 다음 날에는 온몸에 근육통이 와서 꼼짝하지 못하게 된다고 한다.

"뭐야, 시시하네."

"그럴 수밖에 없잖아요. 반은 일이니까."

"뭐, 1년차는 그렇지. 어쩔 수 없을 거야."

"선배는 무슨 예정 있어요?"

키타지마는 조금 누그러진 표정으로 '있긴 뭐가 있겠어' 라고 코를 벌름거렸다. 뭐가 있으니 질문해 줬으면 하니까 운을 띄워 놓고선, 하여간 뻔뻔하다.

"우리 집안은 매년 이맘때에 할머니 집에 친척들이 모이거든. 축제에는 아마 사촌 여동생을 데리고 가겠지."

"아, 사촌이 놀러 오는군요."

"오늘 이쪽으로 온다고 말했으니까, 돌아오면 잠깐 놀아줘야 해."

키타지마는 꼭 어린애가 놀러 온다는 식으로 말하고 있지만, 가끔 이야기하는 '사촌 여동생'은 아마 고등학생쯤 되었을 것이다. 사촌동생이긴 해도 여고생과 함께 축제에 간다는 걸 자랑하고 싶은 모양이다. 젠장, 조금이긴 하지만 부럽다는 생각이 들었다.

키타지마의 자기 자랑을 대충 흘려들으며 밥을 반쯤 먹었다. 이때쯤 등장하는 게 테이블마다 놓여진, 도자기로 만든 병이다. 병 안에는 아주머니가 직접 만든 특제 매운맛 소스가 들어있다. 늦더위가 기승을 부리는 이 시기에는 식욕이 떨어지기 쉽지만, 소스의 짜릿함이 식욕을 자극해 마지막까지 즐겁게 먹을 수 있다.

드디어 소스를 넣을 때라는 생각에 이마무라가 손을 뻗으려 하자, 키타지마가 야야, 하고 말을 걸었다. 무슨 일인가 싶어 표정을 살피자 묘한 눈짓을 보냈다. 키타지마의 시선을 따라 이마무라도 가만히 눈을 움직였다.

키타지마가 눈으로 좇는 것은 카운터 석에 앉은 남자였다. 행색이 그리 깔끔하진 않은 예순 전후의 아저씨로, 요리가 눈앞에 나왔는데도 먹는 둥 마는 둥 하며 주변을 흘끔거리고 있었다.

"어이, 너무 뚫어지게 보지 마."

"죄송해요. 그런데 뭘 하는 걸까요."

"돈 안 내고 도망치려는 거 아냐?"

"으음, 그건 안 될 일이죠."

그런 말을 듣고 보니, 남자의 거동은 확실히 수상하게 보였다.

"만약 돈 안 내고 튀면 어떻게 하지?"

"어떻게 하긴요, 함부로 쫓아갔다간 무슨 짓을 저지를

지 모른다고요, 저런 사람은."

"아저씨 하나 정도는 우리 둘이서 덤비면 어떻게든 되지 않겠어?"

"나이프라도 가지고 있으면 어쩌려고요."

"세상이 그렇게까지 위험해졌나. 큰일이네."

"경찰에 신고하면 되잖아요. 괜히 무리하지 말자고요."

남자는 둘의 시선을 눈치채지 못한 듯했다. 긴장한 듯이 심호흡을 하더니, 한참 기다렸다는 듯이 주머니에서 투명한 액체가 든 유리병을 꺼냈다. 남자는 등을 구부정하게 굽히고 눈앞에 놓인 소스병을 들어 뚜껑을 열었다. 그러더니 자신이 꺼낸 유리병 속의 액체를 소스병 안에 넣었다.

이마무라는 무심코 소리를 지르려다가 입을 막았다. 대체 남자는 무엇을 한 걸까. 저 액체는 뭘까. 불특정다수를 노린 무차별 독극물 살인? 미츠바 식당을 망하게 하려는 공작? 온갖 이유가 떠올랐지만 평화로운 시골 식당에 어울릴 만한 이유는 없었다.

"뭘까요, 저거."

"그걸 내가 어떻게 알겠냐. 하지만 뭔가를 넣었지?"

"독 같은 거 아닐까요?"

"그런 소리 하지 마. 무섭잖아."

무전취식이라면 쫓아가서 잡겠다며 콧김을 내뿜던 키타지마는 완전히 겁을 먹어 기세가 사라졌다.

"손님, 맛이 좀 약했나보구려."

이마무라가 시선을 돌린 사이에, 어느새 아주머니가 남자 옆에 서서 소스병을 가리키고 있었다. 남자는 놀란 눈으로 아주머니를 바라보았다.

"하지만 모두가 먹는 거니까 다른 게 들어가서 맛이 변하면 곤란하거든."

키타지마의 표정이 변했다. 이마무라도 저도 모르게 자리에서 엉덩이를 떼었다.

남자는 허를 찔렸는지 한순간 동작이 굳었다. 하지만 다음 순간에는 액체를 섞은 소스병을 움켜쥐고 '죄송합니다!'라고 소리치더니, 아주머니를 밀치고 출구를 향해 달려가려 했다.

"자, 잠깐."

곧바로 이마무라가 남자의 진로를 막아섰다. 하지만 남자는 '비켜!'라고 고함치더니 이마무라의 얼굴을 가격했다. 23년 인생에서 한 번도 남에게 맞아본 경험이 없는 이마무라는, 너무나 큰 충격을 받아, 놀라서 그 자리에 주저앉았다.

"야, 뭐하는 거야, 멍청아!"

키타지마의 고함소리. 출입문이 난폭하게 열리는 소리. 여성의 비명소리.

이마무라가 제정신을 차렸을 때는 이미 남자가 밖으로 뛰쳐나간 후였다.

3

바쁜 여름 시즌이 드디어 끝났다고 생각하자마자 쉬지도 못하고 고향집 일을 도우러 가야 한다. 경찰 집안인 카네다의 가족은 고향 신사에서 예대제가 열리는 동안 경비다 뭐다 하며, 집에 있는 일이 잘 없다. 일반 회사에 다니는 카네다는 귀중한 남자 인력이다.

어젯밤에 일을 정리하고 신칸센으로 집에 도착하니 이미 늦은 밤이었다. 그때부터 축제 음식 준비를 돕고 새벽에야 잠이 들었다. 그런데도 아침이 되자마자 할아버지는 나를 억지로 깨우고는 오전부터 무도장으로 데려왔다.

이러면 피로와 수면부족으로 머리카락이 빠질 텐데, 라며 머리에 손을 댔다. 바싹 깎은 머리는 마치 초여름 잔디

밭처럼 산뜻했지만, 만지면 감촉이 영 듬성듬성했다. 예전 헤어스타일보다는 탈모가 눈에 덜 띄긴 해도, 딱히 머리카락이 빠지지 않게 된 것은 아니다.

"자, 어서 들어가라."

"아니, 하지만 나 졸린데."

할아버지에게 등을 떠밀려 도장에 들어가자, 먼저 온 사람이 다다미 위에서 정좌하고 있었다. 새하얀 유도복에 너덜너덜한 검은띠. 누구인지는 뒷모습만 보아도 금세 알 수 있었다.

"아버지?"

"머리가 시원스러워 보여서 마음에 든다. 기생오라비 같았던 예전 꼴보다 훨씬 보기 좋구나."

"이, 일은 어쩌고?"

"빠져나왔지. 모처럼 너한테 한수 가르쳐줘야겠다는 생각이 들었거든."

카네다의 아버지는 유도 유단자다. 할아버지의 합기도도 상당히 힘겹지만, 아버지의 유도는 훨씬 격하다. 아니, 그것만큼은 제발, 이라고 말할 생각이었지만, 등 뒤에서 할아버지가 도장 입구를 안에서 잠가버렸다. 놔줄 생각은 없는 듯했다.

가르쳐준다고 해도, 생초보가 유단자에게 배울 수 있는 건 없다. 잡히자마자 내던져져 순식간에 바닥에 꽂힌다. 15분이 지나자 일어서지도 못할 만큼 몸이 녹초가 되었다. 체력도 한계고 머리도 어지럽다. 게다가 수면부족까지. 카네다는 문자 그대로 바닥에 큰 대(大) 자로 뻗어 천장을 올려다보았다.

 "뭐야, 벌써 끝이냐."

 "이, 이젠 더 못 해."

 "거구의 치한을 제압했다고 들었는데."

 "그건, 그렇…지만."

 아버지는 웃으면서 카네다의 머리맡에 앉아 헛기침을 한 번 했다. 팽팽한 긴장이 도장에 퍼졌다. 할아버지는 문 근처에 서서 밖의 기척을 살피는 것처럼 보였다.

 "그 치한 말이다. 그제 석방되었다. 불기소로."

 뭐라고? 라고 말하려 했지만 숨이 차서 목소리가 나오지 않았다.

 "그게 무슨, 말도 안 돼."

 치한 행위는 목격자나 피해자의 증언이 제대로 모이지 않는다면 혐의 불충분이 나와도 이해가 가지만, 모두가 보는 곳에서 나이프를 들고 날뛴 건 정상참작의 여지가 없을 텐데. 무자비한 주먹질, 발길질을 당한 카네다도 타박상으로 전치 1개월이라는 진단을 받았고 6시간에 걸친 조서 작성에도 협력했다. 상해죄로도 기소되지 않은 것은 이상하다.

"그 치한의 이름은 이자와 쇼헤이라고 하는데, 검사에게 이런 말을 했다는구나. 자신은 초능력자를 관찰하라고 지시를 받은, 전일본 사이킥 연구소의 조사원이라고 말이다."

"초능력자? 사이킥 연구소?"

"네가 위험한 초능력자였기 때문에 자신은 나이프를 꺼낼 수밖에 없었다. 그러니까 정당방위다, 라고 주장했다는 모양이더구나."

보통은 터무니없는 변명이라고 웃어넘기겠지만, 초능력라는 단어에 등골이 서늘해졌다. 아무렇게나 떠들어댄 말 치고는 찔리는 구석이 너무 많았다.

"바보 같아."

"그러게 말이야. 하지만 그 덕에 이자와는 정신질환을 인정받아 불기소처분이 내려졌다지 뭐냐. 그런데 중요한 건, 아무래도 그놈이 이쪽에 와 있다는 것 같아."

"뭐? 그건 또 무슨 소리야."

"그야 검찰도 위험인물을 그냥 불기소하진 않아. 이자와의 신병을 맡은 보호자가 있었던 거지."

카네다는 그제야 몸을 일으켜 정면에서 아버지를 마주 보았다. 50대 중반이지만 여전히 눈에는 혈기왕성한 불꽃이 이글거리고 있었다. 그리고 분하게도 아버지는 머리숱이 아주 많았다.

"별 특이한 인간도 다 있구먼."

뒤에서 할아버지가 농담하듯 말했다. 하지만 아버지도 할아버지도 내뿜는 살기는 지우려 하지 않았다.

"그게 누군데?"

"시키시마 키사부로."

시키시마 키사부로? 카네다는 고개를 갸웃거렸다. 그다지 들어본 적 없는 이름이다.

"뭐야, 모르나? 이 지역 제일가는 대지주잖냐."

"그런 사람이 어째서?"

"그래. 바로 그걸 모르겠다는 거지. 시키시마와 이자와는 혈연관계도 아니야. 받아들인다고 무슨 메리트가 있는 것도 아니고."

"그런데 그런 얘기를 왜 나한테…?"

아버지는 후우, 하고 숨을 한 번 내쉬더니 흘끔 할아버지의 얼굴을 보았다. 할아버지가 말없이 고개를 끄덕였다.

"이 마을에서 유괴 사건이 일어났다는 건 알고 있지?"

"아, 아아, 여자아이가 유괴되었다는 거?"

"그래. 석 달이나 지났지만 아직도 전혀 단서가 없어."

"유괴랑 치한이 무슨 관계가 있는데?"

"그게 말이다, 유괴당한 와카의 어머니가 담당 형사한테 딸은 초능력자라는 식의 발언을 한 적이 있거든."

초능력자.

카네다의 심장이, 두근, 하고 뛰었다.

"물론 믿는 것도 쉽지 않겠지만, 초능력자라는 존재가 얽혀 있다고 한다면, 그것을 또 어떻게 이해해야 할지도 막막해. 하지만 우연인지 필연인지, 초능력자라는 좀처럼 쓰지 않는 단어를 쓴 이자와, 그리고 와카의 어머니가 이 마을에 있다. 마지막으로 시키시마 키사부로의 존재까지. 이 세 점이 이어진다면 어떻게 될까?"

"그걸 외부인인 나한테 말해서 어떡하려고?"

경찰에게는 수비의무라는 게 있다. 현재 수사 중인 사건의 정보는 가족에게도 밝혀서는 안 된다. 아버지가 사건에 관해서 카네다에게 이야기하는 건 처음이다. 아무도 없는 도장으로 카네다를 데리고 온 데에는 그럴 만한 이유와 각오가 있었을 것이다. 바로 그것이 아까부터 아버지와 할아버지에게서 느껴지는 살기의 정체다.

"즉, 초능력에 대해서 너한테 묻고 싶다."

"나한테?

"그래, 초능력자 본인에게."

앞에서 아버지, 뒤에서 할아버지의 시선이 카네다에게 집중되었다. 마치 자신이 살인이라도 저질러 자백하라고 추궁당하는 기분이 들었다.

"내, 내가?"

"본청에 아는 녀석이 있거든. 이자와의 정보를 좀 받아 봤지. 듣자하니 이자와의 체격은 격투가 빰치는 수준이라고 하더구나. 지금 너와 붙어 보니까, 힘으로는 절대 이길 수 없어."

무도장에 불러낸 이유가 그거였나, 라고 카네다는 마른침을 삼켰다.

"그야, 그럴, 지도, 모르지만."

"하지만 목격자의 증언에도 이자와 본인의 증언에도 네가 스턴건 같은 도구를 썼다는 이야기는 없었어. 게다가 이자와는 이렇게 말했다더군. 초능력으로 온몸이 마비되어 움직일 수 없었다고."

"그, 그랬구나."

"비슷한 증언을 한 사람을 내가 몇 명이나 봐 왔지. 이 동네에서만 말이야. 싸움 좀 하는 양아치들이 맥도 못 추고 테이프로 팔다리를 구속당해 굴러다니고 있다니, 다들 몸이 저려서 움직일 수 없었다고 하더구나."

카네다는 한 차례 한숨을 크게 내쉬었다. 아버지의 눈을 보았다. 진지하긴 하지만, 아마 화를 내는 건 아니다.

"나라는 걸, 알고 있었어?"

"반신반의하긴 했지. 하지만 목격증언이 너랑 너무 닮았거든. 게다가 네가 취직해서 상경한 뒤로는 신기하게도 그런 일이 말끔하게 사라졌어."

"그게, 이야기하자면, 길어지는데."

"그건 나중에 천천히 듣도록 하자. 단도직입적으로 물으마. 초능력자라는 게, 정말로 존재하는 거냐?"

카네다는 살짝 눈을 내리깔고, 자신이 입 밖으로 내는 말의 의미를 생각했다. 그 한마디가 자신의 인생을 바꿀지도 모른다.

"…있어."

카네다의 한마디에, 아버지가 으음, 하는 신음소리를

냈다.

"그렇다면, 꽤 성가셔지겠군."

4

탁, 하얀 지팡이가 울리는 소리가 나고 버스 계단에 발을 올리던 츠다 코안의 거구가 휘청거렸다. 아키코는 황급히 손을 뻗어 몸을 부축했다.

"이거… 미안합니다."

"아니에요. 조심하세요, 선생님."

츠다는 시력을 거의 잃어 걸음걸이가 다소 불안하다. 아키코는 뒤에서 가만히 그의 몸에 손을 대고 맨 뒷자리로 유도했다. 츠다가 자리에 앉자 기다렸다는 듯이 버스가 움직이기 시작했다.

"오늘은 아키코 씨께서 도와주신 덕에 일이 아주 수월했습니다."

"아뇨, 그게, 저는 언제나 한가하니까요."

내일부터 시작될 지역 신사의 예대제에서는 역 앞에서 신사로 향하는 참배로 좌우에 텐트가 세워져 도자기 시장이 개최된다. 츠다 도요도 출점을 결정해, 스태프가 총동

원되어 준비하고 있었다. 도자기 포장이나 가격표 만들기 같은 잡무를 아키코도 돕고 있었던 것이다.

츠다는 츠다대로 신사에 봉납하는 그릇을 선정하느라 바빴다. 봉납품은 저번에 아키코의 대접과 함께 구워낸 작품 중 하나로 결정되어, 오쿠무라가 신사에 전달하러 갔다. 신께 바치는 그릇과 도예교실 수강생에 불과한 자신의 그릇이 같은 가마불 속에서 완성되었다니, 아직도 믿기지 않는다.

아키코가 할 수 있는 도움을 끝마치자, 츠다가 답례라면서 식사를 권했다. 하지만 츠다 도요 근처에 음식점 같은 건 없기에 버스를 타고 역 앞까지 이동해야 한다. 역 앞에는 둘 다 단골로 다니는 미츠바 식당이 있다. 요즘은 다이어트 때문에 자주 가지 않지만, 미츠바 특유의 진한 맛을 떠올리자 갑자기 배가 고파졌다.

"그러고 보니, 남편 분은 이해해 주시던가요?"

"아, 남편은 괜찮아요. 집에 놔두고 왔으니까요."

"축제를 부부가 함께 보러 외출하지는 않으십니까?"

아키코는 자기도 모르게 웃음을 터뜨리더니 '에이, 무슨 말씀이세요'라며 오른손을 저었다.

"이쪽으로 온 지도 한참 되었는데, 한 번도 간 적 없어요. 남편은 집에서 뒹굴거리기만 할 뿐이죠."

"과연, 그래서야 완전히 남의 편이군요."

남편이라 그럴까요, 라고 츠다는 똑바로 앞을 보고 썰렁한 소리를 했다. 도예가로서 워낙에 대단한 사람인만큼, 이럴 때는 어떻게 반응해야 할지 곤혹스럽다.

다음 정류장은 미술관 앞이라는 안내가 들렸다. 하차 버튼은 아무도 누르지 않았지만 기다리는 사람이 있었는지 버스가 멈췄다. 첫 번째로 올라 탄 사람은 반삭머리 청년이었다. 얼굴에 피로가 가득한 그는 계단을 다 올라오자마자 지갑을 떨어뜨리고는, 죄송하다고 몇 번이나 고개를 숙이면서 흩어진 동전들을 주웠다. 흘끔흘끔 보이는 정수리는 조금 숱이 적었다. 젊은 사람이 좀 안됐네, 라는 생각만 하고 아키코는 시선을 창밖으로 향했다.

──어 줘!

어? 하고 저도 모르게 목소리가 나올 뻔했다. 어디선가 아키코를 부르는 목소리가 들린 느낌을 받았다.

버스 안을 둘러보았지만 손님은 노인 몇 명과 뒷좌석에 앉은 츠다와 아키코. 그리고 동전을 줍는 반삭머리의 젊은이뿐이었다. 목소리는 그보다 더 앳되었다. 창밖을 보아도 아이의 모습 같은 건 보이지 않는데.

——좀, ——어 줘!

귓속, 아니, 그보다 더 깊은 곳에서 희미한 목소리가 들렸다. 목소리라고 말하기에는 너무나 미약하지만 기분 탓으로 치부하기 힘든 묘한 존재감이 있었다.

"선생님."

"네, 왜 그러시나요?"

"지금, 여자아이의 목소리가 들리지 않았나요?"

"여자아이요?"

츠다는 잠시 귀를 기울였지만 고개를 가로저었다.

"그런가요."

"저는 눈은 몰라도, 귀는 아직 멀쩡합니다만."

"그럼 제 기분 탓인 것 같네요."

그래도….

아키코는 다시 한 번 창밖을 보았지만 역시 아이는 보이지 않았다. 마침 젊은이도 동전을 다 줍고 그 뒤에서 기다리던 모두가 버스에 탔다. 부저가 울리고 자동문이 닫혔다. 버스는 엔진 소리를 내면서 움직이기 시작했다.

　——여기서 꺼내 줘!

　들렸다. 확실하게 들렸다. 아까보다 명확한 여자아이의 목소리였다. 아주 작은 소리인데도 버스의 엔진음에 묻히지 않고, 무슨 말을 하는지도 정확하게 캐치할 수 있었다. 들었다기보다는 누군가가 아키코의 머릿속에 목소리를 흘려보내는 감각에 가까웠다.

　"누구니?"

　저도 모르게, 보이지 않는 여자아이를 향해 아키코가 대답했다. 하지만 대화가 이어질 리 없다. 축제 준비로 피곤해서 그런가. 하지만 어째서 있지도 않은 여자아이의 목소리가 들렸는지는 알 수 없었다.

　버스는 다음 정류장을 향해 아무 일 없었다는 듯이 달리기 시작했다.

5

　신칸센과 지역 노선을 갈아타 약 3시간. 도심에서 그렇게 멀지도 않은데, 차창으로 보이는 경치는 여유롭다는 한마디로 요약할 수 있었다. 아야코는 흐르는 경치를 곁눈질하면서 직접 만든 영단어 암기장을 보고 있었다.

아야코의 외가가 있는 시골에선, 매년 가을에 축제가 열린다. 시골치고는 규모가 큰 축제라서, 어머니나 친척을 포함한 지역 사람들 모두가 아무튼 전력으로 임한다. 그 전력의 기세 또한 대단한데, 한산한 역 앞에 축제 전날 밤부터 엄청난 수의 노점이 세워지고, 길이 사람들로 가득 찬다. 가마는 어찌나 거칠게 짊어지는지 매년 부상자가 끊이지 않고, 구령소리나 악기소리를 마을 어디서든 들을 수 있다. 여기저기서 술을 나눠주기 때문에 어른들은 낮부터 거하게 취해서는 아무데서나 몸을 웅크리고 웩웩거린다. 이미 신사나 신(神)은 반쯤 핑계고, 술 마시고 노는 게 그저 즐거운 것뿐이겠지. 애들은 아직 이해할 수 없는 어른들의 세계다.

"앞으로 얼마나 더 가야 해?"

"거의 다 왔어."

"나 엉덩이 아픈데."

"전철로 가자고 말한 건 너잖아. 나나미."

매년 이 시기에는 아버지 차로 가족이 외가로 향한다.

하지만 올해는 좀 달랐다. 축제 이야기를 하자 나나미가 자기도 가고 싶다고 끈덕지게 달라붙은 것이다. 밤에는 아야코의 친척들도 전부 외가에서 묵는다. 남의 친척들 사이에 혼자 끼면 불편하지 않을까 생각했지만, 나나미는 아무렇지 않은 듯했다. 신경 쓰는 낌새조차 없었다.

"그야, 모처럼 연휴인데 선배는 상대도 안 해주잖아."

"쿠루스 선배는 수험생이니까."

"하지만 사귄 후로 첫 연휴인데. 적어도 만나서 커피 한 잔 정도는 할 수 있는 거 아니야?"

아야코와 나나미가 매니저로 있는 축구부의 3학년 학생들은 최근에 은퇴했다. 여름방학 때도 수험공부를 미뤄두고 연습에 열중한 만큼, 뒤쳐진 공부를 만회하려고 다들 필사적이다. 저번 주부터 나나미와 사귀기 시작한 쿠루스 선배도 연휴 동안에 수험 학원의 계절 강의를 듣느라 놀 여유가 전혀 없다고 한다.

"배고파."

"그러게….'

"나는 사실 역 앞에 있는 식당 엄청 기대 중이다?"

"아, 응, 그러게."

"아침도 굶었고 역에서 파는 도시락도 꾹 참았으니까,

이젠 배가 고파서 미칠 지경이라구."

"꼭 그렇게까지 할 필요는…."

"하지만 네가 인생에서 가장 맛있게 먹은 정식이라면 서?"

한창때의 여자애가 연애에 손을 댈 수 없다면, 그 욕구가 다음으로 향하는 것은 바로 맛있는 음식이다. 하지만 목적지까지 가는 도중에 맛집이라고 할 만한 곳이 전혀 없다. 명물은 있지만 어딘가에서 본 것 같은 화과자류인데다 맛도 평범하다.

이동 중에는 중화요리점 같은 식당밖에 없다고 말해주자 나나미는 격렬하게 낙담했다. 여행의 매력은 현지 음식이잖아! 라고 힘주어 말하더니, 특산 요리도 없다니 얼마나 심한 깡촌이냐고 무시당했다. 딱히 자신이 나고 자란 고향도 아닌데, 아야코는 그 말에 묘하게 발끈했다. 그래서 역 앞에 있는 미츠바 식당의 '스태미나 고기볶음 정식'은 인생에서 가장 맛있는 정식이었다고 받아쳐버린 것이다.

정식집 같은 곳은 노티 나서 싫다고 웃어넘길 줄 알았지만 역시 나나미의 취향은 종잡을 수가 없다. 나나미는 엄청나게 흥분하며 그걸 꼭 먹어야겠다며, 가장 중요한 포지션이라 할 수 있는 첫날 점심으로 미츠바 식당을 지명했다.

미츠바 식당의 정식은 확실히 맛있지만, 인생 제일이었다는 건 역시 과장이다. 배가 고플 때 짭짤하게 간이 된 고기와 밥이 나온다면 그야 당연히 맛있지 않겠는가. 방송에 나오는 유명한 가게의 요리들보다 맛있는가, 라고 한다면 솔직히 자신이 없다.

"맛은 있지만, 나나미한테 맛있을지는 잘 모를지도."

"에이, 말만 들어도 맛있을 것 같은데. 난 조금 지저분하고 맛 좋은 가게, 꽤 좋아하거든."

지저분하다는 말은 실례잖아, 라고 생각했지만 가슴에 손을 얹고 생각하니 양심에 찔렸다. 사실은 아야코도 결벽증이 발현한 후로 4년이나 미츠바 식당에 가지 않았다. 본인부터가 오래된 식당을 '더럽다'고 느끼게 되었기 때문이다.

나나미 덕분에 요즘은 조금씩 결벽증에서 자유로워지고 있다. 지금이라면 더럽다는 생각 없이 제대로 맛을 즐길 수 있을지도 모른다.

전철이 역에 도착하자 아야코와 나나미는 하나밖에 없

는 개찰구를 통해 밖으로 나왔다. 하늘은 구름 한 점 없이 맑고 아직도 더웠다. 역에서 신사로 향하는 참배로 주변에는 벌써 노점을 세우고 있었다.

"좋은 곳이네. 아무것도 없지만."

"뭐야 그게, 너무해."

"아, 저거구나, 미츠바 식당."

파친코 옆에, 예전과 똑같은 노렌이 걸려 있었다. 아야코는 자신의 손바닥을 응시했다. 괜찮아. 세균은, 괜찮아. 손을 씻고 싶어지는 충동을 억누르며 숨을 크게 들이마셨다.

"어서 가자, 아야."

나나미가 빨리빨리, 라고 말하면서 아야코를 재촉했다. 마침 역 앞 로터리로 버스가 들어와 승객들이 잔뜩 내리고 있었다. 그 중 몇몇은 척 봐도 미츠바 식당을 향해서 걷고 있었다. 점심때니까 자칫하면 자리가 없을 수도 있다. 아침까지 굶어 공복이 피크에 달한 나나미와 함께 줄을 서는 상황은 피하고 싶었다. 분명 시끄럽게 떠들어댈 테니.

무거운 캐리어를 끌고 서둘러 식당으로 향했다. 종이다발을 품에 안은 어느 여성이 문을 열고 식당에 들어가려던 참이었다.

"비켜!"

갑자기 가게 안에서 날카로운 소리가 들려 아야코는 걸음을 멈추었다. 무슨 일인가 하고 봤더니, 미츠바 식당에서 한 남자가 뛰쳐나와 문 앞에 있던 여성과 정면에서 부딪혔다. 여성은 날아가듯 쓰러지고, 남자는 남자대로 여성을 쓰러뜨린 반동으로 자세가 무너져 그대로 자빠졌다. 그러면서 손에 쥐고있던 병 같은 물건이 떨어지면서, 안에 들어있던 검붉은 액체가 튀었다. 액체는 아스팔트에 순식간에 스며들어 검은 얼룩을 만들었다.

"이 자식, 거기 안 서!"

이어서 다른 남자가 험악한 얼굴로 뛰쳐나왔다. 저도 모르게 아, 하고 목소리가 나왔다. 아주 낯이 익은 얼굴. 친척 오빠인 슌스케였다. 슌스케는 고함을 치면서 쓰러진 남자에게 달려들었지만, 얼굴을 발로 차여 그대로 날아갔다.

"슌 오빠!"

아야코의 목소리에 슌스케가 한순간 놀란 표정으로 굳었다. 쓰러져 있던 남자가 얼굴을 들어 몇 미터 떨어진 아야코와 눈이 마주쳤다. 인간의 마음을 읽는 능력은 없지만, 직감적으로 위험을 깨달았다.

"아야! 위험하니까 물러나!"

물러나라고 해도 역 앞 작은 로터리를 가로지르는 도중
이다. 물러날 곳은 어디에도 없다. 머릿속이 새하얘져, 위
험하다고 생각한 순간에 눈에 핏발이 선 남자가 일어서서
돌진하는 게 보였다.

백주대낮의 역 앞에서 '꺄아악'하는 비명소리가 퍼졌다.
무섭다는 생각을 할 틈도 없이 아야코는 그 자리에 쓰러
졌다. 슌스케가 뭐라고 소리치면서 달려와 쓰러진 아야코
를 안아 일으켰다. 대체 무슨 일이 일어났는지 이해하고
나니 온몸에서 핏기가 가시는 기분이었다.

"가까이 오지 마!"

뒤에서 남자에게 붙들린 나나미가 눈을 휘둥그레 뜨고
아야코를 보고 있었다. 깨진 도자기의 파편이, 그녀의 목
을 뾰족하게 겨누고 있었다.

6

사토루가 밖으로 뛰쳐나오자 믿기 힘든 광경이 펼쳐져
있었다.

평소에는 사람 자체를 보기 힘든 역 앞에서, 사람이 스무 명 정도나 모여 있었다. 기세에 휩쓸려 밖으로 뛰쳐나온 것까진 좋았지만 사람들의 눈이 일제히 사토루를 향하자 무서워서 몸이 굳었다. 어머니를 밀쳐내는 모습에 바짝 흥분한 마음이 순식간에 싸늘하게 식었다. 그 덕에 냉정하게 상황을 파악할 수 있게 되었다.

모여든 사람들 한가운데에는 방금 전까지 미츠바 식당에서 식사하던 남자가 서 있었다. 왼팔로 여자아이 한 명을 붙들어 예리한 도자기 파편을 목에 대고 격앙된 표정으로 사람들을 위협하고 있었다. 발밑에는 흩어진 도자기 파편이 보였다. 눈에 익은 무늬. 예전부터 미츠바 식당에서 탁상 조미료를 담을 때 쓰는 병이었다.

모여든 사람 중에는 사토루를 아는 얼굴도 보였다. 남들보다 머리 하나는 큰, 선글라스를 쓴 신선 같은 노인. 도예가 츠다 코안이었다. 옆에는 어머니가 '앗코 씨'라고 부르는 중년 여성이 서 있었다. 그녀도 오랜 단골이다. 사토루 옆에는 아까까지 가게 안에 있던, 마찬가지로 오랜 단골인 키타지마가 여자아이를 안고서 필사적으로 진정시키고 있었다. 여자아이가 반쯤 광란에 빠져 나나미! 라고 소리치는 목소리가 몇 번이나 들렸다.

젊은 반삭머리 남자가 설득을 시도하려는지 한 걸음 다가가, '진정해요, 네? 일단 진정합시다'라고 말을 걸고 있었다. 뒤에서는 이마무라가 달려온 젊은 경찰관에게 상황을 설명하고 있었다.

단골손님들이 잔뜩 모인 가운데, 간접적이기는 해도 미츠바 식당이 소동의 원인이라는 사실이 괴로웠다. 좀처럼 큰 사건이 일어나지 않는 이 시골 마을에서 자신이 사고의 중심에 있다고 생각하자 몸이 덜덜 떨릴 정도로 무서웠다. 도망치고 싶다. 식당으로 돌아가서 계단을 달려 올라가, 방에 틀어박힌 채로 모든 일이 해결될 때까지 모습을 감추고 싶다. 뱃속에서 끓어오르는 감정에 저항하는 것만으로 힘에 부쳤다.

"비켜! 비키라는 소리 안 들려!"

남자의 고함소리에 저도 모르게 고개를 들었다. 남자의 얼굴이 정면에 있었던 탓에 눈이 마주쳤다. 놀랄 틈도 없이 남자의 생각이 사토루의 머릿속으로 흘러 들어와 빙글빙글 소용돌이쳤다.

후회. 공포. 그리고 불안.

예상과 달리 남자는 기가 약해 지금의 상황에 공포를 느끼고 있었다. 자신을 둘러싼 사람들에게 겁먹어, 어쩌다 일이 이렇게 되었을까 하고 한탄하고 있었다. 감정을 제어하는 게 서투른지 흥분은 점점 고조되어가고 있었다. 머릿속은 심각한 혼란에 빠져 당장이라도 폭발할 기세였다.

"저, 저기, 곧 지원이 온다고 합니다."

돌아보자 이마무라가 사토루 뒤에 서 있었다. 이마무라에게서 사정을 들은 경찰관 두 명이 지원 요청을 하고 있다. 금세 사이렌을 울리며 경찰차가 몇 대나 올 것이다.

그건, 좋지 않다.

"곤란해요."

"곤란하다뇨?"

"저 사람은… 딱히 저 아이를, 다치게 할 생각은, 없어요. 하지만 궁지에 몰려, 자포자기라도 해버린다면 무슨 짓을 저지를지 예측할 수 없어요."

이마무라가, 으음, 하고 신음하더니 미간을 찌푸렸다. 사토루의 이야기를 전부 이해하진 못했겠지만 납득은 가는 모양이었다.

"어, 어쩌죠? 경찰이 올 텐데요."

"적어도, 저 뾰족한 파편만 빼앗을 수 있다면 좋겠는데요."

어쩌지, 어떻게 해야 하지? 남자의 마음을 읽을 수는 있어도 그 능력을 활용해 교섭하는 능력이 사토루에게는 없다. 어쩜 이렇게 쓸모가 없을까 하고 스스로가 한심해졌다.

"차를 준비해! 자동차!"

남자의 고함소리가 점점 커졌다. 주위 사람들의 감정을 끌어들여 긴장감은 점점 커져갔다. 반삭머리 남자가 아직까지도 최선을 다해 달래려 했지만 그다지 효과는 없었다. 경찰관이 젊은이에게 다가가 물러나라고 주의를 주었다. 경찰관의 큰 목소리에 남자가 더욱 흥분했다.

그 순간이었다.

슈와악, 하는 소리와 함께 남자의 가슴에서 불길이 솟았다. 그가 입은 폴로셔츠의 주머니에는 담뱃갑으로 보이는 상자가 들어있었다. 아마 함께 넣어둔 라이터에 갑자기 불이라도 붙은 것이리라.

남자가 허둥거리자 팔에서 힘이 빠졌다. 그 순간을 틈타 붙들려 있던 여자아이가 팔을 뿌리치고 도망쳤다. 키타지마, 그리고 함께 있던 여자아이 둘이서 그녀를 보호했다.

곧바로 반삭머리의 젊은이가 뛰어들었다. 남자는 불이 붙어 당황하면서도 손에 든 파편을 젊은이에게 휘두르려 했다. 하지만 파편은 꼭 살아 있는 것처럼 남자의 손을 스르륵 벗어나, 허공을 10센티미터쯤 움직이더니 맥없이 추락했다.

반삭머리 젊은이가 남자의 팔을 잡았다. 경찰관이 제압할 때까지 기다릴 것도 없이, 남자는 번개에 맞은 것처럼 작게 '으억' 소리만 내더니 그대로 뻣뻣하게 굳어 쓰러졌다. 곧바로 경찰관 두 사람이 남자 위에 올라타 '제압 완료!'라고 소리쳤다.

무슨 일이 일어났는지 사토루는 곧바로는 이해하지 못했다. 하지만 아주 짧은 시간 동안에 여러 기적이 겹쳐진 듯했다. 라이터 같은 것에서 불길이 솟고, 남자가 파편을 떨어뜨리고, 날뛸 틈도 주지 않고 신속하게 제압하는 데에 성공한 것이다.

이게 과연 정말로 우연일까.

슬로모션처럼 보인 세계가 소리와 시간을 되찾고, 소란스러움이 돌아왔다. 사토루는 정신을 차리고 상황을 살폈다. 여자아이는 다치지 않은 듯했다.

"다행이야."

이마무라가 이마에서 땀을 흘리면서 한숨을 후우 내쉬고, 안도의 웃음을 사토루에게 보냈다. 눈은 볼 수 없었지만 사토루도 '다행이네요'라고 대답했다.

모여든 사람 사이로 쓰러진 남자의 얼굴이 살짝 보였다. 딱 한순간 눈이 마주쳤다. 사토루가 용기를 내서 스스로 눈을 마주치러 갔기 때문이다. 남자가 미츠바 식당에 뭘 하려 했는지 알아내야 한다.

남자의 생각이 흘러들어왔다. 거리가 조금 있어서인지 이미지는 단편적이었다. 남자는 마음속으로 누군가에게 열심히 사과하는 듯했다. 남자의 감정을 지배하는 자의 모습이 노이즈처럼 천천히 머릿속에 떠올랐다.

백발. 길쭉한 얼굴. 짙은 주름.
두껍고 숱이 많은 특징적인 눈썹, 작은 눈.

누구인지 확인하기 전에 남자는 경찰에게 끌려갈 것 같았다. 남자의 행동에 영향을 준 인물이겠지만 경찰에게 말해도 초능력에 대해 설명할 수도 없으니 믿어주지 않을 것이다. 이 이상은 사토루가 관여할 수 없을 듯했다.

와카는 전혀 말을 하지 않는 아이였다.

원래는 두 살쯤 되면 그럭저럭 단어도 외우면서 두서없이 뭔가를 떠들어대기 마련이다. 하지만 와카는 세 살이 되어도 단 한마디조차 말하지 않았다.

혹시 발달장애? 아니면 목소리를 내는 기관에 문제가 있나? 사와는 걱정스러운 마음에 와카를 데리고 여러 병원을 다녀 보았지만 아무런 이상도 발견하지 못했다.

아이가 말을 익히려면 부모가 적극적으로 말을 걸어 주는 게 중요하다고 한다. 사와도 바쁜 와중에 열심히 말을 걸었다고 생각했는데, 역시 그 정도로는 부족했는지도 모른다. 그림책을 읽어주려 했지만 자신이 먼저 잠드는 일도 많았고, 일에 스트레스가 쌓여서는 우는 와카를 모른 척한 일도 있었다. 자기 탓이라고 생각이 들자, 말하지 않는 딸에 대한 초조함이 더욱 강해졌다.

──내 탓일까.
──내가, 싱글맘이라서.

와카의 아버지는 어느 날 갑자기 모습을 감추었다. 사와 말고도 여자가 또 있는 모양이었다. 사와가 임신했다는 이야기를 듣자 남자는 책임을 회피하기 위해 그녀를 버렸다. 아버지가 될 마음 따위는 없었던 그에게 사와는 성가신 여자, 도움이 안 되는 여자로 전락해 버린 것이다.

남자에게 버려진 자신의 아이마저 버리고 싶지 않았다, 라고 사와는 생각했다. 젊기도 했고 오기도 있었으리라. 사와는 스스로 싱글맘이 되는 길을 택했다. 아이를 낳아 기르기 위해 원래 살던 곳을 떠나 싱글맘에 대한 지원이 충실한 지역으로 옮겼는데, 그게 오히려 사와의 고립을 자초하게 되었다.

이사한 곳은 친척은 물론이고 지인조차 없었다. 생활비를 벌기 위해 이른 아침부터 밤늦게까지 일하는 사와는 '엄마 동료'도 좀처럼 만들 수 없었다. 부모님의 출산 반대에도, 여자 혼자서도 반드시 아이를 행복하게 키워내겠다고 호언장담하며 뛰쳐나왔는데 벌써 그쪽에 의지할 수도 없는 노릇이다. 직장에는 온통 남자뿐. 이웃들과도 좀처럼 교류할 수 없다. 일을 제외하면 타인과 대화는 없는 거나 마찬가지고, 고민을 상담할 상대는 어디에도 없었다.

딸이 말을 하지 않는다. 매일 불안에 시달리고 있는데도 누구에게도 털어놓을 수 없었다. 정신적으로 궁지에 몰린 사와가 의지한 것은 신이었다. 집 근처에는 유서 깊고 규모가 큰 신사가 있다. 매일 아침 딸을 어린이집에 보내기 전에 신사에 들러 기도를 하곤 했다.

한 달쯤 다녔을 때 어느 노인을 만났다. 사람 좋아 보이는 노인으로, 가볍게 인사를 나눈 것을 계기로 마주칠 때마다 대화를 나누게 되었다. 딸과도 대화하지 못하는 사와에게는 말할 상대가 생겼다는 것만으로도 구원받은 심정이었다.

와카의 이야기를 들은 노인은 어느 날, 사와에게 투명한 액체가 든 작은 유리병을 건넸다. 이게 뭐냐고 묻자 '뇌를 활성화하는 약'이라고 대답했다. 일본에서는 인가되지 않았지만, 서양에서는 부유한 사람들이 쓰는 약이라고 한다. 어쩌면 와카의 언어능력에 좋은 영향이 있을지도 모른다는 게 노인의 설명이었다.

노인이 아무리 친절해 보여도 정체도 모르는 액체를 딸에게 주는 건 거부감이 앞섰다. 하지만 어쩌면 효과가 있을지도 모른다는 마음을 억누를 수는 없었다.

사와는 먼저 자신이 약을 마셔보기로 했다. 맛은 살짝 쓴맛이 느껴지는 정도였고, 확실히 머리가 맑아지는 감각이 있었다. 며칠 동안 별다른 문제가 없는 것을 확인 한 사와는 약을 와카에게 마시게 했다.

──엄마.

효과는 몇 주가 지난 후에 나타났다. 그때까지 한 마디도 목소리를 내지 않았던 와카가 갑자기 자신을 부른 것이다. 태어난 지 3년 반. 처음 들은 와카의 목소리는 정말로 맑고 편안했다. 사와는 정신없이 딸을 끌어안고 '다시 한번, 다시 한 번 불러 줄래'라고 거듭 말했다. 그럴 때마다 와카는 '엄마'라고 말했다. 그건 정말로 기적의 약이었다. 사와는 눈물이 멈추지 않았다. 말을 주고받자 드디어 마음이 이어져, 진정한 모녀지간이 되었다는 기분이 들었다.
　하지만 얼마 지나지 않아 이변을 깨달았다.
　와카가 말을 해도 입이 전혀 움직이지 않는 것이다.
　와카의 목소리는 사와의 귀를 통하지 않고 머리에 직접 울려 퍼졌다. 설마 그럴 리가 없다고 생각했지만, 와카의 얼굴을 가만히 보니 역시 입도 목도 움직이지 않았다. 하지만 목소리는 또렷하게 들렸다.
　이건 혹시, 텔레파시?

약의 힘인지는 몰라도 와카는 초능력을 손에 넣은 것이다. 와카는 이제까지 말이 없었던 게 거짓말이었던 것처럼 텔레파시를 통해 자주 말을 걸어주었다. 주위에서는 이상한 광경으로 보였으리라. 모녀의 대화는 사와가 일방적으로 말을 거는 걸로밖에 보이지 않으니까.

네 살이 되자, 와카는 자기 목소리로 말할 수 있게 되었다. 나중에야 알게 된 사실인데, 언어를 다루는 능력에 문제가 없더라도 서너 살이 될 때까지 말을 하지 않는 아이가 드물게 있다고 한다. 와카는 목소리를 내어 말하는 것을 '귀찮은 일'이라고 생각했는지도 모른다.

어머니로서는 안심할 수 있었지만, 둘만 있으면 와카는 여전히 텔레파시를 사용했다. 아무리 멀리 떨어져 있어도 와카가 머릿속으로 생각만 하면 목소리가 전해지니 생각하기에 따라서는 편리하고 대단한 능력이다. 그와 동시에, 있어서는 안 되는 무서운 힘이라는 생각도 들었다.

남에게 알려지면 분명 큰 소동이 벌어질 것이다. 평범하게 말할 수 있게 되었으니 이제 텔레파시는 필요 없다. 가까이에 있으면 평범하게 목소리를 내서 말하면 된다. 멀리 있으면 전화를 쓰면 그만이다.

──텔레파시를 쓰면 안 돼.

사와가 와카에게 반복해서 주의를 주며 초능력을 쓰지 못하게 하자, 금세 와카는 누군가에게 유괴되었다. 와카가 표적이 된 이유를 말하라면 짚이는 건 초능력 정도밖에 없다.

"과연, 사정은 잘 알겠습니다."

사와의 긴 이야기가 끝나자 가장 먼저 입을 연 사람은 선글라스를 낀 우락부락한 얼굴의 츠다라는 노인이었다. 옆에 앉은 부인이 사와에게 손수건을 건네주었다. 말하다 보니 눈물이 흘러 멈출 수가 없었다.

미츠바 식당에는 사람이 몇 명 모여 있었다. 일단 가게 주인, 모두에게 '아주머니'라고 불리는 여주인, 그리고 그 아들. 츠다라는 도예가와 손수건을 건네준 50대의 부인. 회사원으로 보이는 젊은 남성 둘과 아까 남자에게 붙들렸던 여고생, 그 여고생의 친구. 그리고 남자를 잡은 반삭머리에 체구가 작은 남자.

"즉, 따님은 초능력자이기 때문에 유괴된 것 같다, 라는 말씀이군요."

일동이 으으음, 하고 신음했다.

"저, 저기."

"왜 그러시나요?"

"믿어, 주시는 건가요?"

사와가 주뼛거리며 주위를 둘러보았다. 분위기에 휩쓸려 딸이 초능력자라고 말해 버렸지만, 그게 일반적으로 받아들여지기 힘들다는 건 잘 알고 있다.

"물론입니다. 이 세상에는 불가사의한 능력을 가진 사람들이 분명히 존재하니까요."

방금 전에, 사와는 믿을 수 없는 광경을 직접 보았다. 자신을 밀친 남자가 여자아이를 인질로 잡고 고함치고 있을 때, 근처에 있던 츠다가 옆에 있던 부인에게 '아마 셔츠 주머니에 라이터가 들어 있을 겁니다'라고 속삭인 것이다.

부인은 어째서인지 주저하는 듯했지만, 츠다가 '다 잘될 겁니다'라고 말하자 주먹을 쥐고 몸에 힘을 넣기 시작했다. 다음 순간에 남자의 가슴에서 불이 붙고, 동요한 남자가 여자아이에게서 손을 뗐다. 그때부터 제압은 순식간에 이루어져 사건이 해결되었다.

그런 좋은 타이밍에 우연히 라이터가 폭발한다는 건 아

무래도 말이 안 된다. 대부분은 '설마'라고 생각하면서도 역시 우연일 거라며 넘어가거나, 기적이라고 말하며 스스로를 납득시킬 것이다. 하지만 사와는 그것이 초능력이라고 직감했다. 이 마을에 다른 초능력자가 있다면, 뭔가 딸에게 이어지는 단서가 될지도 모른다.

주위가 소란스러운 와중에, 사와는 흥분해서 지금 건 초능력이 아니냐고 츠다에게 다가가 물었다. 생각보다 목소리가 컸을지도 모른다. 츠다가 '일단 들어가시죠'라며 사와를 식당으로 데리고 들어가 지금 상황이 되었다.

식당 안에는 사와의 '초능력'이라는 말에 반응한 사람들만 모여 있었다. 헛소리로 치부하는 분위기는 전혀 없고 다들 진지하게 사와의 이야기를 들어주었다.

"예를 들어 당신 옆에 앉아계신 이마무라 씨는 염력을 사용할 수 있습니다."

이마무라라는 젊은 회사원이 새빨개진 얼굴로 '전혀 대단한 건 아니에요'라고 웃었다.

"여기 계시는 아키코 씨는, 불을 조종할 수 있습니다."

"으음, 그게, 조종한다고 말할 정도는 아니지만요."

아까 남자의 라이터를 폭발시킨 건 역시 초능력이었다. 아키코 씨도 어쩐지 '그렇게 대단한 건 아니고요'라는 분위기가 있었다.

"저기, 다들, 초능력자라는, 말씀인가요."

"그러게요. 이 중에서 초능력을 가지신 분은 손을 들어 주십시오."

츠다가 호령하자 일제히 손을 들었다.

"앗! 아야, 너도?"

"응, 나도."

"거짓말. 진짜야?"

"진짜야, 진짜."

이마무라 옆자리에 있던 회사원이, 여자아이가 손을 들자 놀라 소리쳤다. 아무래도 여기에 모인 사람들도 서로의 능력에 대해서는 잘 모르는 듯했다.

"생각보다 많군요."

츠다가 웃자 반삭머리 청년이 손을 든 채로 '저요'라고 말했다. 꼭 학교 선생님처럼 츠다가 '자기소개부터 부탁드립니다'라고 발언을 진행했다.

"으음, 카네다라고 합니다. 저는 상대를 가위 눌린 상태로 만드는 능력을 가지고 있습니다."

갑자기 아야라고 불린 여자아이가 카네다에게 삿대질하며 '그때 그 치한!'이라고 소리쳤다. 초능력자라는 말은 자연스럽게 받아들인 모두가 치한이라는 말에는 예상 외로 동요했다. 카네다는 새빨개진 얼굴로 '누명이라니까요'라고 대꾸하고, 여자아이도 이마가 땅에 닿을 기세로 고개를 숙이며 재빨리 무슨 일이 있었는지 설명했다. 예전에 치한 피해를 당했을 때 카네다를 범인으로 착각한 적이 있다고 한다.

카네다는 자신을 보는 사람들의 시선이 금세 부드러워지는 것을 확인하고, 가슴을 쓸어내리더니 다시 말을 이었다.

"저기, 약을 준 노인은, 어떤 사람이었죠?"

"그게, 이름을 물어본 적도 없고 약을 받은 후로는 만나지 않았으니 자세히는 모르겠어요."

"뭔가 외모상의 특징은 없나요?"

"그러게요. 머리는 백발에, 얼굴이 조금 길쭉한 편이었어요. 그리고 눈썹이 대단히 풍성했는데요."

사와의 대답에 아, 하고 말한 사람은 식당 주인의 아들이었다. 츠다가 '뭔가 하실 말씀이 있으시다면, 하십시오'라고 지명했다.

"아, 으음, 테라마츠, 사토루입니다. 저는, 눈이 마주친 사람의, 감정이나 생각을, 알 수 있습니다."

제 쪽에서 눈을 마주치는 걸 힘들어 하지만요. 라고 사토루는 덧붙였다.

"아까, 식당에서 뛰쳐나간 사람과, 눈이, 마주쳤습니다만, 길쭉한 노인의 얼굴이, 보였습니다."

"혹시 같은 사람일까요."

"그럴지도, 요. 눈썹이 짙고, 눈이 작, 작았습니다."

사와는 신사에서 만난 노인의 얼굴이 떠올랐다. 세세한 특징은 흐릿하지만 눈썹이 특이했다는 건 똑똑히 기억한다.

"그 노인에 대해 드릴 말씀이 있습니다만."

이번에는 츠다 본인이 손을 들었다.

"다시 자기소개를 하지요. 츠다라고 합니다. 아마, 저는 그 인물이 누구인지 알 것 같습니다."

"네?! 정말인가요?"

"젊을 때 작품을 판 게 전부라서, 최근 용모까지는 알 수 없지만, 눈썹이 특이하다는 건 지금도 기억하고 있지요."

──시키시마 키사부로.

"시키시마 씨라면, 이 지역 대지주로구만."

주방에서 '아주머니'가 느긋한 말투로 맞장구를 쳤다. 츠다의 설명에 따르면 역을 중심으로 이 일대의 땅은 거의 대부분 시키시마 가의 소유라고 한다. 지역 명사라고 할 만한 인물로, 현지 기업이나 선거구 국회의원과도 면식이 있는 자산가다.

또 한 명이 손을 들었다. 츠다가 '말씀하세요'라고 지명했다.

"키타지마입니다. 으음, 전 딱히 초능력자는 아닌데요. 아까 그 남자가 이상한 액체를 이 식당 소스에 섞는 걸 봤거든요."

그렇지? 라고 키타지마는 옆에 있던 이마무라에게 동의를 구했다. 이마무라가 고개를 끄덕였다.

"사토루 씨는 아까 그 남자의 생각을 읽었다고 말씀하셨는데, 그 남자는 시키시마에 대해 어떻게 생각하던가요?"

츠다가 말을 걸자 모두의 시선이 사토루에게 모였다. 사토루는 굳은 표정으로 아래를 보고, 가슴에 손을 대고 몇 번쯤 입을 뻐끔거린 후에야 겨우 말을 시작했다.

"으음, 그게, 아마, 무서워했던, 것, 같아요."

"무서워했다고요?"

"실패, 를 한 거겠지요. 그래서, 노인에게 질책당하는 것을, 엄청나게 두려워했어요."

"즉, 여기에 있는 소스에 그 액체를 섞으라는 시키시마의 명령에 실패했기 때문에, 두려워했다는 건가요?"

사토루는 고개를 끄덕였다.

"남자가 시키시마라는 사람이랑 연관이 있다면, 아까의 액체는 와카가 마신 약과 동일한 것일까요?"

키타지마가 근처에 있던 병을 열어, 안을 들여다보며 냄새를 맡았다.

"그럴 가능성이 높지요. 어쩌면 예전에도 몇 번쯤 소스에 섞어 두었을지 몰라요. 그 약이 초능력을 이끌어냈다면 미츠바 식당의 손님 중에 왜 이렇게 초능력자가 많은지도 설명이 됩니다."

다들 츠다의 견해에 수긍하는 가운데, 초능력이 없는 키타지마만이 '왜 나만', '나도 단골인데'라면서 풀죽은 표정을 지었다.

"하지만 그 시키시마라는 사람은 왜 그런 짓을 했을까요."

캄캄한 어둠 속에서 조금씩 사건의 실마리가 보인다. 그

끝에 와카가 있을 수도 있다. 사와는 조급해지는 마음을 억누르며 말을 골랐다.

"전일본, 사이킥 연구소."

가만히 중얼거린 사람은, 카네다였다.

"연구?"

카네다는 절대로 남에게 발설하지 말라고 못을 박은 후에 이자와라는 남자에 대해 이야기하기 시작했다. 자신의 치한 누명을 계기로 이자와가 체포되었으며, 나중에 석방되었다는 사실. 자신을 '전일본 사이킥 연구소'의 조사원이라고 말했다는 사실.

그리고 이자와를 맡기로 한 사람이 시키시마 키사부로라는 사실까지.

"아무렇게나 지껄인 말이라고 생각했지만, 지금 보면 어쩌면 정말로 연구소라는 게 있을지도 모르겠네요."

"그럼, 그 연구소에 와카가 있을지도 모른다는 거죠?"

시키시마가 정말로 관여했는지는 아직 추측의 영역에 불과하다. 하지만 석 달 동안 정보가 이만큼이나 모인 적은 없었다. 사와가 발이 닳도록 찾으러 다녀도, 경찰이 움직여도, 아무런 단서를 찾지 못했다. 어쩌면, 하는 마음이 넘쳐흘러 다시 눈시울이 붉어졌다.

"하지만 위치를 알지 못하면 손 쓸 방법이 없어요."

이마무라의 말에 츠다가 힘주어 고개를 끄덕였다.

"대지주니까요. 시키시마가 소유한 건물의 수는 상당할 겁니다."

그게…, 조심스럽게 손을 든 사람은 아키코였다.

"츠다 선생님께서 소개해 주신 이야다라고 합니다. 저희는 버스를 타고 이쪽으로 왔는데요, 도중에 어린아이의 목소리를 들은 기분이 들었거든요."

"어린아이요?"

"여자아이였어요. 츠다 선생님께는 들리지 않았던 모양이라 그때는 착각했다고 생각했지만요. 이야기를 듣다 보니, 텔레파시를 쓸 수 있는 아이라면 혹시, 라는 생각이 드네요."

"저, 정말인가요? 어디였죠?"

"으음, 이쪽 분이 버스를 탄 곳이었는데…."

아키코가 그렇게 말하면서 카네다에게 시선을 보냈다. 카네다는 한순간 어리둥절한 표정을 지었지만, 곧바로 긴장감 넘치는 목소리로 말했다.

"미술관 앞이었죠."

"가능성이 있군요. 그곳은 시키시마 키사부로의 사설

미술관입니다.”

신음하는 츠다에게, 이마무라가 ‘거기엔 사람도 없으니까요’라고 말했다.

“경찰에 연락해서 그 미술관을 수색해 달라고 요청하면 되지 않을까요?”

“아뇨, 아마 그건 힘들 겁니다.”

카네다가 심각한 표정으로 고개를 가로저었다.

“힘든가요….”

“그야 텔레파시로 여자아이의 목소리를 들었다고 주장해도 법원에서 영장을 내 주지는 않을 테니까요. 상대가 지역 명사라면 더욱 조심스럽겠죠.”

“그럼 어떻게 해야….”

“와카 본인을, 찾아내는 수밖에 없어요.”

카네다의 말에 무거운 침묵이 흘렀다. 만약 정말로 미술관 내부에 감금되어 있다면 밖에서 발견하기는 어렵다. 방의 수는 일반 주택과 비교할 수 없을 만큼 많을 테고, 밖으로 데리고 나오더라도 미술품 운반 등을 이유로 대형 화물도 수시로 출입하는 곳이다. 어딘가에 자리를 잡고 망을 봐도 분명 알아차리기 힘들 것이다.

저요! 라고 힘찬 목소리와 함께 누군가가 또 손을 들었다. 아까 남자에게 붙들렸던 여자아이다. 도저히 인질이었다고는 생각할 수 없을 정도로 활기가 넘쳤다. 경찰이 피해자로서 조사에 협력을 부탁했을 때는 엉엉 울면서 거절했지만, 그것도 여기에 남기 위한 연기였던 것 같다.

"저기, 으음, 나나미라고 하고요. 여기는 처음 오고 초능력도 없어요. 아무튼, 간단히 말해 미술관에 와카가 있는지 없는지 알 수 있으면 되는 거잖아요?"

"그런 게 과연 가능할까요?"

"우리의 슈퍼 초능력자, 미타라이 아야코라면 할 수 있을 거예요—."

옆에서 아야코라고 불린 여자아이가 당황한 표정으로 무슨 소리냐고 소리쳤다.

"우리 아야는 사이코메트리를 할 수 있거든요. 저도 그 덕에 선배랑 사귈 수 있었고요. 아무튼 끝내준다니까요."

"사이코메트리?"

키타지마가 놀란 표정으로 아야코를 보았다.

"아, 하지만 뭐든 다 아는 건 아닌데요."

"안다니까. 땀이나 피와 같은, 소유자의 액체가 필수라는 거지?"

나나미가 '액체'라고 말하자 아야코는 요란하게 비명을

질렀다.

"아까 그 아저씨는 분명 그 연구소인지 뭔지에 가서 약을 받았겠죠? 그럼 그 잔류사념을 읽어내면 장소를 알 수 있을지도 몰라요."

나나미는 의기양양하게 웃더니 식당 안을 둘러보았다.

"그 아저씨는 어디에 앉아 있었죠?"

키타지마와 이마무라가 의아하다는 듯이 카운터 구석자리를 가리켰다. 나나미가 느긋하게 그쪽으로 걸어가, 아직 정리하지 않은 테이블 위를 확인하더니 빙글 몸을 돌렸다.

"아야, 이거라면 네 힘으로 읽을 수 있지 않을까?"

나나미가 든 건 나무젓가락이었다. 나무젓가락에는 분명 남자의 침이 배어 있을 것이다.

"못 해! 못해못해! 그건 절대로 무리!"

아야코는 뒷걸음질치면서 격하게 고개를 가로저었다. 갑자기 크게 움직이는 바람에 테이블 모서리에 엉덩이를 부딪혔다.

"괜찮다니까. 결벽증도 꽤 호전됐잖아."

"아니, 그건 무리해서 노력하고 있을 뿐이야. 중년 아저씨가 입에 댄 젓가락 같은 건 절대로 못 만져!"

"이거 봐, 아무렇지 않다고."

나나미는 주저하지도 않고 젓가락 끝을 잡더니, 자, 하고 흔들어 보였다. 아야코는 키타지마 뒤에 숨어 반쯤 패닉 상태에 빠졌다.

"아무렇지 않긴 뭐가!"

"하지만 애가 유괴되었다니까?"

"그… 그건."

"게다가 이렇게 어머니께서 필사적으로 찾아다니고 있잖아? 눈물이 날 정도로 딱하지 않아? 그런 아이를 찾을 단서를 발견하는 건 아야만이 할 수 있는 일이야."

"아무리, 그래도…!"

"너도 사실은 '유괴 같은 건 용서 못해', '어머니를 위해서 힘을 빌려주고 싶어'라고 생각할 거야. 나는 아야를 그런 아이라고 생각해."

키타지마 뒤에 숨어 있던 아야코가 얼굴을 엿보았다. 사와와 눈이 마주치자, 눈물이 나와 새빨갛게 충혈된 눈을 두세 번 깜빡였다. 결벽증이라면 남이 쓴 젓가락을 만진다는 행위는 분명 엄청난 고통일 것이다. 하지만 사와는 와카의 행방을 꼭 알아야 한다. 아야코의 능력이 절망적인 이 상황을 타개할 수만 있다면.

흘끔흘끔 시선을 보내는 아야코를 향해, 사와는 마음을 독하게 먹기로 결심하고 깊이 고개를 숙였다.

"제발, 제발 부탁드립니다!"

"거 봐. 도와줘, 초능력자!"

식당에 '우에에엥'하고 아야코의 한심한 울음소리가 울려 퍼졌다. 키타지마가 당황하며 필사적으로 달랬지만 효과가 없었다. 사와는 미안함을 꾹 참고 여전히 고개를 숙이고 있었다.

"알았어요!"

나나미! 평생 원망할 거니까! 라는 아야코의 절규가 들렸다.

8

──이 쓸모없는 놈.

──너는 시키시마 가의 수치야.

눈을 뜨자 새하얀 방이 눈에 들어왔다.

시키시마 키사부로는 책상에 앉은 채로 잠시 졸았다는 사실을 깨달았다. 멍하니 눈을 비비고 정신을 차렸다. 눈앞에는 읽던 파일이 놓여 있었다. 조금 떨어진 거리에 싱글베드가 놓여 있고, 어린 여자아이가 무릎을 껴안고 웅크린 자세로 키사부로를 가만히 보고 있었다.

"뭔가, 하고 싶은 말이라도 있느냐?"

여자아이는 고개를 가로젓고는 다시 무릎에 얼굴을 묻었다.

"하고 싶은 말이 있으면 텔레파시를 써 보렴."

"싫어."

"어째서지?"

"계속 하고 있으니까. 하지만 안 들리지?"

흐음, 키사부로는 한숨을 쉬며, 손에 든 파일을 내려다보았다. 파일 넘버 28호, 이름은 '오토나시 와카'.

"엄마랑은 텔레파시로 대화하지 않았니?"

"응."

"그럼 나와도 대화할 수 있을 게다. 텔레파시로."

"안 되는걸."

"그럴 리 없어. 너는 자유자재로 힘을 다루었으니까. 할 수 있어. 분명히."

새하얀 방은 인간의 감각을 차단하기 위한 것이다. 벽에는 기하학적인 요철 처리가 되어 간단한 무향실로 기능하고, 방음처리도 해 두어 외부에서의 소리도 완전히 차단된다. 공기는 철저하게 탈취해 무취상태를 유지하고 있다. 오감에 가는 자극을 최대한 줄이면 인간은 불필요한 능력에 할애하는 힘을 줄이고 필요한 힘을 만들어내려 한다. 즉, 이 방은 초능력자의 능력을 강화하기 위해 설계되었다.

방 한구석, 자물쇠가 채워진 선반에는 30년에 걸친 연구 성과가 꽂혀 있다. 선반에는 키사부로가 파악한 초능력자의 정보가 파일로 정리되어 있다. 수는 족히 천 명을 넘는다.

키사부로는 또 한번 한숨을 내쉬며, 선반에서 파일 하나를 꺼냈다. 이 선반에서 가장 낡은 파일이었다. 적혀 있는 이름은 '시키시마 키사부로'였다. 키사부로도 마찬가지로 초능력자인 것이다.

──원격투시능력(리모트 뷰잉).

시각적으로 격리된 장소에서 일어난 일을 눈앞에서 보듯 지각하는 능력. 이것이 키사부로가 가진 힘이다. 동서냉전시대에 미국이나 소련에서 군사 이용을 목적으로 연구해왔던 능력으로, 특히 미국은 실제로도 원격투시능력자 부대를 편성해 적의 기밀정보나 군사시설을 투시하는 첩보 활동을 시도한 적이 있다고 한다. 비슷한 연구는 제2차 세계대전 시기의 독일이나 일본에서도 실시되었다.

키사부로가 그런 능력에 눈을 뜬 건 지금으로부터 60년 전, 갓 스무 살이 되었을 때의 일이다.

키사부로의 아버지는 전쟁 때 군수 사업으로 큰돈을 벌어, 자기 대에서 시키시마 가를 일궈낸 장사꾼이었다. 어린 시절부터 '신동'이라 불릴 정도로 우수했던 키사부로의 두 형은 아버지의 자랑이었다. '시키시마 가의 장래는 탄탄하다'가 아버지의 입버릇일 정도였으니까. 하지만 태평양전쟁 말기에 형들은 본토 공습으로 목숨을 잃었다. 살아남은 사람은 공습에 대비해 시골로 보내진 키사부로뿐이었다.

키사부로도 나름대로 우수한 편이었지만 역시 두 형만큼은 아니었다. 아버지는 상업적 재능이 뛰어난 인간이어서인지 남보다 열등한 인간을 업신여기는 경향이 강했다. 우수한 두 아들을 잃은 낙담까지 더해져 아버지는 키사부로를 엄하게 대했다. 키사부로는 '시키시마 가의 수치',

'쓸모없는 놈'이라는 소리를 들으며 자랐다.

　대학을 생각할 나이가 되자 아버지는 구 제국대학 이외에는 대학이 아니라며 키사부로를 압박했다. 원래 키사부로는 학문에 맞는 사람이 아니었다. 흥미가 있는 쪽은 회화나 음악, 도예와 같은 예술이었다. 키사부로는 어떻게든 아버지에게 인정받고 싶다는 마음으로 예술을 포기하고 공부에 열중했지만, 아무리 노력해도 성적은 오르지 않았다.

　키사부로가 마지막 수단으로 입수한 것이 '뇌활성화 약'이었다. 요즘 식으로는 '스마트 드럭'이나 '누트로픽'이라고 불리는 약으로, 뇌기능을 활성화해 발상력이나 기억력을 높여준다. 서양을 중심으로 지식인들이 즐겨 사용했다고 한다.

　하지만 약에 의존한다고 평범한 인간이 갑자기 천재가 될 리는 없다. 약효는 어디까지나 뇌를 활성화시키는 것이라 머리를 좋게 해주지도 부족한 지식을 메워주지도 않는다. 키사부로는 대량의 약을 한 번에 복용하거나 여러 종류를 조합해서 먹는 무모한 행동까지 했지만, 당연히 대학 수험은 대실패했다.

　아버지에게 무시당하고 재수, 삼수를 하면서 키사부로

는 세상 사람들이 뒤에서 자신을 손가락질한다는 망상에
사로잡혔다. 분명 다들 자신을 험담하고 있을 것이다. 모
자라는 인간, 쓸모없는 인간이라고 욕할 게 분명하다. 망
상에 지배당한 키사부로는 공부를 할 수 있는 정신상태조
차도 아니게 되었다.

뒤에서 무슨 소리들을 하는지 신경이 쓰인다.

혼자서 고민하다 보니, 문득 머릿속에 보일 리 없는 광
경이 보였다. 직장에 있는 아버지의 모습이었다. 집에서
아버지의 직장까지는 십수 킬로미터는 떨어져 있다. 자기
방에 있는데도 보일 리 없는 풍경이 선명하게 보였다는
것이다.

아직 '초능력'이라는 단어조차 일반적이지 않은 시대였
다. 키사부로는 자신에게 '천리안'의 힘이 깃들었다고 생
각했다. 학교 공부도 미뤄두고 키사부로는 자신의 초능력
연구에 몰두하게 되었다. 이제까지 열등하다는 말만 들었
던 자신에게 이런 대단한 힘이 있었다고 생각하자 자랑스
러운 기분이 든 것이다.

연구를 거듭하면서 자신의 초능력에는 어느 정도 제약
이 있다는 사실을 깨달았다. 원격투시는 키사부로가 강하
게 '보고 싶다'고 바라는 것밖에 보지 못한다. 시각적인 이

미지만 얻을 뿐 소리는 들리지 않는다. 금전적 욕구나 성욕과 같은 잡념이 섞이면 힘을 발휘하지 못한다. 능력은 하루 한 번만 쓸 수 있다.

처음에 능력을 통해 볼 수 있었던 건 주로 아버지의 모습이었다. 그걸 보면서 키사부로는 자신의 마음을 깨달았다. 아버지를 알고 싶다는 갈망을. 언제나 아버지에게 인정받기를 원했다. 아버지에게 사랑받기를 원했다.

어느 날, 키사부로는 굳게 마음을 먹고 자신의 능력을 아버지에게 고백했다. 초능력 이야기를 들으면 자신에게 관심을 가져 줄지도 모른다고 생각한 것이다. 키사부로는 아버지가 일주일 동안 어디에서 뭘 했는지 상세하게 늘어놓았다. 아버지는 처음에는 놀란 표정을 지었지만, 점점 표정이 어두워지며 한숨을 내쉬었다.

──그런 힘이 있을 리 없지 않느냐.

키사부로의 이야기를 듣고 아버지가 한 말은 그것으로 끝이었다. 원격투시가 아니고선 알 수 없는 정보를 그 자리에서 말해도 아버지는 믿어보려는 노력조차 하지 않았다. 어차피 뭔가 속임수를 썼을 거라고만 생각하는 듯했다.

제대로 대꾸하지 못하고 어물거리는 키사부로를 흘끔 본 후에 아버지는 말없이 나가 버렸다. 아버지는 키사부로가 서른이 되던 해에 갑자기 죽었는데, 마지막까지도 그를 인정하지 않았다.

부모가 사망하자 키사부로는 시키시마 가의 막대한 재산을 상속받았다. 놀고먹기만 해도 다 쓰지 못할 거액이었다. 자신을 엄하게 단속하던 아버지가 사라지자 키사부로를 묶어둔 고삐가 풀렸다. 키사부로는 아버지가 경영하던 회사를 통째로 팔아버리고, 그때부터 좋아하는 미술품을 수집하는 데에 몰두했다. 수억 엔의 비용을 들여 사설 미술관까지 설립해 자신이 좋아하는 미술품을 마음껏 전시했다.

키사부로는 미술관 안에 자신의 거처도 만들었다. 그것이 바로 '전일본 사이킥 연구소'다. 누구에게도 방해받지 않고 초능력 연구에 몰두할 수 있는 공간이다. 그렇게 키사부로는 결혼도 일도 하지 않고 인생을 미술품 수집과 초능력 연구에 바쳤다.

키사부로는 자신의 반생을 기록한 파일을 선반에 꽂았다. 상당히 큰 선반 하나를 가득 메운 자료는 전부 국내에 있는 초능력자들의 정보로, 대부분 키사부로가 원격투시 능력을 써서 모은 것이다.

연구소라고 하지만 키사부로는 과학자가 아니다. 외과적, 뇌과학적 연구를 하는 게 아니다. 연구의 목적은 '초능력의 존재'를 증명하는 것. 초능력이 존재한다는 사실을 증명하려면 회의론자들의 입을 다물게 할 수 있는 압도적인 힘이 필요하다. 키사부로의 리모트 뷰잉처럼 제약이 있는 능력으로는 안 된다. 좀 더 강력하고, 센세이셔널하고, 그리고 무엇보다 쓸모가 있는 능력이어야 한다.

키사부로는 오랜 연구를 통해 예전에 수험공부를 하며 복용한 각종 '뇌활성화 약'을 조합하면 초능력의 발현을 촉진할 수 있다는 사실을 발견했다. 그것을 바탕으로 10년 이상 이 지역 사람들에게 몰래 약을 복용하게 만들어, 초능력자를 육성해왔다.

약을 복용한 사람 중에 초능력이 발현한 사람은 몇 퍼센트 정도다. 발현하더라도 대부분은 키사부로처럼 능력에 제약이나 한계가 있었다. 예를 들자면 모처럼 텔레키네시스 능력이 발현되었는데 정해진 방향으로 수 센티미터밖에 움직이지 못하는 남자라거나. 그런 거라면 초능력 따위를 쓰지 않아도 손으로 움직이면 그만이다. 쓸모없는 능력으로는 초능력자의 존재를 만인에게 인정하게 만들 수 없다.

"저기."

"왜 그러니?"

"엄마 보고 싶어."

"아직은 안 돼."

"어째서?"

"네가 텔레파시를 자유롭게 다루게 되면, 엄마를 불러주마."

"언제?"

"언제가 될지는 너에게 달렸단다. 일단 나와 자유롭게 대화할 수 있게 되어야겠지. 그 다음은 더 많은 사람과."

관찰하는 초능력자 중에서 능력이 뛰어난 자에게는 번호를 붙여 중점적으로 보고 있다. 그 중에서도 28호인 오토나시 와카는 격이 달랐다. 대부분은 초능력을 사용하는 자체에 제약이나 한계가 있다. 하지만 오토나시 와카는 제약도 없고, 특별히 집중하지 않아도 텔레파시로 어머니와 정상적으로 대화하고 있었다. 자신의 초능력을 이정도까지 자유자재로 컨트롤한 사례는 키사부로가 아는 한 이 아이가 처음이다.

초능력은 트레이닝으로 어느 정도는 능력을 키울 수 있다. 만약 와카의 능력이 개화해 어머니 이외의 인간과도 텔레파시로 대화할 수 있게 되면 '완전한 초능력자'가 탄생한다. 불특정다수의 인간에게 텔레파시를 발신해 실제로 체험하게 만든다. 직접 초능력을 체험한 사람은 트릭이네 어쩌네 하는 핑계도 절대 할 수 없을 것이다.

그것은 초능력의 존재를 증명할 수 있다.

텔레파시 능력은 시간이나 공간의 제약을 받지 않는다. 이렇게 이상적인 통신방법이 과연 이제까지 있었을까. 텔레파시의 존재는 분명 세계를 바꿀 것이다. 초능력을 해명하고 그 힘을 통신기술에 접목시키려는 움직임이 일어난다. 각국이 경쟁적으로 연구하게 될 것이다. 초능력자들은 일약 각광받는다. 키사부로의 연구 성과는 세계의 과학자들을 경악시킬 것이다. 초능력 연구의 기틀을 닦은 인물로서 키사부로의 이름도 역사에 남을 게 틀림없다.

이 아이는 보물이다. 하지만 어리석은 어머니는 딸에게 초능력을 쓰지 말라고 가르치는 듯했다. 어린 시절에 발현된 능력은, 쓰지 않으면 점점 퇴화되어 결국엔 사라진다. 인류의 손실이라 할 만한 폭거를 도저히 용납할 수 없었다.

이 땅굴 같은 연구소에서 혼자 묵묵히 쌓아온 연구가 드디어 결실을 맺으려 하고 있다. 자신이 살날은 얼마 남지 않았다. 무슨 수를 써서라도 죽기 전에 초능력자의 존재를 증명하고 싶었다.

　자신의 존재를, 세상에 알리고 싶었다.

　키사부로는 도저히 견디지 못하고, 결국 와카를 유괴할 계획을 세웠다. 와카의 초능력을 발달시키려면 어머니와 떨어뜨려 놓는 수밖에 없다. 이 마을에는 시키시마에게 고개도 못 드는 인간이 아주 많다. 아이 하나 납치하는 정도는 쉬운 일이었다.

　"배고파."

　"나중에 밥을 가지고 오마."

　키사부로는 고풍스러운 막대열쇠를 꺼내어 안쪽 문을 열었다. 와카가 있는 방은 양쪽이 다 잠겨 있다. 들어가는 열쇠도 나오는 열쇠도 키사부로만 갖고 있다.

　방에서 나와 다시 문을 잠갔다. 앞방에는 남자가 망을 보며 대기하고 있었다. 하지만 망을 본다는 건 말뿐이고, 책상에 다리를 올리고 거만하게 앉아 멍청한 얼굴로 잠을 자고 있었다. 키사부로가 나왔는데도 깰 낌새조차 없었다. 화가 나서 근처에 있던 잡지를 말아 남자의 얼굴을 세게 때렸다. 남자는 그제야 '아프잖아, 이 자식아!'라고 소리치면서 눈을 떴다.

"너는 잠을 자면서도 망을 볼 수 있나?"

"시끄럽긴, 이런 곳에 오긴 누가 온다고."

"가능성이 아주 없지는 않아."

"거 진짜, 삿대질 좀 하지 마쇼."

이자와 쇼헤이는 애인의 아들이다. 야쿠자였던 친아버지의 유전자를 이어받았는지 예전부터 행실이 나빠 폭력 사건을 여럿 일으켰다. 그녀가 더는 감당하지 못하고 부탁하기에 키사부로가 거두기로 했다.

이자와는 천박하고 난폭한 데다 털끝만큼의 지성도 없는 인간이지만, 체격이 훌륭하고 완력도 세다. 범죄에 대한 거부감도 적다. 폭력 도구로서는 쓸모가 있다고 생각해 '전일본 사이킥 연구소'의 조사원이라는 명목으로 수하에 두고 있다. 오토나시 와카 유괴도 이자와가 실행했다.

"말 좀 가려서 하지 못하겠느냐."

"뭐야, 왜 잘난 척이야."

"기억해 둬라. 내가 마음만 먹으면 너 같은 건 언제든 굶어죽일 수 있다고."

이자와는 혀를 차더니 '알겠다고'라고 내뱉었다. 이자와에게는 충분한 돈을 건네주고 있다.

"잠만 안 자면 되는 거지? 알겠다니까."

"그리고 레벨 7의 약을 준비해 두도록."

"7이라고? 애한테는 위험하다고 하지 않았나?"

"부담은 크겠지만, 이젠 그런 걸 따질 수 없어."

난 책임 못 져, 라면서 이자와는 천박하게 웃었다.

"그런데 카토는 뭘 하고 있나?"

"아−, 난 모르겠는데."

카토도 연구소의 조사원이다. 원래는 이 지역 영세기업의 사장이었지만, 회사가 망하고 빚을 못 견뎌 일가가 전부 죽으려는 차에 키사부로가 거두었다. 소심하고 우유부단하고 침착성이 없다. 하지만 빚을 대신 갚아주고 있는 키사부로에게는 철저하게 복종한다. 만약 키사부로가 방출하면서 갚아준 빚도 내놓으라고 한다면 카토는 다시 목을 맬 준비를 해야 하기 때문이다.

카토에게는 뇌활성화 약을 건네고 은밀하게 사람들에게 먹이라고 지시해 두었다. 원래는 키사부로가 직접 나가고 싶지만 지난 몇 년은 몸이 말을 듣지 않아 카토에게 맡기는 경우가 많다.

"작업보고가 안 왔잖아."

"날이 날이니까 축제라도 보러 간 거 아니야?"

이자와의 태평한 웃음소리에 분노가 치밀었다. 만약 트러블이 생겨 뇌활성화 약의 존재가 세상에 알려지면 어쩌려고. 자칫하면 유괴사건 수사의 초점이 키사부로에게 향할 수도 있다.

"연락해, 지금 당장!"

나가서 찾아오라고 소리치려 했지만, 생각이 부족한 이자와를 밖에 내보냈다간 무슨 짓을 저지를지 알 수 없다. 얼마 전에도 조사 대상인 초능력자에게 치한짓을 하다가 또 다른 초능력자에게 제압당하는 터무니없는 실책을 저질렀다. 사건을 무마하느라 상당한 돈을 써야 했다.

"나는 28호의 식사를 사 오마."

이자와는, 빨리 가서, 라고 말하듯 손을 흔들거리며 담배를 꼬나물었다. 키사부로는 둥글게 만 잡지로 담배를 쳐서 떨어뜨렸다.

"뭔 짓이야?"

"여긴 금연이야. 밖에 흡연 공간을 만들어 뒀잖나."

이자와를 거두고 나서 마음속으로 '쓸모없는 놈'이라고 욕을 얼마나 많이 했을까. 오늘도 배에 힘을 주고 그 말을 꾹 삼켰다.

9

시키시마 미술관 주전시실.

이마무라는 회화나 조각이 정연히 늘어선 공간을 천천히 걸으면서 미술품을 보고 있었다. 보는 척이라는 게 더 정확할 것이다. 눈으로는 보고 있지만 미술품의 대단함은 전혀 머릿속에 들어오지 않았다.

밖은 예대제 첫날, 가마가 참배로를 한창 지나가고 있을 시간대다. 모두의 관심이 축제에 쏠린 날이라 원래도 한산한 사설 미술관에 오려는 기특한 인간은 없다. 관내는 으스스할 정도로 조용했다.

전시실 한가운데는 '츠다 코안 작, 무유소성 기법 대명'이 덩그러니 놓여 있었다. 금색의 이음매가 그물처럼 퍼진 접시는 전에 보았을 때보다 박력이 강해진 느낌이었다. 하지만 이번에는 느긋하게 미술품을 들여다볼 상황이 아니다. 대접을 보호하는 유리 너머로, 전시실 밖 로비의 'STAFF ONLY'라고 붙은 문을 바라보았다.

이 대접의 제작자인 츠다가 천천히 문에 다가갔다. 문 옆에는 인터폰과 함께 '용건이 있으신 분은 버튼을 눌러

주십시오'라고 쓰여 있었다. 아키코가 츠다 옆에 서서, 몇 번쯤 다리 위치를 바꿔가며 헛기침을 한 번 했다. 긴장한 모양이었다.

"실례합니다, 관장님 계시는지요."

인터폰에서 느긋한 목소리가 들렸다. 이마무라 옆에는 카네다가, 또 조금 떨어진 곳에는 사토루가 있었다. 큰 두루마리가 장식된 전시 공간 앞에는 여고생 콤비인 아야코와 나나미가 대기하고 있었다.

얼마 후에 삑 하는 전자음이 들리고 오토록이 열리는 소리가 났다. 문이 천천히 열리고 작은 체구에 성실한 인상의 노인 남성이 의아하다는 듯이 얼굴을 내밀었다. 츠다를 보자마자 남자의 표정이 부드러워졌다.

"아아, 츠다 선생님. 먼 걸음 해주셔서 감사합니다. 오늘은 어쩐 일로 오셨는지요?"

"관장님께 긴히 드릴 말씀이 있어서요. 축제 때문에 나온 김에 근처까지 와 보았습니다."

"저에게, 하실 말씀이요?"

"네. 일전에 제 대접 문제로 대화를 나누다 보니, 관장님께서 제 작품을 얼마나 사랑해 주시는지 느껴져서 말입니다."

"아닙니다. 그야 우리 고장에 이렇게 훌륭한 예술가가 계시니, 존경하지 않을 수가 없지요. 그런데도 저희의 부주의로 접시를 파손해 버렸으니 도저히 얼굴을 들 수가…."

관장이 엄청나게 몸을 굽혀가며 몇 번이나 고개를 숙였다. 관장이 자책하는 말을 듣는 동안 이마무라는 가슴이 쓰렸다. 접시를 깬 사람은 저예요, 라고 나서고 싶은 충동에 휩싸였다.

"아닙니다. 지나간 일은 어쩔 수 없지요. 이번에 온 이유는 만약 괜찮으시다면 제 작품을 하나 더 전시해 주실 수 있나 해서입니다."

"그, 그렇다면 혹시 작품을 제공해 주시겠다는 말씀인가요?"

"예. 작품을 가지고 왔으니 관장님께서 오너께 기증 의사를 전해 주셨으면 합니다만."

관장은 '물론입니다'라고 흥분한 듯이 몇 번이나 고개를 끄덕이더니, 다시 고개를 숙였다.

"안에서 잠깐 이야기를 나눌 수 있을까요?"

"그럼요. 들어오십시오."

관장은 전시실로 들어와 일단 문을 닫고, 목에 건 카드키를 리더기에 가져다댔다. 다시 전자음이 나고 록이 해제되는 소리가 들렸다.

"으음, 이 분은, 제자분이신가요?"

관장이 아키코에게 시선을 옮기더니 반사적으로 고개를 숙였다. 츠다가 '제 자식 같은 제자입니다'라며 이상한 말장난을 날렸다.

"여기서 기다려 주세요."

"네, 선생님."

츠다가 관장을 따라 문 안쪽으로 들어갔다. 그대로 관장의 손을 떠난 문이 천천히 닫혔다. 완전히 닫히면 자동으로 잠기는 구조다. 일단 잠기면 관장의 카드키 없이는 문을 열 수 없다.

츠다와 관장이 문 안쪽으로 들어간 것을 확인하자, 전시실에 있던 모두가 문 앞에 모였다. 아키코가 살짝 발끝을 끼워 넣은 덕에 문은 아직 잠기지 않았다.

"서둘러요."

츠다와 관장의 목소리가 들리지 않을 때까지 기다려, 카네다가 가장 먼저 안으로 뛰어들었다. 나머지도 재빨리 뒤따랐다. 너무 오래 열려 있으면 분명 잠금 실패를 알리는 부저가 울릴 것이다.

"왼쪽이에요."

아야코는 사이코메트리 능력으로 남자가 약을 받으러 이동한 루트를 파악하고 있다. 전시실 뒤편에는 긴 복도가 나 있고 철제 선반이 몇 개나 놓여 있었다. 선반에는 아직 전시되지 않은 여러 미술품들이 포장되어 늘어서 있었다. 카네다를 선두로 아야코의 지시에 따라 복도를 나아갔다.

주전시실에서 뒷마당으로 들어가, 그 너머에 있는 문을 몇 개쯤 열고 나아가면 '전일본 사이킥 연구소'라고 쓰인 문이 있다고 한다. 아야코의 사이코메트리로 유괴당한 아이를 직접 볼 수는 없었지만, 식당에 있는 모두가 정황상 와카의 감금 장소는 분명 거기일 거라고 의견이 일치했다.

하지만 신고해 본들 근거가 '초능력'이라면 경찰도 움직이지 못한다. 해결하기 위해서는 카네다가 말했듯 와카 본인을 발견하는 수밖에 없다. 누가 하지? 답은 하나밖에 없다.

이마무라는 입 안에 고인 침을 삼키고 손에 난 땀을 닦았다. 유괴당한 아이를 찾는다는 대의가 있다지만, 누군가에게 발각된다면 그냥 끝날 문제가 아니다. 만에 하나

와카를 발견하지 못하면 이마무라 일행은 단순한 불법침
입자다. 그래도 용기와 각오를 가지고 여기까지 온 건 아
이를 그리워하는 어머니의 눈물을 보았기 때문이다.

격하게 울면서 아이 이야기를 하는 사와를 보고 이마무
라는 마음이 떨렸다. 초능력이라는 애매모호한 요소에 매
달리고 싶을 만큼 절박한 심정을 상상하면, 아이가 없는
이마무라조차 그 괴로움이 상상이 갔다. 자기 아이를 석
달이나 못 보고, 찾아내고픈 마음은 간절하지만 아무것도
할 수 없는 답답함. 어쩜 이렇게 쓸모가 없을까 하고, 자
신의 무력함에 얼마나 큰 절망을 느꼈을까.

물론 그것만이 터무니없는 짓을 저지르는 이유는 아니
다.

만약 자신의 능력이 누군가로부터 주어진 것일지도 모
른다면, 대체 어디의 누가 무슨 목적으로 초능력자를 만
들어냈는지 알고 싶었다. 어째서 자신에게 초능력 따위를
주었는가. 어째서 이렇게 쓸모없는 능력을.

──나는 분명, 의미를 느끼고 싶은 거야.
──무엇을 위해 살아 있는지.

복도를 가로지르자 작은 문이 하나 더 있었다. 이번에는 섬턴 손잡이를 돌리니 간단히 열렸다. 이마무라는 머릿속에 소용돌이치는 잡념을 떨쳐내고 현재 상황에 집중했다.

"여기를 지나면 넓은 공간이 나올 거예요."

조심스럽게 문을 열자 널찍한 공간이 펼쳐져 있었다. 내려간 셔터와 콘크리트 단차, 승강장치가 보였다.

"여긴 뭐지?"

나나미가 별 생각 없이 내뱉은 말이 단단한 벽에 메아리쳐 예상보다 크게 울렸다. 아야코가 놀라서 나나미의 입을 막았다.

"트럭야드야."

"트럭야드?"

"운반한 미술품을 아마 여기서 싣고 내릴 거야."

이마무라의 회사 창고에도 비슷한 트럭야드가 설치되어 있다. 설명을 듣고 여고생 콤비가 그렇구나, 하고 고개를 끄덕였다.

트럭야드를 사이에 두고 반대편에는 철망이 삽입된 유리문이 있었다. '연구소'에 도착하려면 반드시 열어야 하는 두 번째 문이지만 여기도 오토록 방식이라 카드키가 필요하다.

"누가 온다!"

카네다의 목소리에 모두가 문 안쪽으로 돌아가 살짝 트럭야드를 엿보았다. 건너편 문에서 거대한 남자가 휘적휘적 걸어 나와 트럭야드 구석에 놓인 철제 벤치에 앉았다. 옆에는 원통형 재떨이가 있었다. 흡연 공간인 듯했다.

"이자와야."

카네다가 지긋지긋하다는 듯이 중얼거리자, 아야코와 나나미가 '저게 그 치한인가'라면서 얼굴을 찡그렸다. 이마무라는 처음으로 이자와라는 남자를 보았는데, 어깨와 가슴팍의 근육이 엄청났다. 만약 붙들린다면 순식간에 인생이 끝나겠다는 생각이 들었다.

"저 자식, 카드키를 가지고 있겠지?"

"응, 있네. 목에 걸고 있어. 하지만 엄청 세 보이는데."

나나미가 저건 힘들겠지? 라고 이마무라에게 동의를 구했다. 이마무라는 격하게 고개를 끄덕이며 빼앗는 건 무리라고 어필했다.

"내 패럴라이즈라면 움직임을 봉쇄할 수 있어."

"진짜요?"

"하지만 저 자식은 한 번 봤거든. 수법을 들켰으니 경계하면 안 통할지도 몰라."

아까 듣기로는 카네다의 패럴라이즈는 두 손으로 상대의 몸을 붙잡아야 한다. 타이밍이 어긋나면 실패한다. 이마무라와 마찬가지로 능력은 하루에 한 번밖에 쓰지 못한다. 그렇게 되면 저 거한과 대결할 만한 강력한 초능력을 가진 사람은 없어진다.

"아키코 씨."

"아, 네."

"저기 있는 재떨이, 담배에 불을 붙일 수 있나요?"

카네다가 문틈으로 남자 옆에 놓인 재떨이를 가리켰다. 남자는 상당한 골초인지 한 개비를 다 피우자 재떨이에 비벼 끄면서 한 개비를 더 꺼내 불을 붙였다. 재떨이에는 꽁초가 산더미처럼 쌓여 있었다.

"한 번은 남편의 담배를 불태워본 적이 있으니까 아마 가능할 거예요."

"그럼, 재떨이에 갑자기 불이 붙어서 신경이 그쪽으로 쏠렸을 때 제가 뒤에서 덤벼 볼게요."

이마무라는 고간이 꽉 조여드는 기분을 느꼈다. 카네다는 별 거 아니라는 듯이 말하지만 실패하면 무사하지 못할 것이다. 상대는 폭력을 휘두르거나 어린아이를 아무렇지 않게 유괴하는 인간들이다.

"아무리 그래도 너무 위험해요."

"어쩔 수 없잖아. 그럼 저 문을 열 다른 방법이 있어?"

"하지만, 카네다 씨한테만 그런….."

이마무라가 동의하지 못하자 공포가 전염되었는지 아야코와 아키코도 너무 위험하다고 말했다.

"잘 들어, 저 문 너머에 분명 유괴당한 아이가 있을 거야."

"그야, 아마 그렇겠죠."

"석 달이라고. 그동안 아이가 어머니도 못 만나고 얼마나 무서웠겠어? 연구소인지 뭔지는 모르겠지만, 그런 부조리를 용서할 수 있어?"

"그건…, 용서 못하니까 여기까지 온 거죠."

"저놈이 저기에 있다면, 어떻게든 처리하지 않고선 앞으로 나아갈 수 없다고. 그럼 그걸 누가 하겠어?"

나야.

카네다는 모두의 눈을 바라보면서 천천히, 그리고 조용히 단언했다.

"실패하면 내가 시간을 벌 테니 아무튼 뛰어서 도망치도록 해."

"카, 카네다 씨는요?"

"나? 뭐, 어떻게든 되지 않을까?"

도무지 어떻게 될 것 같지 않은데. 카네다에게만 위험을 떠넘길 수는 없지만 다른 뾰족한 수도 없다.

"저, 저기."

뒤에서 상황을 지켜보던 사토루가 손을 들더니 입을 열었다. 모두가 쳐다보자 허둥지둥 눈을 내리깔았다.

"카, 카네다 씨를, 믿어 보죠."

"예?"

"츠다 선생님께서, 말씀하셨잖아요."

도예가 츠다 코안이 가진 초능력은 예지능력이다. 하지만 엄청나게 엉성해서, 높은 확률로 적중하는 예상이라는 느낌이었다. 어제 츠다가 예지한 것은 초능력자 모두가 모여서 가면 전일본 사이킥 연구소의 '문을 열 수 있다'는 것이다. 본인이 말하기로는 맞을 확률은 93~95퍼센트. 하지만 문을 열기까지의 과정은 전혀 보이지 않고, 문을 연결과 와카를 구할 수 있을지 없을지도 모른다고 한다. 의지해도 되는지 안 되는지 미묘한 선에 걸쳐 있었다.

"문은 열 수 있다…."

"그래요. 우리가 어떻게든 하면, 적어도, 문은, 열 수 있어요. 저 사람이 카드키를 가지고 있다면, 저 문은 거의 확실하게 열 수 있을 테니, 카네다 씨의 작전은, 아마, 잘 되지, 않을까요."

여차할 때는, 저도 노력하겠습니다, 라는 말로 사토루는 발언을 마무리했다.

"그럼 결정됐네."

카네다가 정신집중을 시작했다. 시각적인 뭔가가 있진 않았지만 이마무라는 카네다에게서 염의 흐름과 같은 것을 흐릿하게 느꼈다. 뇌에서 흘러나온 염력이 양 손 끝에 모여든다. 준비 OK, 라고 카네다가 선언하자 이번에는 아키코가 집중을 시작했다. 가끔 고개를 갸웃거리는 듯한 동작을 했다. 불이 잘 붙지 않는 모양이었다.

이마무라가 '안 될 것 같나요'라고 말을 걸려 한 순간에, 갑자기 트럭야드에 굉음이 울려 퍼지고 불길이 터무니없는 높이까지 솟았다. 이자와가 비명을 지르며 펄쩍 뛰더니 어안이 벙벙한 표정으로 불기둥을 올려다보았다. 이마무라는 넋을 놓고 있다가 제정신을 차리고 문을 활짝 열었다. 동시에 카네다가 트럭야드로 뛰어들어 이자와에게 살금살금 다가갔다.

이자와는 물고 있던 담배를 떨어뜨리고 힘이 빠져 주저앉았지만, 간신히 일어서서 마시던 커피를 뿌리는 식의 대처를 했다. 하지만 언 발에 오줌 누기나 다름없는 짓이다. 불은 전혀 약해지지 않았다. 그러는 동안에 카네다는 이자와의 뒤까지 돌아 들어가, 가만히 이자와의 팔을 잡았다.

소리조차 못 지르고 이자와는 벼락에 맞은 것처럼 딱딱하게 굳어 그대로 쓰러졌다. 카네다는 이자와의 거대한 몸을 받아 그대로 눕히더니, 가지고 온 점착테이프를 팔다리에 감았다. 손놀림이 대단히 능숙했다.

"어머나, 불이 너무 셌나?"

조절이 잘 안 돼, 라면서 아키코가 한숨을 내쉬었다. 무시무시한 기세로 타오르던 불꽃은 재떨이 안의 내용물을 다 태웠는지 순식간에 작아졌다. 재떨이의 상태를 보니 얼마나 무지막지한 기세였는지 짐작이 갔다. 이마무라는 터무니없는 가정주부시네, 라고 생각하며 아키코의 뒷모습을 감탄스럽게 바라보았다.

경직된 이자와에게서 카드키를 빼앗았다. 카네다가 카드를 리더기에 댔지만 문은 열리지 않았다. 잘 보니 카드 리더기에는 텐키가 함께 달려 있었다. 비밀번호를 입력할 필요가 있었다. 즉, 이 문을 넘으면 보안이 더욱 강화된 구역이 있다는 뜻이다.

"네가 나서야겠네, 초능력자!"

나나미가 아까까지 이자와가 물고 있던 담배를 주워서 아야코에게 내밀었다. 아야코는 '나도 알아'라고 중얼거리면서 비명을 지르지도 않고 웃으며 받아들었다. 하지만 손은 옆에서 봐도 알 수 있을 만큼 떨고 있었으며 눈빛도 완전히 시체 같았다.

아야코는 사이코메트리로 담배꽁초에서 이자와의 잔류 사념을 읽어냈다. 여섯 자리 숫자는 금세 밝혀졌다.

문이 열렸다. 또 한 걸음, 와카에게 가까워졌다.

카네다가 선두에 서고 여성진이 뒤따랐다. 이마무라와 사토루는 뻣뻣하게 굳은 이자와를 문 안으로 밀어넣었다. 정말로 체격이 좋다. 둘이 붙어도 질질 끌고 가는 게 한계였다.

"있어."

복도를 채 몇 걸음도 지나기 전에 아야코가 문을 가리켰다. 연황록색, 이라고 표현할 수밖에 없는 미묘한 색의 문에 금속 간판이 붙어 있었다.

"전일본, 사이킥, 연구소."

이마무라는 가쁜 숨을 몰아쉬며 저도 모르게 소리를 내어 읽었다. 아야코의 사이코메트리로 이 문이 여기에 있다는 건 알고 있었지만, 정말이라는 걸 확인하자 안도감이 밀려왔다.

아야코가 문고리를 잡자 문은 아무런 저항 없이 허무할 정도로 쉽게 열렸다. 복도에 아무도 없는 걸 확인하면서 이자와를 방으로 끌고 들어갔다. 안에 사람은 없었다. 문을 닫자 약간이나마 긴장에서 해방되어서인지 식은땀이 주르륵 흘렀다.

"이건 뭐랄까, 연구소라는 느낌은 안 드는데?"

"난 수술대랑 엄청난 장치들이 쫙 있을 거라고 생각했는데."

"그런 게 있으면 그것대로 문제잖아."

"그래도 이런 말은 좀 그렇지만, 좀 없어 보인다, 그치."

여고생 콤비가 방 내부의 인상을 소곤거리면서 나누었다. 그 말대로 '전일본 사이킥 연구소'는 생각보다 초라한 공간이었다. 오래된 사무실에 흔한 철제 책상이 가운데에 늘어서 있고, 서류가 산더미처럼 쌓여 있었다. 낡고 작은 브라운관 텔레비전이 한 대. 초능력 관련서나 잡지가 빼곡하게 꽂힌 책장. 영 이해하기 힘든 그림. 이상할 정도로 낡은 탁상시계. 생소한 패키지의 약이 늘어선 철제 약품 선반과 혼자만 이상하게 깨끗한 최신형 공기청정기. 방 한구석에는 잔뜩 쌓인 골판지 상자 안에 책이 가득 담겨 있었다. 나나미와 아야코가 '이 책 갖고 있는데!'라고 떠들어댔다.

전체적인 분위기는 연구소라기보단 시골 부동산 사무소였다. 잠입 전에 이마무라가 상상한 '수수께끼의 조직'이나 '어둠의 과학자'와는 동떨어진 분위기였다. 조금 도가 지나친 마니아의 방이라는 느낌이었다.

"와카는?"

모두가 나뉘어 방을 찾아보았지만 아이의 모습은 없었다. 카네다가 초조한 표정으로 책상 아래를 들여다보았다. 설마, 단순한 착각이었던 걸까.

"다들 조용히."

아키코가 두 손을 펼치더니 쉿, 하고 주위를 제지했다. 움직임을 멈추고 미간을 찌푸린 채로 눈을 감았다. 시키는 대로 입을 다물었지만 이마무라는 대체 뭘 하고 있는지 짐작도 가지 않았다.

"저기, 아키코 씨?"

"들려요."

"네?"

"아주 작지만, 목소리가 들려요. 안 들리나요?"

아키코의 말에 모두가 같은 자세로 눈을 감았다. 이마무라도 따라서 눈을 감았지만 전혀 들리지 않았다.

"아뇨, 아무것도 안 들리는데요."

"그런가요? 뭐랄까, 희미하게, '배고파'라고 말하는 것 같아요."

이마무라뿐 아니라 함께 있던 모두가 고개를 갸웃거렸다. 희미하게라도 들린다고 대답한 사람은 아야코가 유일했다.

"여성한테만 들리는 걸까요?"

"뭐? 너무하네, 이마무라 씨. 난 안 들린단 말야."

"아, 아니, 그런 생각으로 한 말은 아니고….'

나나미의 싸늘한 눈빛에서 도망치듯 이마무라는 카네다 뒤에 숨어 선반의 서류 따위에 눈길을 주었다.

"역시 여자면 다 되는 게 아니라, 초능력자끼리는 파장이 잘 맞는 게 아닐까?"

"그렇다면 역시 근처에 있는 걸까요."

뾰로통하게 말하는 나나미에게 아키코가 눈을 감고 대답했다. 하지만 이제는 아키코도 들리는 게 없는 듯했다.

갑자기 등 뒤에서 신음소리가 들려, 이마무라는 저도 모르게 펄쩍 뛸 뻔했다. 카네다의 패럴라이즈가 풀린 모양이었다. 아까까지 냉동 참치처럼 굳어 있던 이자와가 발광하는 애벌레처럼 날뛰기 시작했다. 하지만 팔다리가 완전히 구속되고 입도 봉해졌기에, 아무리 이자와라도 몸을 일으키지는 못했다.

"여러분, 이 남자를 잠깐 잡아 주실 수 있나요?"

사토루가 그답지 않게 큰 목소리를 냈다. 감이 좋은 카네다와 나나미가 재빨리 움직여 이자와를 위에서 찍어 눌렀다. 이마무라와 아야코도 가세해 체중을 실었다. 마지막으로 아키코가 올라타자 이자와가 끄윽, 하고 신음하면서 움직임을 멈추었다.

"요즘 살이 많이 쪘는데, 다이어트에 성공하기 전이라서 다행이야."

아키코가 숨을 몰아쉬면서 이자와의 허리 위에서 웃었다. 모두가 제대로 체중을 실은 후에, 하나, 둘, 하는 신호와 함께 이자와의 얼굴을 잡아 혼자 정면에 서 있는 사토루를 향하도록 들어올렸다.

"당신한테도, 어린애였던 시절이, 있었을 겁니다."

떨리는 몸을 필사적으로 달래며, 사토루가 천천히 말을 골라 내뱉었다. 사토루는 얼마 전까지만 해도 남의 시선이 두려워, 미츠바 식당 2층에서 은둔 생활을 했다고 한다. 분명 상냥한 마음의 소유자겠지. 그래서 남의 머릿속을 엿볼수록 마음에 상처를 입고 정신이 병드는 것이다. 이런 악의의 덩어리 같은 남자의 눈을 봐도 과연 괜찮을까, 하고 이마무라는 걱정했다.

"아무런 죄도 없는, 어린아이잖아요. 우리는 와카를, 어머니의 품으로, 돌아가게 해주고, 싶습니다."

사토루는 천천히 그 자리에 웅크리고 앉아, 결심한 듯이 눈을 크게 떴다. 인간은 질문을 듣고 대답하지 않을 수는 있어도 질문의 내용을 생각하지 않을 수는 없다. 이자와의 머릿속에 떠오른 것을 사토루의 힘으로 읽어내면 된다.

"와카는, 어디에 있지요?"

이자와와 사토루의 눈이 마주쳤다. 사토루는 우왓! 하고 소리를 지르더니 몸이 뒤로 꺾였다. 그대로 주저앉더니 두 손으로 얼굴을 가리고 어깨를 덜덜 떨었다. 우는 것이다. 정적이 감도는 실내에서 사토루의 오열만이 메아리쳤다.

"죄, 죄송해요."

"괜찮으세요, 사토루 씨?"

"죄송해요. 이마무라 씨. 조금, 흘러들어온 감정이, 너무…."

사토루는 말을 끊고 침을 꿀꺽 삼켰다. 팔다리가 심하게 떨리고 있었다. 이자와는 점착테이프로 입이 봉해진 채 뭔가 욕설을 내뱉었다. 하지만 너무 날뛰어 지쳤는지 아까 같은 폭력적인 분위기는 느껴지지 않았다.

일어선 사토루는 방을 둘러보더니 책장 앞에 서서, 두꺼운 책을 몇 권 꺼내고 그 공간에 팔을 넣었다. 철컥, 하는 기계적인 소리가 나고 커다란 서재가 스르륵 미끄러졌다. 카네다가, 우와, 이게 뭐야, 라고 저도 모르게 소리내어 말했다.

"돈 많은 놈들은 왜 하나같이 이렇게 취미가 괴팍하지?"

움직이는 책장 뒤에는 고풍스러운 문이 있었다. 설마 이런 영화 같은 비밀 문이 있을 거라고는 상상도 못했다. 나타난 문은 앤틱한 디자인에 화려한 황동 손잡이가 달려 있었다. 손잡이 위에는 고분 형태의 열쇠구멍이 있었다. 안을 들여다보았지만 방 안의 상황까지는 알 수 없었다. 아마 양쪽으로 잠겨, 열쇠 없이는 안에서도 밖에서도 열지 못할 것이다.

"열쇠는 시키시마가 가지고 있어서, 이 사람도 열 수, 없다네요."

사토루가 이자와의 사고를 대변했다. 이마무라가 문고

리를 돌려 보아도 오른쪽으로도 왼쪽으로도 돌아가지 않았다. 완벽하게 잠겨 있었다. 혹시나 해서 문을 두드리며 와카를 불러 보았지만 대답은 없었다.

"이거, 어떻게 열어야 할까요?"

분명 이 문이 열리면 모든 것이 해결된다. 그런 느낌이 들었다. 하지만 마지막의 마지막에 와서 열 방법을 찾을 수 없다. 구시대적이고 고전적인 문인데도, 심플한 만큼 가장 열기 어려웠다.

"의미가, 있을 거라고, 생각해요."

사토루가 이마무라의 어깨에 손을 얹고 말했다.

"의미요?"

"츠다 선생님께서, 우리를 선택한 건, 모두가 모이면, 문을 열 수 있다는 미래를 보았기, 때문이잖아요?"

"그렇죠."

"각자의 힘만으로는, 아무것도 할 수 없었지만, 모두 힘을 합쳐 여기까지 왔으니까, 분명, 우리 각자의 초능력에, 의미가 있을 거예요."

그럴지도 모른다고 이마무라는 다시 한 번 문을 바라보았다. 츠다가 첫 번째 문을 열고, 두 번째 문의 카드키는 카네다와 아키코의 능력으로 빼앗고, 비밀번호를 아야코

의 능력으로 밝혀냈다. 그리고 마지막 문은 사토루가 초
능력으로 찾아냈다. 아직 도움이 되지 않은 초능력자는
이마무라뿐이다.

아랫배에 힘을 모았다. 자신은 분명 이 마지막 문을 열
기 위해 여기에 있는 것이다. 츠다의 예언이 틀리지 않았
다면 이 문은 분명 텔레키네시스로 열 수 있으리라.

"이마무라 씨의 초능력이 뭐였지?"

"텔레키네시스야. 물건을 손을 대지 않고 움직이는 힘."

손으로 들 수 있는 크기의 물건을 오른쪽으로 10센티미
터 정도 움직일 수 있다고 설명하자, 나나미는 미묘한 리
액션을 보이며 고개를 갸웃거렸다. 그 다음은 굳이 말 안
해도 알 수 있다. 대체 그게 무슨 쓸모가 있는데? 그건 내
가 묻고 싶은 일이라고 이마무라는 생각했다.

"이 막대기를, 텔레키네시스로 밀어넣을 순 없을까?"

카네다가 문틈을 보면서 이마무라를 불렀다. 이마무라
가 문틈을 엿보자 금속 '막대기'가 문과 벽 사이에 끼워져
있었다. 열쇠구멍에 열쇠를 꽂아서 돌리면 문에서 막대기
가 나와 벽의 고정쇠에 끼워지며 문이 잠긴다. 반대로 열
때는 막대기가 안으로 들어오면서 걸리는 부분이 사라져
문이 열린다. 잠금 구조는 지극히 간단했다.

즉, 이 '막대기'를 밀어 넣을 수 있다면 열쇠 없이도 문을 열 수 있다는 것이다.

"해볼게요."

이마무라는 문 앞에 앉아 집중하기 시작했다. 문틈으로 보이는 금속을 향해 염을 보냈다. 물체에 염을 흘려보내자, 움직인다는 이미지가 생겨났다. 이제는 오른쪽으로 수 센티미터만 밀어 넣으면 된다.

"아, 이건 곤란한데."

'막대기'에는 염이 들어가 덜컥덜컥 움직이고 있다. 하지만 이마무라가 아무리 염을 보내도 뭔가가 방해하는지 제대로 움직이지 않았다. 예전에 비슷한 감각을 맛본 적이 있다. 츠다의 접시를 깨려 했을 때도 접시를 고정한 실 때문에 제대로 움직여지지 않았다.

하지만 일단 집중을 끊으면 하루 내내 능력을 쓰지 못한다. 어떻게든 해내는 수밖에 없다. 배에 힘을 꽉 주고 모든 힘을 일점에 집중한다. 아키코가 불기둥을 뿜은 것처럼 분명 이마무라의 텔레키네시스도 큰 힘을 낼 수 있을 것이다.

이제까지와 차원이 다른 집중력을 동원하자 드디어 삐걱거리는 소리를 내며 '막대기'가 움직였다. 벽쪽 고정쇠가 부풀면서 일그러졌다. 아무래도 똑바로 밀면 들어가는 단순한 구조는 아닌 듯했다. 막대기가 벽쪽 고정쇠에 후크 같은 장치로 걸려 있는 구조다.

이렇게 되면 힘겨루기밖에 없다고 생각하고 이마무라는 모든 힘을 집중시켰다. 뽀각 소리를 내며 문에 금이 갔다. 벽의 고정쇠가 반쯤 부서지고 '막대기'가 비스듬하게 기울면서도 문쪽에 강제로 박혔다. 이마무라는 확실하게 손으로 밀어 넣는 힘보다도 큰 힘을 작용해 잠금장치를 파괴하려 하고 있었다.

"조금만 더!"

뒤에서 보던 카네다가 힘내라고 소리쳤다. 조금만 더. 조금만 더. 문이 일그러지고 삐걱거리면서 더욱 심하게 변형되었다. 또 나무가 깨지는 소리가 났다.

하지만 거기까지였다.

갑자기 힘이 빠졌다. 집중하려 해도 염력이 모이지 않았다. 힘이 실려 있던 '막대기'가 떨림을 멈추었다. 그때까지 단단한 것을 전력으로 밀어넣는 듯했던 감각이 노렌을 팔로 걷어내듯 맥없는 감각으로 바뀌었다.

"틀렸어요."

결국 힘이 전부 빠져버린 이마무라는 그 자리에서 손을 짚고 주저앉았다. 카네다가 문고리를 잡고서 밀거나 당겨 보았다. 나무 문에 금이 가고 자물쇠도 상당히 변형되었지만, 그래도 문은 열리지 않았다.

"이, 이럴 수가."

"죄, 죄송해요."

대체 왜. 이마무라는 무정하게 닫힌 문 앞에서 자신의 손을 보았다. 여기까지 와서 문을 못 연다니. 그건 와카 구출은 실패라는 뜻이 된다.

들어온 관람객이 전시실에 없다는 걸 언젠가 미술관측도 눈치챌 것이다. 여기에 계속 머물러 있을 수도 없다. 하지만 이자와에게는 얼굴을 보였고, 재떨이를 불태우고 비밀 문을 찾아내서 어중간하게 파괴했으니 시키시마에게 들키는 건 피할 수 없다. 문 너머에 와카가 있다면 분명 감금 장소를 바꾸겠지. 그렇게 되면 다시 찾아내기란 정말로 어려워진다.

내 탓이야. 내 힘이, 쓸모가 없어서.

"한 번 더 해보면 성공하지 않을까?"

카네다가 구부러진 고정쇠를 보면서 이마무라에게 말했

다. 하지만 이마무라는 힘없이 고개를 가로저었다. 분명 능력 사용에 제약이 있는 카네다는 어떤 감각인지 알 것이다. 입술을 깨물고 '그런가'라고 중얼거렸다.

"어떻게, 할까요."

"어떻게 하긴요, 힘을 쓸 수 없다면 방법이 없어요."

사토루가 할 말을 잃고 카네다도 눈을 감았다. 아키코나 아야코도 입을 움직이려다가 그대로 삼키는 게 보였다. 이마무라는 일어서서 죄송해요, 라고 다시 한 번 깊이 고개를 숙였다.

고등학교 때의 기억이 다시 떠올랐다. 마지막의 마지막 순간에 골대를 맞고 튕겨나간 슛. 누구보다도 잘하고 싶어서, 무슨 수를 써서라도 시합에 이기고 싶어서. 매일 지겹도록 연습했는데도 공식전에서의 득점은 고교 3년 통산 0점. 팀에 아무런 공헌도 하지 못한채 은퇴했다. 오늘도 그렇다. 이럴 줄 알았다면 쓸모없는 능력밖에 없는 자신보다 열쇠가게 직원이라도 데리고 오는 게 나았을 거다. 분명 이런 낡아빠진 문은 몇 분이면 열었을 텐데. 이런 게 '초능력'이라고 말하기에도 민망하다.

"조금, 포기가 빠른 거 아냐?"

"잠깐만, 나나미."

"하지만 선배라면 시합 종료까지 절대로 포기하지 않을 거야."

"지금 쿠루스 선배 얘기를 왜 꺼내."

아야코가, '쿠루스 선배는 축구부 선배인데 은퇴 전에는 에이스였어요'라고 나나미의 발언을 보충했다.

"하지만 그런 자세라고 할까, 마음가짐은 소중하잖아. 나는 그렇게 생각해. 선배도 초능력 같은 패스를 하지만, 질 것 같으면 진흙탕 플레이든 뭐든 안 가리고 한단 말이야. 뭐랄까, 그렇게 꼭 초능력에 집착해야 해? 방법은 상관없지 않아? 발로 차본다든가."

아, 하고 이마무라는 고개를 들었다.

"자, 잠깐만요. 여기에 공간 좀 만들어 주실래요?"

이마무라는 문 정면에 있는 책상을 움직여 공간을 만들었다. 비밀 문까지 아무것도 없는 수 미터 정도의 공간이 생겨났다. 이마무라는 문에서 가장 먼 자리에 서서 몇 번쯤 무릎을 굽혔다 펴가며 준비운동을 했다.

"뭐, 뭘 하려고?"

"다들 물러서세요."

초능력은 이미 썼으니 자신에게 남은 능력은 고등학교 때 철저하게 단련한 각력. 그것뿐이다. 도움닫기를 한 후에 아까까지 텔레키네시스로 움직이려 한 부분에 최대한 힘을 실어 킥을 날렸다. 쾅앙, 하는 묵직한 소리가 났지만 문은 꿈쩍도 하지 않았다. 이어서 다시 한 번, 도움닫기를 해서 문을 찼다.

"자, 잠깐, 정말로 차서 부수려고?"

"나, 나나미가 하는 말을 진지하게 받아들이실 필요는 없어요!"

상당히 두껍고 견고한 나무문이다. 그냥 차는 정도로는 꿈쩍도 하지 않는다. 하지만 세 번, 네 번 차다 보니 문 전체가 삐걱거리기 시작했다. 아까 텔레키네시스로 부수려 한 부분이 확실하게 약해지고 있었다.

발이 아프다. 숨이 찬다. 체력도 점점 한계에 달하고 있었다. 도움닫기를 한다. 반쯤 오기에 맡겨, 문을 향해 최대한 도약해 발을 뻗었다.

쾅, 하는 충격음. 나무가 깨지는 소리. 고정쇠가 바닥에 떨어지는 소리, 이마무라는 공중에서 균형을 잃고 등부터 바닥에 떨어졌다. 숨이 턱까지 찼다. 고통으로 몸부림치면서 상체를 들자 눈앞에서 문이 천천히 안으로 열리는 게 보였다.

"여, 열렸네요."

멍하니 중얼거린 이마무라에게 카네다가 손을 내밀어 주었다. 그의 손을 꽉 잡아 몸을 일으켰다. 발목이 삐었는지 조금 아팠다. 하지만 그런 소리를 할 때가 아니었다.

문 안쪽은 새하얀 공간이었다. 시골 부동산 사무소 같던 앞방과 달리 근미래 우주선의 내부 같았다. 사방의 벽이 기하학적인 모양이라 보고만 있어도 머릿속이 어질어질해진다. 방 한가운데에는 책상 하나가 덩그러니 놓여 있었다. 그리고 그 너머에 역시나 하얀 침대 하나가 아무렇게나 놓여 있었다.

침대 위에는 한 소녀가 누워 있었다.

"와카?"

아야코가 조심스럽게 불러 보았지만 반응은 없었다. 침대 위의 소녀는 꿈쩍도 하지 않았다. 설마, 라는 생각이 들자 이마무라의 등골이 오싹해져 움직일 수 없었다.

뒤에서 아키코가 뛰쳐나와 침대로 달려갔다. 움직이지 않는 소녀의 뺨에 손을 대고 천천히 쓰다듬었다. 아키코는 깊은 한숨을 내쉬더니, 두 팔을 소녀의 등에 넣어 능숙한 손놀림으로 안아들었다. 축 늘어진 소녀를 안고서 아키코가 돌아오는 모습을 이마무라는 멍하니 보고 있었다. 목소리가 안 나왔다. 몸도 움직여지지 않았다. 그저 오른

발에서 뜨끈한 열기를 느낄 뿐이었다.

"아, 아키코 씨."

"그렇게 엄청난 소리가 났는데."

푹 자고 있네요.

아키코는 이마무라 쪽으로 몸을 빙글 돌리며 웃었다. 힘없이 그녀의 어깨에 안긴 소녀는, 미간을 찌푸리고 언짢은 표정으로 입을 우물거리고 있었다.

10

엄마!

여성 경찰관의 보호를 받던 와카가 자신을 향해 달려왔다. 와카의 입에서 나온 목소리가 귀에 제대로 닿았다. 사와는 매달리는 딸의 몸을 정신없이 끌어안았다. 딸이 안심할 수 있는 말을 해줘야 한다고 생각했지만 목이 메여 목소리가 나오지 않았다. 그저 등을 몇 번이고 쓰다듬으며 기름기가 조금 묻어나는 머리카락 냄새를 한껏 맡았다.

원래는 어머니가 제대로 딸을 다독여줘야 하는데, 사와

혼자 큰 소리를 내며 울고 있었다. 와카는 그녀의 목에 팔을 두르고, 울지 말라고 달래듯 꼭 껴안았다.

한참이 걸려 사와의 입에서 나온 말은 '아픈 곳은 없니?'였다. '없어!'라는 목소리가 머리에 직접 울려 퍼졌다. 와카의 옆구리에 손을 넣어 몸을 떼고는, 눈을 똑바로 쳐다보았다. 와카는 장난스럽게 혀를 내밀더니 제대로 입을 움직여 '없어'라고 발성했다.

츠다를 비롯한 초능력자들이 미술관에 잠입해 있는 동안, 사와는 미츠바 식당에서 연락을 기다렸다. 원래는 사와도 함께 잠입하고 싶었지만 그녀가 가면 분명히 경계할 거라는 의견을 받아들여 꾹 참고 대기하기로 했다.

식당에 아이를 찾았다고 연락해 준 사람은 사토루였다. 감격해서 눈물을 터뜨린 순간에 담당 형사에게서도 연락이 왔다. 미츠바 식당에 있다고 알려주자 곧바로 경찰차를 보내 주었다. 축제 때문에 혼잡한 길을 빠져나와 간신히 시키시마 미술관에 도착했다. 현장에는 경찰차가 몇 대나 집결해 엄청난 소란이 벌어져 있었다.

갑자기 '어딜 꼬나봐!', '너네 다 뭐야!'라는 거친 목소리가 들렸다. 목소리가 들리는 방향을 쳐다보니 건물 안에서 질 나빠 보이는 남자가 경찰에게 끌려오는 모습이 보였다. 가끔 몸을 비틀어 날뛰려 했지만, 주위를 둘러싼 건장한 경찰들이 마음대로 움직이게 놔두지 않았다. 손목에는 수갑이 채워져 있었다.

남자가 경찰차를 타고 연행되어 가는 모습을 지켜보았다. 부지 주위에는 통제선이 쳐지고 매스컴이나 구경꾼이 잔뜩 모여 있었다. 축제로 술을 한 잔 걸친 사람도 많아서인지, 사와와 와카가 재회한 순간에는 환호성과 박수가 터져 나왔다. 구경꾼은 점점 많아져 마치 미술관 앞에서도 축제를 하는 분위기가 되어 버렸다.

와카는 실종되었을 때와 다른 파카를 입고 있었다. 유괴범이 준 옷이라고 생각하니 조금 거부감도 있었지만, 사와는 와카의 머리에 후드를 씌워 주었다.

통제선 너머를 확인하자 '초능력자'들이 사와를 보고 있다는 것을 깨달았다. 와카를 안고서 깊이 고개를 숙이자 여고생 둘이 손을 흔들어 주었다. 팽팽하던 긴장의 실이 살짝 느슨해져 그 자리에 주저앉을 뻔했다.

그 통제선 바깥쪽이 갑자기 소란스러워졌다. 길 좀 터주세요, 라는 경찰관의 목소리가 들려 구경꾼들이 좌우로 갈라졌다. 마치 모세의 기적처럼 생겨난 길을 누군가가 걸어왔다. 붉게 빛나는 유도봉을 든 젊은 경찰관과 슈퍼 비닐봉투를 든 노인이었다.

시키시마 키사부로. 사와의 심장이 욱신거리며 아파 왔다. 특이한 짙은 눈썹. 틀림없이 사와에게 약을 건넨 그 노인이었다.

"뭔 일들 있는가?"

시키시마 앞에 경찰관 몇 명이 모여들었다. 한가운데에는 한눈에 봐도 직급이 높아 보이는 남자가 서 있었다. 소란스러운 가운데에도 사와가 있는 곳까지 대화가 들렸다.

"시키시마 키사부로 씨, 맞으십니까?"

"맞소만, 무슨 일인고?"

"이 미술관의 오너라고 들었습니다만."

"그렇소."

"조금 전에, 미술관을 방문한 일반 손님에게서 신고가 들어왔습니다."

"신고? 이런 날에 특이한 사람도 다 있군."

"현재 유괴사건으로 공개수사중인 여자아이와 흡사한 아이가 있다는 신고입니다."

시키시마가 갑자기 시선을 사와 쪽으로 보냈다. 한순간이었지만 확실하게 눈이 마주쳤다. 시키시마는 표정조차 바꾸지 않고 다시 간부로 보이는 경찰관을 바라보았다.

"그래서?"

"현재 미술관 내부를 확인하고 있습니다. 이쪽이 압수·수색영장 입니다."

부하로 보이는 다른 경찰관이 문서를 꺼내어 시키시마에게 제시했다. 시키시마는 흥, 하고 코웃음을 칠 뿐 아무 대꾸도 하지 않았다.

"시키시마 씨도 서에서 말씀을 좀 들려주셨으면 합니다만."

"임의동행인가?"

"물론입니다. 하지만 사건 해명을 위해서이니 꼭 협력을 부탁드립니다."

"그럼 잠깐만 기다려 주게나."

시키시마가 몸의 방향을 바꾸어 한두 걸음 앞으로 나섰다. 사와가 있는 방향이었다. 대화를 하던 경찰관이 심각한 얼굴로 사와에게 시선을 보냈다. 사와는 긴장했지만 살며시 고개를 끄덕였다. 경찰관이 몸을 틀어 길을 열어 주자 시키시마는 천천히 사와에게 다가갔다.

"저 자는 이 일대 관할서의 부서장일세. 일부러 현장까지 나오다니 보통 일이 아니로구먼."

사와 바로 앞까지 다가온 시키시마는 별다른 긴장감도

없이, 딱히 개의치 않는다는 듯 갑자기 말을 꺼냈다. 신사의 경내에서 대화할 때와 똑같았다.

"그랬…군요."

"용케 여기를 알아냈군."

"저 혼자서는 할 수 없는 일이었어요."

시키시마는 사와의 시선을 따라 고개를 돌렸다. 시선이 향한 곳에는 츠다를 필두로 초능력자 6명에 추가 1명이 날카로운 표정으로 시키시마를 노려보고 있었다.

"대단한 초능력자는 없어 보이는데."

"아시나요, 저 분들을?"

"당연하지. 일본에 있는 초능력자는 전부 조사해 두었으니까."

"와카도요?"

"물론일세. 그 아이는 저들처럼 쓸모없는 능력자와는 격이 달라. 텔레파시를 자유자재로 다룰 수도 있고, 제약도 한계도 없이 자네와 대화하지 않았나. 특별한 초능력자라네."

'하지만'하고 사와는 시키시마의 말을 가로막았다.

"저 분들이 협력해 주셨기 때문에 와카는 돌아올 수 있었어요. 저한테는 다들 신과 같은 존재라고요."

"설마 비밀 문을 찾아낼 거라고는 생각지도 못했어. 초라한 능력도 쓰기 나름이구먼."

시키시마가 굳은 뺨으로 일그러진 웃음을 지었다. 자학 같은 웃음이었지만, 어딘지 즐거운 듯이 보이기도, 기쁜 듯이 보이기도 했다. 한편으로 쓸쓸하다는 느낌도 있었다.

"신과 같은 존재라는 건, 시키시마 씨도 마찬가지예요."

"내가?"

"와카를 납치한 데에는 당연히 분노와 원망밖에 없고, 이상한 약을 먹인 것도 화가 나요. 하지만."

사와는 한번 한숨을 들이키며 다시 흐르려는 눈물을 필사적으로 참았다.

"만약 그때 와카와 텔레파시로 대화하지 못했더라면 저는 분명 망가졌을 거예요. 외롭고 힘들었어요. 고독하고, 대화 상대도 없었고요."

와카를 껴안은 손에 힘이 들어갔다. 그래도 지금은 어머니로서 강해졌다고 생각하지만, 말을 하지 않는 아이와 함께하는 생활은 사와를 정신적으로 피폐하게 만들었다. 밤에 잠이 든 와카의 얼굴을 보면서 가느다란 목을 두 손으로 감싼 적도 몇 번이나 있었다. 그대로 내내 와카가 말을 하지 않았더라면 죄책감과 절망감에 짓눌려 최악의 선택을 했을지도 모른다.

한순간이라고는 해도, 자기 아이를 죽이고 자신도 목숨을 끊으려고 생각한 건 '그때는 힘들었으니까'로 끝날 문제는 아니다. 어둠 속에 내던져진 듯한 기분은 씻을 수 없는 상처가 되어 지금도 사와의 마음에 남아 있다. 설령 와카가 자유롭게 말할 수 있게 되었다고 해도, 텔레파시가 필요했던 게 고작 반년이었다 해도, 깊은 어둠 속에서 그녀를 구원한 건 틀림없이 와카의 초능력이었다.

"그래서 그 일 하나만은 감사하게 생각하고 있어요."

시키시마는 조금 놀란 표정을 지었지만, 금세 원래의 표정으로 돌아왔다.

"그런가."

"착각은 하지 마세요. 기본적으로는 원망하고 있으니까요."

"물론 어머니에게서 딸을 빼앗는다는 건 잔혹한 행위지. 원망하는 것도 당연해. 하지만 나도 신념을 가지고 한 일일세. 앞으로 세상에 어떤 손가락질을 받아도 기꺼이 감수할 생각이야. 그러니 자네에게는 고개를 숙이지 않겠네."

"딱히 사과를 원한 적도 없어요."

"그 아이의 능력은 특별해. 기적이야. 잘 듣게, 이 세상은 앞으로 기계나 컴퓨터가 발달하면서 인간이 점차 버려질 게야. 쓸모가 없다면서 말이지. 하지만 그 아이의 텔레파시는 어떤 기계나 기술에도 지지 않는 대단한 힘이야. 우리 인간의 가치를 한 단계 격상시켜줄 정도로 말이야."

"텔레파시가요…?"

"그래. 인간은 누구나 초능력을 가지고 있네. 연구가 진행되면 수많은 사람들이 자신의 힘을 끌어낼 수 있게 될 게야. 그러려면 일단 초능력이 존재한다는 걸 세상에 보여줘야 해. 마술사와 별다른 차별성도 없는 가짜가 아닌 진짜 초능력자가 나타나야 한다는 걸세."

시키시마는 점점 말이 빨라졌다. 초능력 연구라니 바보 같다. 돈 많은 노인의 망상으로 가득 찬 도락이다. 시키시마는 어떤 의미로는 미쳤을지도 모른다. 하지만 눈을 보고 대화하다 보니 그 안에서 무서울 정도로 냉철한 제정신이 느껴져, 사와는 등골이 서늘해졌다.

"와카의 힘이 어느 정도인지는 모르겠지만."

품에 안은 와카의 얼굴을 보았다. 석 달이나 떨어져 있었는데 본인은 태평하게 하품을 하고 있었다.

"이 아이한테, 초능력은 더이상 필요 없어요. 그런 인간의 가치 운운하는 게 얼마나 대단한 이야기인지는 모르겠지만, 저는 그저 와카가 평범하고 행복하게 살 수 있으면 그만이에요. 웃으면서 건강하게 자라고, 저처럼 이상한 고생은 안 했으면 좋겠다고요. 그뿐이에요. 약한 저를 강하게 만들어주었다는 게 와카가 가진 초능력이에요."

시키시마는 뭔가 말하려는 듯이 입을 우물거렸지만, 그것도 포기했는지 한숨을 푹 내쉬었다.

"뭐, 그것도 내 과대평가였을지도 모르겠군. 결국 나는 그 아이와 텔레파시로 대화할 수 없었네. 텔레파시는 유전자적으로 가까운 인간과 친화성이 높은 법이지. 어머니인 자네는 유전자적으로 반은 일치할 테니 그런 상대가 아니라면 능력을 발휘하지 못하는 걸지도 몰라."

'어느 쪽이든, 이미 끝난 일이야'라고 시키시마는 중얼거렸다.

"들어보고 싶었는데."

"네?"

"그 아이의, 텔레파시를 쓴 목소리 말이야. 자네는 평범하게 대화하듯 들리겠지?"

"들려요. 어디에 있어도."

"어디에 있어도?"

"당신이 와카를 유괴해 간 후에도 이 아이의 목소리는 언제나 들렸어요. 하지만 중요한 이야기를 아무것도 해주지 않으니까, 목소리가 들려도 대답도 해주지 못하고 데리러 갈 수도 없었죠."

와카가 변덕스럽게 보내는 텔레파시는 수시로 들려왔다. 배고파, 졸려, 밖에 나가고 싶어. 목소리가 들릴 때마다 마음이 심란해져 도저히 견딜 수 없었다. 하지만 목소리가 안 들리면 이번에는 불안에 시달린다. 자신에게도 와카와 같은 힘이 있었다면 좋겠다고 얼마나 바랐는지 모른다.

시키시마는 안색을 바꾸고 하늘을 우러러보더니, 그런 거였나, 라고 한숨을 내쉬었다.

"혹시 자네도 약을 먹었나?"

"조금은, 그…, 독이 있나 보려고요."

"그런가. 자네도 텔레파시 능력자였군."

"제가요?"

의외의 한마디를 듣고 사와는 무심결에 고개를 갸웃거렸다.

"그래. 그 아이는 송신측, 자네는 수신측이었어. 자네는 누구보다도 그 아이의 텔레파시를 수신하는 능력이 강한 게지. 염의 힘이 강할수록 능력도 강해지네."

"제가, 초능력자라고요?"

"그 아이의 능력은 약 때문이 아니라 날 때부터 있었던 걸지도 몰라. 말을 안 한 게 아니라 계속해서 말을 걸었던 게지. 자네에게. 텔레파시로."

"그럼, 제가, 약을 먹었기 때문에…?"

이제 와선 알 도리가 없지, 라고 중얼거리고 시키시마는 자기 손으로 자기 얼굴을 몇 번 쓰다듬었다. 즉, 사와는 와카의 목소리를 듣고 싶다고 강하게 바랐기 때문에 텔레파시를 수신하는 능력을 얻었다는 이야기가 된다. 얼추 이야기가 끝나자 경찰관이 다가와 시키시마에게 슬슬 갈 때라고 말했다. 시키시마는 성가시다는 듯이 '알겠네'라고 고개를 끄덕였다. 그대로 경찰차로 향하려다가, 떠올랐다는 듯이 발걸음을 돌리고는 들고 있던 슈퍼마켓 비닐봉투를 사와에게 건넸다.

"필요 없나?"

"뭐죠, 이건?"

"그 아이가 배가 고프다고 해서 사 왔네. 나는 이런 건 잘 안 먹거든."

시키시마가 비닐봉지를 열어서 보여주었다. 안에는 슈크림과 탄산음료, 초콜릿, 푸딩이 들어 있었다. 반사적으로 필요 없다고 말하려 했지만, 목까지 나온 말을 삼켰다.

"약은 안 넣었으니 안심하게."

"저기."

"응?"

"받을게요."

사와는 비어있는 팔을 뻗어 시키시마에게서 봉투를 받았다. 한순간 주름투성이의 손을 만졌지만, 기분 나쁘다거나 무섭다는 생각은 들지 않았다.

"먹는…대요."

"응?"

"와카가요."

"말했나? 텔레파시로."

졸린 표정의 와카가 눈을 비비면서 일어나, 고개를 돌려 시키시마를 보았다. 작은 손을 펼쳐, 과자가 담긴 비닐봉지를 쥐려 했다.

"영악한 아이로구먼."

시키시마는 처음으로 활짝 웃는 얼굴을 보였다.

11

——어제, 현 경찰은 현 내에서 발생한 여아 유괴 사건에 관한 건으로, 같은 현에 위치한 미술관 운영자를 미성년자 약취·유괴 혐의로 체포했습니다.

——체포된 사람은 시키시마 키사부로 용의자, 80세. 올해 6월에 누군가에 의해 납치된 오토나시 와카, 4세의 유괴에 관여한 혐의를 받고 있습니다.

——이달 23일, 시키시마 용의자가 경영하는 사설 미술관에서 '유괴당한 여자아이와 비슷한 아이가 있다'라는 일반 방문객의 신고를 받아 경찰이 해당 미술관을 수색한 결과, 시설 내에 감금된 것으로 추정되는 여아를 발견했습니다. 관련하여 경영자인 시키시마 용의자에게 임의조사를 실시한 결과, 유괴에 관여한 혐의가 짙다고 결론을 내려 어제 체포했다고 합니다.

——시키시마 용의자는 용의에 대하여 입을 열지 않고 있습니다.

——한편 발견된 여아에게 부상 등은 없었습니다.

젓가락으로 집은 콩나물을 떨어뜨리면서, 이마무라는

퍼뜩 제정신을 차렸다. 텔레비전에서는 연일 여아 유괴 사건의 속보를 내보내고 있었다. 전국 규모의 대사건이 좀처럼 일어나지 않는 이 지역에서는 예대제와 이 사건이 맞물려 요즘 엄청나게 소란스럽다.

"초능력, 같은 소리는 안 나오네."

이마무라의 맞은편에 앉은 키타지마가 멍하니 말했다.

"그런 소리를 입에 담았다간 엄청난 소동이 벌어지지 않겠어요?"

"조금은 난리가 나줬으면 하는 생각 안 해?"

"안 해요."

키타지마와 함께 거래처를 돌고 늦은 점심을 먹으러 와서인지 미츠바 식당에 손님은 이마무라와 키타지마밖에 없었다. 주방에서는 오늘도 런치 타임을 무사히 넘긴 노부부가 함께 텔레비전을 보고 있었다.

"그러게 말이다. 초능력자가 초능력을 써서 여자아이를 구했다고 전하면 아주 난리가 날 게야."

주인 할아버지가 이마무라를 보며 호쾌하게 웃어 젖혔다. 이마무라는 동감이에요, 라고 대충 대답하고 넘겼다.

결국 사건의 뒤처리는 카네다에게 일임하게 되었다. 카네다의 아버지는 지방 경찰서의 부서장이고 이번 사건의 수사본부에도 들어가 있다고 한다. 공표할 수 없는 부분들을 어떻게든 덮어줄 수 있는 모양이라 이마무라 일행에게 피해가 가지 않게 하겠다고 약속해 주었다. 사건에 초능력자가 얽혀 있다는 것도 세간에 알려질 우려는 없을 듯했다.

이마무라는 '죄송해요, 소스 좀 주세요'라고 손을 들었다. 아주머니가 알았다고 대답하더니 매운맛 소스가 담긴 병을 가지고 왔다. 사건 이후 매운맛 소스는 테이블에서 모습을 감추고, 필요한 사람이 손을 들고 요청하는 시스템으로 바뀌었다. 귀찮지만 그런 일을 겪었으니 어쩔 수 없다.

"거 봐라, 이마무라. 역시 구세주가 되었잖니."

아주머니에게 구세주라는 말을 듣고, 이마무라는 먹던 음식이 제대로 목에 걸렸다. 그러고 보니 예전에 그런 말을 들은 적이 있었다.

"세상을 구한 적은 없는데요."

"엄마한테는 말이야, 자식이 세상의 전부야. 세상을 구한 거나 다름이 없지."

그런 건가요, 라고 고개를 끄덕였다.

오늘은 식당에 사토루가 보이지 않는다. 듣자하니 강사

근무 준비를 위해 외출했다고 한다. 아주머니의 기분이 좋은 건 그 때문일지도 모른다. 어머니인가, 라고 이마무라는 조금 납득했다.

"인마, 구세주라는 소리 듣고 우쭐대면 안 돼."

"그런 적 없어요, 전혀."

"다 내가 너 대신 가마를 짊어진 덕분이라고."

마츠리 당일에 시키시마 미술관로 가야 했던 이마무라는 회사에 아프다고 거짓말을 하고 축제 참가에도 빠졌다. 그 대신 투입된 인원이 바로 키타지마였다. 성가시게도 키타지마는 연휴가 끝난 후부터 아직까지 근육통을 운운하고 있다. 이미 축제는 며칠 전에 끝나고, 이번 주도 중반에 접어들었는데 말이다. 지금도 그답지 않게 스태정이 아닌 카레를 먹고 있다. 젓가락을 쓰기도 힘든 지경이라 숟가락으로 먹을 수 있는 메뉴를 골랐다고 한다. 이마무라는 속으로 말이 되는 소리를 하라고 투덜거렸다.

"하지만 이틀째는 축제 보러 가셨죠?"

"가긴 갔는데, 그 나나미라는 애 말이야…."

첫날에 가마를 짊어지느라 그로기 상태였던 키타지마였지만, 밤에는 친척들 모임에 불려나가 술을 말도 못할 정도로 마시는 신세가 되었다고 한다. 천성이 분위기 메이

커인 나나미가 술을 따르면서 돌아다닌 덕분에, 친척 모두가 흥에 겨워 아침까지 강제로 어울렸다고 한다.

다음날 아침에도 일찍부터 아야코와 나나미한테 강제로 깨워져서는, 관광에 끌려다니며 짐꾼 노릇을 했다고 한다.

"좋잖아요, 뭘. 양손에 꽃이라니, 부럽네요."

이마무라가 적당히 웃으며 놀리자, 키타지마는 정말로 짜증이 났는지 근육통이라고 우기던 것도 잊고 이마무라의 머리를 때렸다.

"하지만 정말로 다행이야. 아이를 찾았잖니. 다 너희 덕분이란다."

아주머니가 텔레비전에 나오는 사와와 와카의 모습을 보며 진지하게 말했다. 방송에서는 얼굴을 가려 두었지만, 눈앞에서 본 모녀가 재회한 순간의 얼굴은 평생 잊을 수 없을 것이다.

그 후, 사와에게서 정중한 감사 연락을 받았다. 이마무라 씨는 신이에요, 라는 말까지 들어서 엄청 당황했지만 물론 기분은 나쁘지 않았다.

"아주머니, 그렇게 이마무라를 칭찬하시면 안 돼요. 금방 우쭐하는 녀석이니까요."

"어머나, 이마무라는 그런 아이가 아니야."

"너 결국 문은 발로 차서 열었다면서? 초능력이랑 아무 상관없잖아. 그런 거라면 나도 했겠다. 가마는 네가 짊어져도 되는 거였다고."

"하지만 일단 초능력으로 약화시킨 다음에 부쉈다니까요."

"나였다면 한 방에 끝이야. 몇 번이나 차서 간신히 열다니, 전직 축구부로서 부끄럽지도 않냐?"

하반신 단련해라, 라고 키타지마가 내뱉었다. 귀찮아서 알겠다고만 대답했다.

"일단 초능력은 단련해 보기로 했어요."

"뭐?"

"그게 말이죠, 염력이라는 건 단련할수록 강해진다고 하더라고요."

"누가 그런 소리를 했는데?"

"나나미요."

"걘 대체 정체가 뭐야?"

"하지만 연습하면 정말로 좀 더 무거운 걸 움직일 수도 있게 된다고요."

"오른쪽으로?"

"네, 오른쪽으로."

"10센티미터?"

"물건에 따라서는 조금 더 움직일 수도 있어요."

"적어도 복합기 한 대 5미터는 움직일 수 있게 해봐."

그건 무리에요, 라며 이마무라는 고개를 가로저었다.

"그런데 초능력을 단련해서 어디에 쓰려고?"

"글쎄요. 그건 모르겠지만, 어쩌면 쓸모가 있을 수도 있다고 생각했거든요."

"그 시시한 능력이?"

"가끔은 도움이 될 때도 있다고요."

그런가, 라며 키타지마는 마지막 남은 카레를 입 안에 넣었다.

"어째서 나한테는 없는 걸까."

"초능력 말인가요?"

"나도 스태정 맨날 먹었잖아, 소스도 엄청 뿌려서 먹었는데."

"실은 이미 초능력자인 거 아닐까요?"

"에이, 설마."

"그야 저번에 모인 초능력자들이, 다들 운명적으로 모인 건 아니라고 생각하거든요. 우연히 여기 단골손님 중에 초능력자가 많이 있어서, 와카의 어머니가 왔을 때 마주쳤을 뿐일 거예요. 그렇게 생각하면 분명 이 근처에 초능력자 엄청 많을 거예요."

"희소성이고 뭐고 없잖아."

"그러니까 어쩌면 선배한테도 초능력이 있을지도 모르죠."

키타지마는 그것도 괜찮겠다는 듯이, 손을 잡았다 폈다 하면서 천 엔짜리 지폐를 만 엔으로 바꿀 수는 없으려나, 라고 중얼거렸다.

"안녕하세요."

드르륵, 하고 입구 문이 열렸다. 호랑이도 제 말 하면 온다더니, 들어온 사람은 초능력자 츠다와 아키코였다.

"오오, 이마무라 씨."

아키코가 의자를 빼서 츠다가 앉는 것을 도왔다. 아주머니가 '언제나 먹는 걸로?'라고 묻자 츠다는 고개를 끄덕이고 아키코는 '냉라면 보통이요'라고 작은 목소리로 주문했다.

"오늘도 앗코 씨가 선생님이랑 같이 다니나?"

아주머니가 물컵 두 개를 테이블에 놓았다.

"네. 이번에 아키코 씨도 정식으로 츠다 도요의 스태프가 되었습니다."

"네. 일단은 선생님의 비서 겸 제자가 되네요."

아주머니가 '남편은?'이라고 묻자 아키코는 웃으면서 '그 사람은 제가 뭘 하든 관심이 없다니까요'라고 오른손을 획획 저었다.

아키코에게 제자가 되라고 권한 사람은 츠다라고 한다. 도자기의 독자성을 내려면 가마의 불이 중요하다고 하는데, 아키코라면 분명 이제까지 없었던 것을 창조해낼 수 있다고 츠다가 보증했다는 것이다. 불기둥을 뿜어내던 재떨이가 떠올라, 이마무라는 일리가 있다며 고개를 끄덕였다.

"헌데 이마무라 씨. 지금 회사로 돌아가십니까."

"아, 네. 슬슬 가야죠."

"그렇다면 빨리 가시는 편이 좋겠군요. 곧 비가 올 겁니다."

이마무라와 키타지마는 큰일이다 싶어 허둥지둥 나갈 준비를 했다.

"그거, 예지인가요."

"아뇨, 비가 내릴 것 같으면 수염으로 느낍니다. 초능력이 아니라 연륜이지요."

츠다가 희끗희끗한 수염을 쓰다듬으며 웃었다. 말로는 연륜이라지만 예지라면 적중할 확률이 90퍼센트 이상이다. 어지간한 일기예보보다 정확도는 훨씬 높다.

"잘 먹었습니다, 계산요!"

밥값을 내고 자료나 카탈로그가 담긴 가방을 들었다. 어째서인지 키타지마의 가방도 이마무라가 드는 분위기가 되었다. 조금이라도 불평하면 키타지마는 보란 듯이 근육통 얘기를 꺼낼 테니까, 귀찮으니 군말 없이 들기로 했다.

"이마무라."

"왜요?"

"열어 줘, 문."

"네? 하지만 전 두 팔을 다 쓰고 있는데요."

"난 지금 어깨만 움직여도 아프다고."

무슨 말도 안 되는 소리야, 라고 생각하며 이마무라는 한숨을 쉬었다. 그리고 가만히 염을 집중했다. 문이 덜걱덜걱 소리를 내더니 조용히 오른쪽으로 10센티쯤 열렸다. 그 다음에는 발을 문틈에 넣어 열면 된다.

"우와, 정말로 열었네."

"그야 저도 문 정도는 열 수 있다고요."

"대단하네. 도움 되는 거 처음 봤어."

"아, 하지만 닫을 수는 없으니까 부탁드려요."

"뭐야, 결국 쓸모없잖아."

밖으로 나왔다. 하늘은 높고 맑았다. 파란 가을 하늘. 배도 든든하니 오후에도 어떻게든 버틸 수 있겠지. 요즘에는 드디어 일하는 요령도 조금씩 깨우쳐 계약도 딸 수 있게 되었다. 누군가를 위해서 살아가는 건 아니지만, 누군가에게 도움이 되는 일은 즐겁다.

"선배, 서둘러야겠는데요."

문득 서쪽 하늘을 보니 파란 하늘을 집어삼키듯 새카만 먹구름이 다가오는 게 보였다. 바람도 조금 차가워졌다. 츠다의 예지는 역시 정확하다.

"우와, 신기하네. 그렇게 맑았는데."

"뛰어가죠."

가방을 두 개 안고서 사무소를 향해 이마무라는 뛰기 시작했다. 짐은 무겁지만 하반신에는 자신이 있다. 등 뒤에서 '근육통이!'라는 목소리가 들렸다.

우리도 문 정도는 열 수 있어

초판 1쇄 ㅣ 2019년 11월 21일

지은이 유키나리 카오루 ㅣ **옮긴이** 주원일
펴낸이 서인석 ㅣ **펴낸곳** 제우미디어 ㅣ **출판등록** 제 3-429호
등록일자 1992년 8월 17일 ㅣ **주소** 서울시 마포구 독막로 76-1 한주빌딩 5층
전화 02-3142-6845 ㅣ **팩스** 02-3142-0075 ㅣ **홈페이지** www.jeumedia.com

ISBN 978-89-5952-828-8
*파본은 구입하신 서점에서 교환해 드립니다.

제우미디어 네이버포스트 post.naver.com/jeumediablog
제우미디어 페이스북 facebook.com/jeumedia
제우미디어 트위터 twitter.com/Jeumedia

만든 사람들
출판사업부 총괄 손대현 ㅣ **편집장** 전태준
책임편집 서민성 ㅣ **기획** 홍지영, 박건우, 장윤선, 안재욱, 조병준, 성건우, 오사랑
디자인 총괄 디자인그룹 헌드레드 ㅣ **제작, 영업** 김금남, 권혁진